百年乡愁

张丽军 主编

中国乡土小说经典大系

2

竹林的故事

——现代乡土抒情小说

山东城市出版传媒集团·济南出版社

图书在版编目（CIP）数据

竹林的故事：现代乡土抒情小说 / 张丽军主编 . -- 济南：济南出版社，2023.6
（百年乡愁：中国乡土小说经典大系）
ISBN 978-7-5488-5725-9

Ⅰ . ①竹… Ⅱ . ①张… Ⅲ . ①乡土小说 – 小说集 – 中国 – 现代 Ⅳ . ① I246.7

中国国家版本馆 CIP 数据核字（2023）第 107331 号

竹林的故事——现代乡土抒情小说
ZHULIN DE GUSHI

张丽军 / 主编

出 版 人	田俊林
责任编辑	贾英敏　刘召燕
装帧设计	郝雨笙　张　倩

出版发行　济南出版社
地　　址　山东省济南市二环南路 1 号（250002）
编辑热线　0531-86131722
发行热线　0531-86116641　87036959　67817923

印　　刷　济南龙玺印刷有限公司
版　　次　2023年6月第1版
印　　次　2023年9月第1次印刷
成品尺寸　145 毫米 × 210 毫米　32 开
印　　张　11.5
字　　数　237千
定　　价　58.00元

编委会

总　序

记录百年中国乡愁　传承千年根性文化

　　面对急剧迅猛的乡土中国城市化、现代化、高科技化浪潮，我们惊讶地发现，曾被认为千年不变、"帝力于我何有哉"的中国乡村根性文化正面临着从根源深处的整体性危机。"谁人故乡不沦陷？"千百年来，孕育和滋养乡土中国文化、文明的乡村及其根性文化正以某种加速度的方式消逝，甚至被连根拔起。这不仅是乡土中国城市化、现代化的问题，而且是一个全球化、人类性的整体危机。早在 20 世纪 60 年代，法国社会学家孟德拉斯就提出，在工业文明入口处，数十亿农民向何处去的问题。而在 1948 年，中国学者费孝通就在《乡土重建》中提出传统的乡土社会所面临的现代性失血危机，进而提出了"乡土重建"的深邃思考。显然，在 21 世纪的今天，思考乡村、乡土、农业、农民乃至整体性人类向何处去的问题，显得无比重要而迫切。

作为一个从事乡土文学研究二十多年的研究者，我在苦苦思考：中国乡土文学向何处去？乡土中国社会向何处去？乡土中国农民向何处去？新时代乡村如何振兴？……苦苦思考之后，我突然意识到，既然看不清去处，何不回顾自己的来路？未来的道路，并不是冥思苦想来的，而是从过去的来路而来。历史的来路，决定了我们未来的去处，即未来的去处正蕴藏在历史来路之中。这让我重新思考百年中国乡土文学，重新回顾晚清以来中国仁人志士的文化选择和文学审美思考，乃至从更远的历史、文学中寻找智慧和启示。正是在这样一种文化思考中，我与济南出版社不谋而合，立志从众多乡土中国文学中选编一套"中国乡土小说经典大系"，来为 21 世纪的新一代中国青年提供一个关于百年乡土中国心灵史的文学路线图，慰藉那些因完整意义的乡土中国乡村消逝而无从获得纯粹乡土中国体验的 21 世纪中国读者。此外，从中汲取智慧和灵感推进新时代中国乡村振兴，也是本套丛书的应有之义。简单归纳之，《百年乡愁：中国乡土小说经典大系》（以下简称"大系"）具有以下特点：

一是强烈的经典意识。文学、文化的传承与经典的建构是由一个个经典化的环节与步骤完成的。从古代文学的"选本"，到 20 世纪中国新文学大系，在中国文学经典化中，"选本"文化起到了某种极为重要的，乃至核心的作用，为经典化提供了不同时代不断接续的核心动力源。本套"大系"选编了现当代文学史中具有重要影响的作家作品，力图使"大系"具有乡土中国现代化思想史的重要功能，展现中华民族的百年心灵史。

二是浓郁的地方气息。乡土文学是最接地气的文学，是"土气息、泥滋味"的文学，是由不同地域文化包孕、滋养的文学，又是最能显现和表达乡土中国各个地方独特文化的审美形态的文学。本套"大系"就是百年中国各地民俗文化最大、最美、最迷人的表达。齐鲁、燕赵、三秦、三晋、江南、东北、西北、岭南等不同地域的文化，在本套"大系"中得到了较完整的展现。从这个意义上而言，本套"大系"既是一部百年中国民俗文化史，也是一部最精彩的地方文化志。

三是典雅的审美意识。文学是审美的艺术。言之无文，行而不远。文学性、审美性是文学的自然属性。文学应该是美的，是诗，是生命舒展的自由吟唱。正是在这个审美维度上，我们来选编百年乡土中国小说，让读者、研究者在美的文字诗意流动中获得对千年中国乡村根性文化之美的感悟，从而思考人与自然、人与大地、人与世界的精神建构问题。因此，本套"大系"是"乡土中国最后的抒情诗"，是千年乡土中国根性文化的当代吟唱，是具有深厚乡土生命体验的文化乡愁。

乡愁是感伤的，是一种甜蜜优美的感伤。不是每个人都有乡愁的。乡愁是一种深厚的文化情怀，是对大地、故乡、世界的一种深刻的生命眷恋。而《百年乡愁：中国乡土小说经典大系》就是让我们这些具有乡土中国完整经验的最后一代人，以文化传承的方式，把这种纯粹、完整、具有审美意义的文化乡愁，传递给21世纪中国青年，乃至未来的中国青年。我们曾有过这样一种乡土生活，这样一种乡土中国乡村根性文化——这就是我们的文化根基、我们的精神基因，它蕴含未来的路径和种种可能性。

我们常言，越是民族的，就越是世界的。而我想说的是，越是地方的，越是中国的，也越是世界的。中华文化是一个整体，是由一个个具有地方文化特性的地域文化组成的，是千百年来文化交融凝聚而成的。地方性文化的丰富和多样，恰恰是中华文化的活力与魅力所在。《百年乡愁：中国乡土小说经典大系》就具有鲜明的、浓郁的地方性文化特征，不同地域的读者不仅可以从中读到自己家乡的影子，而且可以由一个个乡土文化而建立起丰富、感性、美美与共的中华文化世界。

本套"大系"适合研究乡土文学文化的学者、学生阅读，也适合对中华文化、地域文化感兴趣的读者阅读。事实上，这套"大系"对于世界各国读者而言，是理解和思考千年中国根性文化、百年中国社会变迁的最佳读本，是具有世界性意义、最接中国地气、最具中国民俗文化气息的文学读本。

是为序。

张丽军

2023 年 7 月 1 日凌晨于暨南园

导　读

　　师陀、废名和沈从文的乡土小说是中国浪漫抒情乡土小说的代表。他们用诗意化的笔触构建了一处处田园牧歌式的乡土乌托邦。于他们而言，乡土是师陀笔下静谧安逸的"果园城"，是废名笔下充满自然气息的"竹林"，也是沈从文魂牵梦绕的"湘西"，更是承载了浓浓乡情的精神家园。

　　师陀书写乡土的烟火气和人情味儿，也毫不避讳乡土中的绝望与丑恶。《果园城记》的乡土是充满地方风情的桃花源，又是封闭、阻绝的"无望之城"。"果园城"里的生活虽充满了烟火气，但透着一种"沉重的寂静和衰老"的悲凉底色。"果园城"里的人淳朴善良，但也是固执的、麻木的。师陀的乡土小说既有理性的反思与批判，又饱含着对乡土的浓厚情感。

　　废名笔下的乡土充满了田园美和诗意美，构建了一个个远离现代城市的梦幻家园。《竹林的故事》中的"竹林中的茅屋"，《河上柳》中"水上的杨柳"，以及《桃园》中"茂盛的桃园"等，共同构成了田园牧歌般的乡土乌托邦。同时，废名对乡土中的人物命运予以深切地关注。《柚子》《浣衣母》《阿妹》等作品用温情的笔触回忆乡土的青春少女，同情她们的遭遇，关心她们的命运，饱含对乡土人情的怀念与担忧。

沈从文的乡土小说具有浓重的浪漫主义色彩，他写翠翠、三三、萧萧这些极具原始生命激情的女子，写贵生、阿金这些重情重义的男子，写青年男女的爱恨与悲剧的命运。"湘西"的自然风光、风土人情和乡土生活承载着沈从文浓厚的乡土情怀。《边城》《萧萧》等作品对中国社会和中国乡土文学有着重要的现实意义。

师陀、废名和沈从文的乡土文学既有田园牧歌式的诗意，又有浓重的乡土忧患意识。他们既用诗意化的笔触表达对乡土的留恋，又敏锐地捕捉到乡土中的种种丑恶，表现出一种夹杂在憎恶与同情中的矛盾。他们对乡土"常"与"变"的书写也体现了乡土文学的嬗变。

目　录

百年乡愁：中国乡土小说经典大系

果园城记 / 师陀　001

葛天民 / 师陀　015

桃红 / 师陀　025

贺文龙的文稿 / 师陀　031

傲骨 / 师陀　037

塔 / 师陀　045

邮差先生 / 师陀　054

三个小人物 / 师陀　057

北门街的好汉 / 师陀　080

柚子 / 废名　086

浣衣母 / 废名　098

阿妹 / 废名　108

竹林的故事 / 废名　119

河上柳 / 废名　127

桃园 / 废名　132

菱荡 / 废名　142

三三 / 沈从文　148

萧萧 / 沈从文　180

巧秀和冬生 / 沈从文　198

阿金 / 沈从文　219

贵生 / 沈从文　225

边城 / 沈从文　253

长篇存目　354

后记　355

果园城记

/// 师陀

　　这个城叫果园城，一个假想的中亚细亚式的名字，一切这种中国小城的代表。现在且让我讲讲关于它的事吧。我是刚刚从车站上来，在我脑子里还清楚地留着那个热情的，有满腹牢骚，因此又总是喋喋不休的老人的面貌。

　　"你到哪里？"当火车长长地叫起来的时候，他这样问我。

　　我到哪里吗？他这一问，唤醒了我童年的记忆，从旅途的疲倦中，从乘客的吵闹中，从我的烦闷中唤醒了我。我无目的地向窗外望着。这正是阳光照耀的下午，越过无际的苍黄色平野，远山宛如水彩画的墨影，应着车声在慢慢移动。

　　"到果园城。"我答应着，于是就走下火车，走下车站来了。

　　现在你已经明白，在半小时之前我还没有想到我会在这里停留；我只是从这里经过，只是借了偶然的机缘，带着对于童年的留恋之情来的。我有几天空闲时间，使我变更了事前准备好直达西安的计划。

果园城，听起来是个多么动人的名字，可又是个有多少痛苦的地方啊！在这里住着我的一家亲戚。可怜的孟林太太，她永远穿着没有镶滚的深颜色的衣服，喜欢低声说话，用仅仅能够听见的声音；而这些习惯，就在她身上增加了神秘色彩。

"嘘！"她做一个手势，仿佛隔壁正有人在咽气似的，"别邪邪许许的……"

于是她解说孟林先生的为人。

关于孟林先生我知道的很少；我只知道他是严厉的人，曾在这里做过小官，待孟林太太极残酷，因为她没有生儿子，只有一个女儿。后来他便因为这个缘故抛弃了她。现在你知道这个女人的悲惨命运了。当我小的时候，我父亲每年带我来给他们拜年；后来我入了学校，父亲老了，我仍旧奉命独自来看他们。他们家里没有男人，我到了之后，又奉着孟林太太的命令，去看和他们有来往的本城的人家。

然而我多少年没有来过了呀！自从父亲死后，已经三年，五年，七年——唉，整整的七年！

我在河岸上走着，从车站上下来的时候我没有雇牲口，我要用脚踩一踩这里的土地，我怀想着的，先前我曾经走过无数次的土地。我慢慢地爬上河岸，在长着柳树以及下面生着鸭跖草、蒺藜和蒿蓟的河岸上，我遇见一个脚夫。我闪开路让他过去；

他向我瞟了一眼，看出我没有招顾他的意思，赶着驴子匆匆地跑过去了。他是到车站上去接生意的，他恐怕误事，在追赶他已经错过了的时间。你怎样看这种畜生？它们老是很瘦，活着不值三十块钱，死了不过两块。但是应该赞美它们，赞美这些"长耳公"们，它们拉磨、耕田、搬运东西，试想想一匹驴子能替人做多少活呀！

现在他们正到车站上去。在车站上，偶然会下来在外面做客的果园城人，或一个官员的亲戚——他是来找差事的，打秋风的，刮果园城的厚地皮的，再不然，单为了游览散心看风光来的。

我缓缓向前，这里的一切全对我怀着情意。久违了啊！曾经走过无数人的这河岸上的泥土，曾经被一代又一代人的脚踩过，在我的脚下叹息似的沙沙地发出响声，一草一木全现出笑容向我点头。你也许要说，所有的泥土都走过一代又一代的人；而这里的黄中微微闪着金星的泥土对于我却大不相同，这里的每一粒沙都留着我的童年，我的青春，我的生命。你曾看见晨曦照着静寂的河上的景象吗？你曾看见夕阳照着古城野林的景象吗？你曾看见被照得嫣红的帆在慢慢移动着的景象吗？那些以船为家的人，他们沿河顺流而下，一天，一月……他们直航入大海。春天过去了，夏天过去了，秋天也过去了，他们从海上带来像龙女这样动人的故事，水怪的故事，珍宝的故事。

唉唉，我已经看见那座塔了。我熟知关于它的各种传说。假使你问这城里的任何居民，他将告诉你它的来历：它是在一天夜里，从仙人的袍袖里掉下来的，当很久很久，没有一个老人的祖父能记忆的时候以前。你也许会根据科学反对这个意见，可是善良的果园城人都有丰富的学问，他们会用完全像亲自看见过似的说法，证明这传说确实可靠。

"这是真的，先生。"他们会说。

这是真的呢，它看见在城外进行过的无数次只有使人民更加困苦的战争，许多年轻人就在它的脚下死去；它看见过一代又一代的故人的灵柩从大路上走过，他们带着关于它的种种神奇传说，安然到土里去了；它看见多少晨夕的城内和城外的风光，多少人间的盛衰，多少朵白云从它头上飞过？世界上发生过多少变化，它依然能置身城巅，如果是凡人的手造起来的，这能够相信吗？这里我忽然想起那城坡上的青草，浅浅的青草，密密的，一点也看不出泥土的青草，整个城坡全在青色中，当细雨过后，上面缀满了闪闪的珠子。雪白的羊羔就在这些晶莹的珠子中弄湿它们的腿，跳踉着往城上攀登。

现在我懊悔我没有雇那脚夫的驴子。"长耳公"会一路上超然地摇着尾巴，把我载进城去，穿过咚咚响的门洞，经过满是尘土的大街。我熟悉这城里的每一口井，每一条街巷，每一棵树木。它的任何一条街没有两里半长，在任何一条街岸上你总能看见狗正卧着打鼾，它们是决不会叫唤的，即使用脚去踢也不；你总能看见猪横过大路，即使在衙门前面也决不会例外。它们低着头，哼哼唧唧地吟哦着，悠然摇动尾巴。在每家人家门口——此外你还看见——坐着女人，头发用刨花水抿得光光亮亮，梳成圆髻。她们正亲密地同自己的邻人谈话，一个夏天又一个夏天，一年接着一年，永没有谈完过。她们因此不得不从下午谈到黄昏。随后她们的弄得手上、身上、脸上全是尘土的孩子催促了，一遍又一遍地嚷了。

"妈，妈，饿了啊！"

这只消看她们脸上热烈的表情，并不时用同意的眼光瞟着她们的朋友，就知道那饥饿的催促对她们并不曾发生影响。她们要一直继续下去，直到她们的去田里耕作的丈夫赶着牲口，驶着拖车，从城外的田野上回来。

假使你不熟悉这地方情形，仅仅是个过路客人，你定然会驻足而观，为这景象叹息不止。

"多幸福的人！多平和的城！"

这里只有一家邮局；然而一家也就足够了，谁看见过它那里曾同时走进去两个人，谁看见过那总是卧在大门里面的黄狗，曾因为被脚踩了而跳起来的呢？它是开设在一座老屋里面，那偏僻的老屋，若非本城的居民而又没有向导，那么你就问吧。尽管它的营业极其可怜，可是谁都知道它，一个孩子也会告诉你：

"往南，往东，再往北，门口有棵大槐树。"

它何必开到大街上呢？假使你的信上没有贴邮票，口袋里又忘了带钱，那不要紧，你只管大胆走进去。立刻有个老头向你站起来，这就是邮差先生。他同时兼理着邮务员的职务，可是悠闲得很，仍旧有足够的时间在公案上裁花，帽子上的，鞋上的，钱袋上的，枕套上的，女人刺绣时用的花样。他把抽空裁成的花样按时交给收货人，每年得到一笔额外收入。这时他放下刀剪，从公案旁边站起来了，和善地在柜台后面向你望着。你不等他招呼就抢着问：

"有邮票吗？"

"有，有，不多吧？"他笑着回答你，好像在那里向你道歉。

"忘记带钱了，行吗？"

"行，行，"他频频点头，"信呢？我替你贴上。"

他从抽屉里摸出邮票，当真用唾沫湿了给你按上去。他认识这城里的每一个人。他也许不知道你的名字，甚至你的家，但是表面上总好像知道似的。他会说：

"别忘了把钱送来呀。"

此外这里还有一所中学，两所小学，一个诗社，三个善堂，一家糟坊，一家兼卖金鸡纳霜的中药铺，一家管镶牙的照相馆，两个也许四个豆腐作坊；它没有电灯，没有工厂，没有像样的商店，所有的生意都被隔着河的坐落在十里外的车站吸收去了。因此它永远繁荣不起来，不管世界怎么样变动，它总是像那城头上的塔样保持着自己的平静，猪可以蹒跚途上，女人可以坐在门前谈天，孩子可以在大路上玩土，狗可以在街岸上打鼾。

一到了晚上，全城都黑下来，所有的门都关上：工咚，工咚……纵然有一两家迟了些，也只是黑洞洞的什么都看不见。于是佛寺的钟响起来了，城隍庙的钟响起来了，接着，天主教堂的钟也响起来。它们有它们的目的，可是随它在风声中响也好，在雨声中响也好，它响它自己的，好像跟谁都没有关系。原来这一天的时光就算完了。

"天晚了？"

"晚了。"

在黑暗的街上两个相遇的人招呼着。只有十字街口还亮着火光，慢慢地也一盏一盏地减少下去，一盏一盏地吹灭了。虽然晚归者总是借着星光在路上摸索，只能听见自己的脚步声，却是谁也没有感到不方便。

然而正和这城的命名一样，这城里最多的还是果园。只有一件事我们不明白，就是它的居民为什么特别喜欢那种小苹果，他们称为沙果或花红的果树。立到高处一望，但见属于亚乔木的果树从长了青草的城脚起一直伸展过去，直到接近市屋。在中国的任何城市中，只看见水果一担一担从乡间来，这里的却是它自己的出产。假使你恰好在秋天来到这座城里，你很远很远就闻到那种香气，葡萄酒的香气。累累的果实映了肥厚的绿油油的叶子，耀眼得像无数小小的粉脸，向阳的一部分看起来比搽了胭脂还要娇艳。

你有空闲时间吗？不必像这里可敬的居民一样悠闲，也无须那种雅趣，你可以随便择定一个秋光晴和的下午，然后散步去拜访那年老的园丁。你别为了馋渴摘取他的果子。并不是他太小气，也不是他要将最好的留给自己，仅仅为了爱护自己工作的收获，他将使你大大难堪。他会坐在果树底下告诉你那塔的故事，还有已经死去的人的故事。

"一个古怪老头……"他开始这样对你讲了。接着他说老人有三个美丽的女儿——永远是三个女儿。你也许已经怀疑到它的真实，但有什么关系，当你听到第三个女儿的悲惨结局，你的怀疑慢慢会变成惆怅。在园丁的朴实言语中，传说中的古怪老头和他的女儿重新复活过来，又得到生息，他们活活地在你前面，正像他们昨天还在这个城里。

然而即使在讲故事中间他也没有忘记自己的职守，他已经发现——其实应该说他已经听见一个牧童溜下青青的城坡，蹑脚蹑手地进了园子。

果园正像云和湖一样展开，装饰了这座小城。当收获季节来了，果园里便充满工作时的窸窣声，小枝在不慎中的折断声，而在这一片响声中又时时可以听见忙碌的呼唤和笑语。人们将最大最好的，酸酸的，甜甜的，像葡萄酒般香，像粉脸般美丽的果实放在篮里，再装进筐，于是一船一船运往几座大城，送上人的食桌。

自顾絮絮地唠叨，我反倒忘记早已走过葛天民先生管理的林场了。那些无花果和印度槭叶树曾经修剪过几次？那些小梧桐树，还有合欢树，已经被绅士们移植并且长出新的来了吗？我不记得，我不记得……我只记得七年前我离开的时候，葛天民正蹲在一小丛玫瑰树旁边监督工人掘土。这个没有嗜好、周旋于绅士之间、而又能过一种闲适生活、懂一点医术、老给病人吃甘草麦门冬枸杞子和当归的人，他大概又向自己请过假了。我不记得林场上有他的影子。

必须承认，这是个有许多规矩的单调而又沉闷的城市，令人绝望的城市。我走进深深的城门洞，即使把脚步尽可能放轻，它仍旧发出咚咚的响声，并没有人注意我。其实，我应该说，除开不远的人家门前坐着两个妇人，一面低头做针工，一面在谈着话的，另外我并没有看见别的谁，连一条走着的狗也没有看见。

现在，我们到了这有个虚妄名字的果园城了。

街上的尘土仍旧很深，我要穿过大街看看这里有过怎么样的变化吗？我希望因此能遇见一两个熟人吗？你自然能想到我取的是经过果园的路。我熟知这城里的每一条路每一条胡同的走法。从城门里弯过去，沿着城墙（路上横着从城头上滚下来的残砖），用本城人的说法，不过几步路，于是果园就豁然在前面现出来了。从果园里穿过去，一直到孟林太太家的后门，没有比这条路更教人喜欢走的。那些被果实压得低垂下来的树枝轻轻抚摩着你的鬓颊，有时候拍打肩背，仿佛是老友的亲昵的手掌。

唉！应该叹气。我来得晚了，蜂子似的嗡嗡响着的收获期已经过去，抬头一望，只见高得令人发晕的天空，在薄暗静寂的空气中，缝隙中偶然间现出几片红叶。除我之外，深深的林子里没有第二个人，除了我的脚步，听不出第二种声音。

"你到这里来干什么呀？"

仿佛是谁的声音，一种熟识的声音在我身边响着。我真想睡一觉，一直睡到黄昏，睡到睁开眼就听见从远处送来两个果园城人相遇时的招呼声：

"晚了？"

"晚了。"

初上来我怅然听着，随后我站起来，像个远游的客人，一个荡子，谁也不知道地来了一趟，又在谁也不知道中走掉，身上带着果园城的泥土，悄悄走回车站。

"箱子也都放好了？"

"放好了。请回吧。"

车站上道别的声音又起来了……

我懊悔我没有这么办。我懊悔我没有悄悄离开这个有过"一个古怪老头和三个美貌女儿"的，静如止水然而凄凉极了的城了；我已经站在孟林太太的庭院里，考虑着该不该惊动她的清静。

我忘记告诉你她是个多爱清洁的老太太了。所有的寡妇几乎全有怪癖，她的院子里总是干干净净，地面扫得老像用水冲洗过似的。

现在我站着的仍旧是像用水冲洗过的庭院，左首搭个丝瓜棚，但是夏天的茂盛业已过去，剩下的唯有透着秋天气息的衰败了；在右首，客堂窗下有个花畦，种着常见的几种花：锦球，蜀葵，石竹和凤仙。关于后面一种，本地有个更可贵的名字，人把它叫作"桃红"。凡有桃红的人家都有少女，你听说过这谚语吗？我们的前代人不知道有一种出自海外的化学颜料，少女们是用这种比绢还美丽鲜艳的花瓣染指甲的，并且直到现在，偏僻地方的少女仍旧自家种来将她们可爱的小指甲染成殷红。

一瞬间我想起一个姑娘，一个像春天般温柔、长长的像根杨枝、而端庄又像她的母亲的女子，她会裁各样衣服，她绣一手出色的花，她看见人或说话的时候总是笑着……这就是素姑，孟林太太的女儿，现在二十九岁了，难道她还没有出嫁吗？

我踟蹰着站了片刻。在空荡荡的庭院里，大槐树顶上停着一匹喜鹊，幸灾乐祸地叫了两声，接着又用尖嘴自顾去梳理羽毛。黄叶飘摇着飘摇着从空中落下来。忽然我听见堂屋的左首发出咳嗽声，这是孟林太太的咳嗽声。我要叫喊吗？为通知主人有人来，我特意放重脚步走上台阶。房子里仍旧像七年前一样清洁，几乎可以说完全没有变动，所有的东西——连那些大约已经见过五回油漆的老家具在内，全揩擦得照出人影。长几上供着孟林先生年轻时的照相。孟林先生老穿着长袍马褂，头戴瓜皮小帽，脚下是双梁鞋、白市布袜子，右肘靠着上面放一座假自鸣钟的茶几坐着。照相旁边摆两只花瓶，里面插着月季花，大概在三个月以前就干枯了。

在使人感到沉重的，空中满布了阴影，静得连苍蝇的飞翔都可以清楚听见的静寂中，我预备在上首雕镂的老太师椅上坐下。

恰在这时，从里间小门里探出个女人的头来，是我们在这种地方常常看到的，穿着褪了色的蓝布衫，约莫四十岁光景，仿佛老在生气的女仆（假使你知道她每月顶多只有一块钱的工资，就明白世上没有什么值得她高兴的了）。她惊讶地望着我，然后低声问道：

"你是哪里来的？"

我说明了我的来历，女仆像影子似的退进去了。我听见里面叽咕着，约莫有五分钟，随后是开关奁橱的响声，整理衣服声，轻轻的脚步声和孟林太太的咳嗽声。女仆第二次走出来，向我招招手。

"请里面坐。"她说着便径自走出去。声音是神秘的，单调而且枯燥。

我走进去的时候，孟林太太正坐在雕花的几乎占去半间房子的大木床上，靠着上面摆着奁橱的妆台，结着斑白的小发髻的头和下陷的嘴唇在轻轻地颤动。她并没有瘦得皱褶起来，反而更加肥胖了，可是一眼就能看出，她失去一样东西，一种生活着的人所必不可少的精神。她的锐利的目光到哪里去了？她在我最后一次看见她时还保持着的端肃、严正、灵敏，又到哪里去了？

她打手势让我坐在窗下的长桌旁边。我刚才进来时她大概还在午睡，也许因为过于激动，老太太失措地瞠然向我望着。最后她挣扎一下，马上又委顿地坐下去。

"几年了？"她困难地喘口气问。

我诧异她的声音是这么大；那么她的耳朵原是很好的，现在毫无疑问已经聋了。

"七年了！"我尽量提高声音回答她。

她仍旧茫然地频频瞅着我，好像没有听懂。就在这时素姑从外面走进来，她长长的仍旧像根杨枝，仍旧走着习惯的细步，但她的全身是呆板的，再也看不出先前的韵致；她的头发已经没有先前茂密，也没有先前黑；她的鹅卵形的没有修饰的脸蛋更加长了，更加瘦了；她的眼梢已经显出浅浅的皱纹；她的眼睛再也闪不出神秘的动人的光。假使人真可以比作花，那她便是插在花瓶里的月季，已经枯干，已经憔悴，现在纵然修饰，还掩饰得住她的二十九岁吗？

我的惊讶是不消说的。

她惨淡地向我笑笑，轻轻点一下头，默然在孟林太太旁边坐下。我们于是又沉默了。我们不自然地坐着，在往日为我们留下的惆怅中。放在妆台上的老座钟，——原来老像一个老人在咳嗽似的咯咯咯咯响的——不知几时停了。阳光从窗缝中透进来，在薄暗的空中照出一条淡黄的线。

"你老了。"孟林太太困难地说。

我望着坐在她旁边的素姑，苍白而又憔悴，忽然想起那个传说中的古怪老头和他的三个美貌女儿。孟林太太应该另有原因，因为害怕女儿重复自己的遭遇，才一味因循把她留在身边的。我感到一种痛苦，一种憎恶，一种不知道对谁的愤怒。

"人都要老的。"我低声回答。

那女仆送上茶来，仍旧是老规矩，每人一只盖碗。

一九三八年九月二十二日

葛天民

/// 师陀

"葛天民在家吗？"

我站在大门里面过道上这样喊着，几只麻雀在庭院里叫着，里面没有应声。

我在过道里等了许久。一只黄狗从大门外面经过，向里头望望，接着又走过去。我预备再喊一遍，凑巧这时有人从外面走进来。

"葛天民老兄！"

"哦！马叔敖！"

葛天民非常惊讶。我们前面说过：葛天民懂一点医术，他跟他父亲老葛医生学的。现在他夹着出诊包，就是说他不单会给病人吃甘草和麦门冬，而且会打针了。他当然想不到我来看他，笑着说：

“什么风把你吹来的呀？”

于是我们穿过过道，再走进角门，我们在一个空院子里了。院子里有三间平房，坐北朝南，这就是葛天民的诊所。房门前有个葡萄棚。葡萄棚下面放着矮小的小桌，右边有一把旧式的圈椅，另一边是一只小凳。桌子上展开着一本书。在我们对面，靠左边墙角上有一棵合欢树，院子中间放着鱼缸，沿墙是美人蕉、剪秋罗和各种还没有开的菊花，只有园艺家可能说得出它们的名目。那些肥大的葡萄在空中吊着，已经烂熟，变成紫色的了。

一种乡村的空气马上包围了我们。

“你大概没有想到是我？”

“怎么会想得到！说真的，你想想有多少年……”

葛天民把出诊包送到屋里，接着走出来，对着空中向隔壁大声叫喊：

“李嫂！李嫂，拿茶来！”

直到这时我们才有工夫坐下。葛天民七年来几乎可以说没有变化，正相反，葛天民反而胖了。一个自得其乐的人总是要胖的。他们量大心宽，将近四十岁便胖起来，用这里的说法是“发福”了。

“你记得我们最后一次见面在哪里吗？”我问这个果园城的农场场长。

葛天民用手抹着他的发亮的额头，想了一下。

“我想，是在打船的地方吧？”

"我想不是。"

"那么是在果园里？"

这个没有嗜好的场长，这个过着闲适生活、为人淡泊而又与世无争的人，他大概是忘记了。我最后看见葛天民先生是在七年前，那时候他没有现在胖，胡子没有现在浓，他正在农场上指挥工人工作。

但是我们不能因为这件事责备他记性不好，人是生活在小城里，一种自然而然的规则，一种散漫的单调生活使人慢慢地变成懒散，人也渐渐习惯于成规。因此许多小事情也正像某年曾到河上洗澡某日曾到城外散步，这种类似的事件人们很容易地就忘记了。在这里也和乡下一样，大部分人是不愿意将金钱和时间耗费在享乐上面的，人记得最清楚的是宣统元年曾经买过火钵，民国十四年（一九二五年）在某地买过雨伞，民国十二年（一九二三年）又因某事曾在某家店铺裁过一件长衫，尽管这些店铺早已不存在，早就倒闭了。

我们并没有重要事情要谈。我于是提醒他：

"我记得我们是搭伴过河去的。"

"搭伴过河去的吗？"葛天民先生满意地笑着，好像无意间从大海里钩起一件久已遗失的东西，现在他想起来了。远在七年以前，那一天他因为买一双鞋，特地陪我到火车站。

这时候葛天民先生的女仆送来茶和茶杯。她是个三十多岁的女人，粗壮得像《水浒传》里的顾大嫂，有点憨里憨气；可是为了活下去，这个女英雄只得雇给人家当佣人。她把茶壶和红花茶杯放到桌子上，顺便告诉葛天民，刚才巡官派人来请过他，然后走出诊所，走出葛天民先生的花园。

当我们批评一个人，譬如葛天民先生，我们怎能说他是好或是不好或是坏的呢？你知道我们是生活在老中国，我们的人生哲学是——一个有才能的年轻人，在十年之后他已经自以为老了，说话总喜欢用"我们那时候"开始；一个热心改革的好人，他将被蛆虫们踩在脚底下蹂躏，直到他改变了样子，三分像人七分像鬼为止；反过来，假使在最初的十年中，他刚走进社会就做下累累的，每一件都够得上枪毙或二十年徒刑的大事，人家也许在背后骂他，但是直到现在，被尊敬着被颂扬着的岂不正是他们吗？

葛天民先生不属于这一类，他是另外一种人。他曾在本省农业学校毕业，学得不十分好，这不能怪他，因为人根本不想教他学好。那时候地皮比现在宽，当人家推荐他或是说委派他的时候，他选定自己家乡。他回到果园城，在一片荒地上创立了农林试验场。

我曾经说过，葛天民毫无嗜好，每天吃过早饭，他替老葛医生看病人，按脉，看舌头，开方子；下午葛天民出城去了，葛天民到农场上去了。他在那里并没有什么重大事情；他的工作照例是检查各种苗区，看工作进行的情形，看工人有没有按照他的规定去做。他在那里留到五点钟，有时候稍微迟些，他留到六点。

这中间他发现玫瑰花的枝条长得太长，波斯菊的种子该保存下来，或是供接菊花用的蒿艾生了蚜虫。

"老朱，老朱！"

葛天民先生在蔬菜区里喊着。

"场长先生说苞菜坏了！"

工人们是这样称呼葛天民的。于是到了五点，工人们，还有农场上的老牛，都站在充满夕阳的光和各种植物的香气的农场上听候场长吩咐。这一天就这样平安无事地过去了。家里并没有紧要事情等着葛天民先生回去，他不是诗人，可是乐得到河岸上去散散步，有时候也喜欢在冷僻的乡下小路上走走。

其实即使这些监督工作也是可有可无的，葛天民的到农场上去只是——大半是因为成了习惯。碰着刮风下雨天，或者他有别的应酬，你走过农场时没有看见他，你就知道葛天民向自己请假了。

他除了替绅士们培养一些稀奇的树苗，另外毫无成就。他的场虽然名之为农林试验场，可是他的土耳其种秃头小麦和农民有关系吗？他的像种花似的耕作方法跟农民有关系吗？他的接枝桑树跟农民有关系吗？

"这是当然的。"假使你知道当时所有的机关都只有一个目的，都为了刮地皮，你就不会责备葛天民的成绩了。假使你知道农场的经费有多可怜，你就得承认：葛天民的薪俸仅够他的一家人买青菜，到了民国十五、十六、十七，连买青菜的钱也停发了，他每天只得吃自己的了。但是随他各机关去搜，去刮，去分赃，去狗打架，他的农场仍旧照常进行。他有他的目的，用农场本身的出产能养活两个工人，自己乐得当当场长。原来他发现"场长"这两个字比普通医生吃香，他的麦门冬比别人的灵验。

葛天民先生像管理花园似的管理农场，每天照例在那里留到五点以至六点钟，照例把一部分时间花费到小合欢树，梧桐树，加拿大种的杨树，印度种的槭叶树上面。

于是我们自然而然地谈到农场。我说：

"我最后一次来果园城的时候，你正在试种无核葡萄。"

"你记得准是无核葡萄吗？"

葛天民挺调皮地望着我。

"你试种过各种植物，可是这一回的确是葡萄。"

"哦！不错，葡萄！"

葛天民对葡萄似乎挺有兴趣，下意识地挪动着凳子，向我凑过来说：

"你来的时候经过农场吗？"

我从车站下来是经过农场的。

"那么葡萄呢？你看见葡萄没有？"他兴奋地问我。

"我没有看见。"我告诉他葡萄田好像毁了。

一种惊骇混合着失望的感情使葛天民的眼睛又大又空虚，兴奋立刻从他脸上消失了。

"还有桑园——桑园也毁了？"他接着问。

"桑园也毁了，"我说，"现在是一片空地。"

葛天民沉重地呼吸着，盯着我直发愣，好像他没有听懂。随后他转开脸，失神地望着空中，望着那棵合欢树。试想这多奇怪，这个农场的老场长竟不知道他的桑园和葡萄田！我开玩笑说：

"那一天我没有看见你，我想你向自己请假了。"

"请假了？"

葛天民从梦境中醒过来。终于，他领会了我的意思，做个鬼脸说：

"是的，请假了。请长假了！"

我们怎么想得到呢？这个长期不支薪水的农场场长，为人淡泊而又与世无争，常用各种稀奇古怪的小树周旋于绅士之间，老爱给病人吃甘草和麦门冬的人，我们总以为他将平平淡淡做场长做到死的，谁知道后来农场经费有了着落，当他正准备扩充的时候，他得到暗示，为着保存面子他只得自动辞职。他说他请假快五年了。

我们不必谈印度槭叶树和土耳其秃头小麦了，也不必谈无花果和波斯菊了。接着我们谈医道。老葛医生死了，葛天民子承父业，我忘了提了，他的大门口一直就挂着"祖传内科"的牌子。说老实话，你一辈子不认识他这个医生，决不会少活三年。葛天民是个好庸医，他怕用巴豆，甚至怕用常山，在他的药方里最常见的是枸杞子、麦门冬、生地、熟地、党参、番红花。可是纵然如此，果园城的老爷和绅士们仍旧爱请他去看病，因为他随请随到，他的药保险，顶重要的是照例可以不给他诊费——看好病，有的人逢年过节给他送两盒点心，已经算天大的面子。

听到这种种消息谁都会气愤不平。

"他们干什么老不肯放过你呢？"

"你知道有臭味的地方就有苍蝇，老弟。这只怪地面太窄，所以有些人就被踩在地下；至于我，我就得给挤到天上去了。"葛天民笑着站起来，转转身子，忽然作个虚张声势的手势说：

"你等着瞧，有一天我给他们巴豆吃！"

当我们这样谈着话的时候，一个小贩在墙外胡同里大声吆喝着：

"熟枣啊，红的熟枣啊！"

对我辈四海为家的人，还有什么是比这种叫卖声更亲切更令人惆怅的呢？当我们回到长远离开的某处地方，忽然听见以前就在小胡同里听惯了的叫卖声，也许十年二十年过去了，我们发现它没有改变，原来小城市的生活也没有改变。

可能是叫卖声引诱了葛天民先生的馋涎，或者提醒他了，他踮着脚尖从葡萄棚上掐下一串葡萄。

"尝一尝这个吧，老弟？"

葛天民把葡萄放在我前面，然后他深深地喘口气。

"这就是那一年试验的那一种吗？"

"啊，正是试验的那一种。"

葛天民自嘲地笑着，他说他当了十二年的农场场长，幸亏自己家里还留着这种葡萄。

我们继续坐在葡萄棚下面，小贩过去以后，周围又归于平静。这城里的生活仍旧按照它的老规律，乏味地慢吞吞进行着，太阳转到西面去了，我们可以想象它是每天就这么着转到西面去的。阳光透过葡萄棚，温柔地从缝隙中漏下来，在对面合欢树上，几只麻雀快乐地在吵闹，墙壁和院子中间的鱼缸的阴影长长地映到地上。花园门口忽然出现一个人。

"葛场长在家吗？"

"在，在。"葛天民满口答应。

那人高傲得像个催科衙役，板着脸用绝对不打折扣的腔调说：

"县党部马委员的少爷有病，请你去一趟。"

"好，我马上就来。"

请医生的走了。我打量葛天民，从他脸上竟看不出有一点愤懑。桌子上摊着一本书，拿起来看时，原来是石印的《笑林广记》。

"真是葛天氏之民哪！"我站起来说，把书放到原来地方。

"呦，呦！别提了。"他滑稽地向我挤眼，"快成割头民了。"

我们笑着离开他的诊所或是说花园。葛天民诚恳地希望我能在果园城停留几天，他说他将弄一条船，溯流而上，到一个什么村子去看戏。假使可以这么称呼，他应该算是个小小的"混世家"。他是别人的父亲，别人的丈夫，会应付任何风浪，将来很可能活到八十五岁，然后安静地死去。

一九三九年六月二十二日

桃红

/// 师陀

在孟林太太家里，每天我们能猜出都是来什么人，一个送水的，接着，一个卖绒线的。当阳光从屋背上照进这个寂静的老宅，素姑——孟林太太的女儿，一个像春天般温柔，长长的像根杨枝，看见人和说话时总是宛然笑着的，走路是像空气在流似的无声，而端凝又像她母亲的老女，很早很早她就动手，我是说她低着头开始在绣花了。假使是春天，夏天或秋天，她坐在院子里的大槐树底下；冬天，她悄悄坐在明亮的阳光照着的窗户下面。孟林太太这时候照例在床上睡她的午觉。

现在素姑正是坐在院子里，在右边，在素姑背后远远的墙角上，有个开始凋零的丝瓜棚；在左边，客堂的窗下，靠近素姑是个花畦，桃红——就是果园城人给凤仙花取的名字，少女们种了预备来染指甲的——现在在开它们最后的花朵。院子里是自早晨就没有人来过，干净得像水洗过的一般。每个寡妇据说至少有一种怪癖，自从被孟林先生遗弃以后，据说她从来没有高声说过话。她害怕聒噪得神鬼不安，数十年的空闲生活又使她倾向清洁。就在这种静止气氛中，素姑十二岁就学会各种女红。于是一年，二年，五年，十年……唉！她给自己缝绣满一口大箱，那种旧式的朱漆大箱，接着她又缝绣满另外一口，并且，当她二十岁的时候，还给孟林太太做好寿衣。渐渐地，亲友们的和邻舍家的她的女友们，跟她同年的少女都出嫁了，后来连比她小十岁的，当她应当出嫁的年龄还是小女孩的少女也出嫁了，她们在出嫁之前，大半都请托过她，她为她们一个接着又一个地缝过嫁衣。现在素姑是二十九岁！没有人能计算她总共缝过多少绣过多少，但据说，仅仅她给自己做成的已经足足够她用三十年，用到够她成为一位白发苍苍的祖母——五十九岁了！这些衣物自然是逐年做成的，它们逐年都有不同的式样，它们是宽的，瘦的，长袖的，短袖的，挑花的，镶滚的。从这些不同的式样你可以设想一个少女曾经做过多少梦，你可以看出一个少女所经历的长长岁月。现在她正给自己绣满第三口箱子。

时光无声的——正像素姑般无声地过去，它在一个小城里是多长并且走得是多慢啊！素姑低着头已经绣了半只孟林太太的鞋面，在青缎的底上绣完两朵四瓣梅了。

"妈，几点钟啦？"

素姑心中忽然如有所动，忍不住抬起头来问。孟林太太早已醒了，正一无所欲地在床上领略午睡后的懒倦。

"瞧瞧看。"这是她照例的回答。

那放在妆台上的老座钟——你早应该想到，这人家其实用不着时钟——人家忘记把它的发条开上，它不知几时就停摆了。

素姑手中捏着针线，惆怅地望着永远是说不尽的高和蓝而且清澈的果园城的天空；天空下面，移动着云。于是，是发黑色的树林，是笼罩着烟尘的青灰色的天陲，是茅舍，猪，狗，大路，素姑上坟祭扫时候看见过的；是远远的帆影，是晚霞，是平静的嫣红发光的黄昏时候的河，她小时候跟女仆们去洗衣裳看见过的。她想得似乎很远很远……

一个沉重的脚步声蓦地走进来，素姑吃了一惊。

"老王，老王！"她转过头去喊。

"嗯！"送水的这样应着，一面担了水急急往厨房里走。

忽然间她自己也觉得好不奇怪，真个的，她喊老王做什么呢，老王每天在这个时候进来，给孟林太太家担水快二十年了。她自己觉察这举动的突兀，因此，她的慢慢地向下画出两条弧线的脸上很快地，让我们用一个常用的比喻：在那白的花瓣上飞起两朵红晕。

"果园里的果子卸光了吗？"她高声问。

"卸光了，小姐；早就卸光了。"

老王并不回头，他自然没有留意素姑的心情，说着时早已走过去了。庭院里接着又恢复原有的平静，远远地有一只母鸡叫着，在老槐树上，一只喜鹊拍击着树枝。

"早就卸光了。"素姑在心里想，她的头又低下去了。她用一种深绿色的丝线在鞋面上绣竹叶。

时光是无声的，但是每一个小城里的日子都有一种规律。在大门外面的胡同里（这胡同距离孟林太太的住宅很远，它们中间还要经过一条夹道），一个卖梨的吆喝着走过去了，一个卖熟枣或熟藕的接着也走过去了，最后是一个卖煤油卖杂货的沉重地敲着木鱼。

"梆！梆梆！"

素姑于是又一遍地抬起头来问：

"还不该烧饭吗，刘嫂？"

刘嫂——孟林太太家的女仆，这天下午到河上洗衣裳去了，也许正在大门口和果园城的兴致永远很好的娘儿们闲谈。那个老座钟，我们说过它早就停了。

正在这时走进来一个卖绒线的。你见过她们吗？那些臂弯上挽着条篮，手中拄一根拐杖——一根棍子的可怜得像老要饭似的老妈妈们。就是这样一个老妈妈，她从这人家走到那人家，又从这街巷穿过走进另一条街巷，整整跑了半天，已经走得累了。现在，她走进来的时候并不曾呼喊，甚至没有发出一点声音，以前她是每天来的。

"买点什么吧，小姐？"

素姑并不要买什么，然而她仍旧想看看。于是在天井里，就在泥地上，卖绒线的坐下去，随后打开篮子，一些红的绿的绫绢露出来，全是便宜的，不耐用的，你简直可以说是丑恶的，这里的卖绒线的都带售点布料。素姑拣块杏红绫子，这好像是一种习惯，接着她又看中一种羽毛辫条。但是我们怎样才能说明一个二十九岁的闺秀的心情啊，忽然间，仅仅是忽然间，当她想到这些东西该配到哪里最合适，一种失意，一种悲哀，正是谁也没有料到，但是早已潜伏着的感情。

"不要了。"她说，她什么都不要了。她已经缝满两口大箱，她给她的同时的以及比她晚一代的少女们裁过嫁衣，并给她的母亲做好寿衣，那么她还要这些做什么呢？她还缝什么呢？她把卖绒线的货篮推开。

她把货篮推开，你知道每个卖绒线的都有她们的兜揽方法，她有一块老机织的猩红缎。

"你明天出嫁时候用得着的，小姐。"卖绒线的发慌地喊。

素姑感到受了一下更重的打击。她站起来，不，她什么都不要了，卖绒线的从后面望着她走进寂静的又深又大的上房。这屋子的一头是孟林太太住的，另一头归素姑自己。

"外面是什么人？"孟林太太大声问。这时候她已经起来，在床上坐着，她的耳朵近几年有点聋。

素姑没有回答就走进自己的闺房。她坐在中间糊着灯红纸的窗户底下，一只书桌前面，在她背后，顶着床摆着梳妆桌，另一边，一个橱柜，上面叠着两只大箱，整整锁着她的无数的岁月，锁着一个嫁不出去的老女的青春。她从书桌上拿起一本书，一本展开着的不知几时忘记收起来的《漱玉词》：

......莫道不消魂，帘卷西风，人比黄花瘦。

接着，她的手又废然垂下去，她的眼睛——难道这不是很自然的吗？它移到面前的镜子上去了。在镜子里，一个长长的鹅蛋形脸蛋儿；一绺散乱的头发从额上挂下来；一双浅浅的眉在上面画了两条弧线；眼的周围有一道淡黄的灰晕；她的嘴唇仍旧是好看的有韵致的，却是褪了色的——一个中国的在空闺里憔悴了的姑娘。

素姑正是这样望着，右手支着头。在窗外，雁嘹唳着从将晚的果园城上空飞过，晚风萧索地在庭院里丝瓜棚上发出轻微的响声。于是书从她手里落下去，她想得似乎很远很远，渐渐地连镜子也在她眼里消失了，一颗泪珠从她脸上滚下来，接着又是一颗。

一九三九年十月十日

贺文龙的文稿

/// 师陀

"被毁伤的鹰啊,你栖息在小丘顶上,劳瘁而又疲倦。在你四周是无际的平沙,没有生命的火海,鹊族向你叮喙,鼠辈对你攻击,万物皆向你嘲笑。你生成的野物毅然遥望天陲,以为叮喙、攻击与嘲笑全不值一顾……"有一天夜里,贺文龙的家里人睡了,他在一个刚订起来的本子上这样写。

贺文龙——一个细长、苍白、浓眉、寡言笑的年轻人,果园城的小学教师,当他在学校里念书时候,据说也正跟大多数年轻人一般抱过大希望。正是所谓上天好生,欲成其大志,必先劳其筋骨,接着贺文龙就跟不幸的全中国人一同吃了苦了。等到他不得不把自己委曲在一个小学教师的职务下面,看出别的全无希望,他将自己的全部希望付给一种既不用资本也不必冒险的事业,希望将来做个作家。

　　这一天就是他的事业的开始。他坐在小窗下面，一盏煤油灯
前面。昏黄的灯光照到他疲劳的脸上，值得全世界赞美的夜晚在
进行着，打更的铜锣声远远响着；风轻轻在窗纸上呼吸；他的太
太在隔壁打鼾；他的母亲在另外一间房子里咳嗽……他倾听着只
有在一些小城市中才会惹人注意的各种声音，一种宁静感，一种
操劳后的安慰，打更的铜锣声于是把他带到城外去了。他想到他
的辉煌的将来——为什么他不该有个好的将来呢？难道他的忍耐
力不够强，他的聪明不逮别的什么人吗？那么他将从这无休无止、
任重吃苦的生活中挣扎出来，有一天，这个被人轻视的、一天到
头像叫花子一样在讲台上叫嚷的小学教员将有他自己的高山，他
自己的大海，他自己的广野……

　　美丽的幻境摆在前面，正像摆在鹰的翼下。接着他忽然惊醒，
他太太的鼾声使他抬起头来了。打更的铜锣声仍旧远远地响着，
夜晚比先前更加宁静。当他预备从新去继续他的文稿，他发现
灯里的油快熬完了。况且困倦的眼泪早已在他眼里，睡眠多甜
蜜啊！

　　贺文龙因此将规定的工作推到明天，明天又推到后天。并不
是他生成的懒惰，说真的，假使有人知道小学教员生活的十分之
一，他便不会责备他——责备可怜的贺文龙了。为着一个月能拿
到手二十至多二十五元薪水，他每天须在五点半以前起床，六点
钟他要到学校里监督学生自习；八点钟他走上讲台，然后——不
管是冰雪载地的深冬或赤日当头的盛夏，他必须像叫花子似的叫

喊着，直到他累得白沫喷出，嗓子破哑。

可是即使是嗓子破哑，谁又会去注意他呢？人是生来只去留心大人物，有钱的人物，地位优越的人物，因为这种人能够影响他们以至他们的子孙，一个小学教员，他累了、病了或是死了，跟别人有什么关系？

人或许以为他喊了一天，这就算完了，可以安安适适伸直腿去休息了。这是个多荒唐的想法！须知道，假使说世界上真有一种人堪称万能，这种万能的人就只有小学教员，他必须记住那些他从来不认识的人的名字，那些从来不会惊扰人类安宁的小国，那些他从来没有时间去观赏的星斗以及他永不会去使用的格栏辐线，甚至他还必须知道怎样玩哑铃和怎样打球，就是说他得教国文、地理、历史、"自然"、算术，甚至还得会教体操，十八般武艺他得件件精通。等到他回到家里，人以为是他的休息时间，他却又必须马上坐到桌子前面，原来成堆的课卷早已在等着他了。他要改正作文，看学生们的日记，鉴定大字小字。等到他把工作一件一件做完（其实他永远不会做完，就是他死后他也不会做完！），呵欠又早已在他嘴角上等着他了。他的眼睛花了，手麻痹了，脊骨酸痛了，头脑昏眩了，简直像一阵旋风一样的了……那么，请想想，明天早晨五点半以前他就得起来，他还能去写作吗？

不得已，贺文龙的文稿或是说事业就这么着一天一天推下去。他的太太业已怀孕，不久就要分娩。在先他打定主意等孩子出世后动手，不幸他给他带来了更多的困难，他更加忙了。他的收入不够他雇用奶妈，在他的两项日常工作——在讲台上教化和永不会看完的课卷之外，从此又增加一件：有时候，他的太太在厨房里或为别的事情分不开手，他必须去料理孩子。

贺文龙自然并不比别人缺少忍耐力。有一次他无意间在书堆下面翻出他的文稿，它已经像夹在纪念册里的花瓣变成焦黄。因此他又从新想起他的未来事业，他又重下决心，跟自己约定一年为期。

"等孩子长得大点，他会自己在地上爬，我就可以动手。"他用这话安慰自己，以为只要他肯再忍受一年就很行了。

然而上天从不肯加惠苦人，他以一年为期的，却是他的第二个以至第三个孩子。人说饭越少人吃得越多，好像他们知道贺文龙是这么个可怜虫，每月只有二十至多二十五元收入，吃不饱也饿不死的小学教员，他们几乎同时抢着来了。

"看来送子娘娘是认上我的大门了。"当他的第三个孩子出世时，贺文龙苦笑着想。

他已经好久不提他的未完文稿和他的辉煌事业，现在他是连想到它们的时间都没有了。每天当他疲乏得像驴子似的回到家里，小贺们便将他包围起来，最大的喊他"爸爸"，较小的喊他"乒乒"，最小的喊他"法法"。他们同时爬到他的肩上膝上，然后上气不接下气地，用他们的还不能自由讲话的小嘴断断续续告诉他许多事情，他们说刚才有客人来过了，这以前还有讨账的也来过了。当另外一些时候，他回去常常碰见他们躺在地上号哭，他们尽量地号，就像几只大喇叭在比赛谁的声音最高最大。说实话，贺文龙实在被他的孩子们给累坏了。贺文龙的脖子上好像被什么东西给勒着，贺文龙要透不出气了。

"他们应该死掉两个，要么就得送人两个。"这时候他便苦恼地在心里发脾气。接着他立刻又想起自己是教员，曾经受过教育，虽然世界上只给他白眼，自己总以为是个体面人，做父亲的对于自己的孩子应尽责任。总而言之，他马上就发觉这是一种罪恶观念。

"谁还能帮助贺文龙呢？"他于是向空叹息，"纵然真的有一个上天，上天看着他也只有皱眉。并不是他不挣扎；他的挣扎无用，厄运像石头般接连向他砸下来，它注定他要从希望中一步一步落下去。"

贺文龙的最大的孩子终于进了学校。有一天，命运好像对他做最后的回顾，他看见小贺坐在台阶上正用铅笔朝一个本子上涂抹——"又在乱画？"你应该知道像这样大的孩子就是魔王，碰到他们手底下的东西全要遭劫。贺文龙将本子要过来，原来是他早已忘在背后的文稿，上面有几句已经被一只大眼睛公鸡遮住。

这是贺文龙看见他的文稿的最后一次。

"被毁伤的鹰啊……你生成的野物……以为叮喙、攻击与嘲笑全不值一顾……"他在心里念着这些好像是一种讽刺，他已经不能十分了解的文句。

小贺恐惧地从下面望他的脸色，以为可能要被责罚。贺文龙却没有想到他的儿子；他想的是数年前他写这文稿时的情景——希望、聪明、忍耐、意志，一切人类的美德无疑地全比罪恶更难成长，它们却比罪恶容易销蚀，容易腐烂，容易埋没。如果他配称为鹰，这鹰的最后希望是断定了。一阵惆怅于是忽然占领了他，他感到人生草草，岁月匆忙，一转眼便都成过去。将来有一天他也许会跟许多悔恨他们少年行径的老年人一样，他会从新想起他的文稿，很可能以为只是当初一种妄想，一时的血气冲动。不过还有一个更大的可能，他也许——自今而后也许永不会想到它了。

一九四一年五月二十八日

傲骨

/// 师陀

　　"牢骚，没有完的牢骚！"当人提议去看他的时候，他的相识们总是摇头皱额，仿佛他们对他已经没有办法。

　　于是我们想，什么是造成这个所谓"没有完的牢骚"——我们往往觉得，这对于当事者本人，要远比字面上所说明的可怕得多呢！在考虑这个问题之前，我们注意到这种现象，在最近十年老中国的生活莽原上，在激烈的斗争中，出现一批愤世家。他们愤恨政治腐败；反过来，如果他们坚持下去，活一天便遭受一天的压迫排挤。这些人无疑都是好人，自认为灵魂纯洁得像秋天的鸭跖草，但是，假使这话不致过分地伤害他们，我得说他们中间很少真正的强有力者。这个人就是这种好人，不管我们怎么评判，世人又怎么指责，纵然社会人士全离开他，故旧们全轻视他，他的同道却仍旧对他存着敬爱。人家说他脖子后面生着一块傲骨。

这是一块可怕的包括正直与自负的傲骨。同时，你当然能够猜出，他们像九九表，几乎有个一律的身世。他们的父亲是老邮政局，骨科医生，铺子里的掌柜，或是个纯粹的小地主，他们谨慎地在豪绅与官吏的气焰下，在不安定的恶劣空气中活着，只怕被别人注意，只怕被别人看见。不，他们什么都不缺少；最坏的就是这个什么都不缺少；你想想，他们有收入，家里有钱，乡下有田地，那么，他们为什么老战战兢兢，怕那些官吏和豪绅——也就是流氓和烟鬼呢？

果园城至今还流传着一个谣谚，所谓"灭门知县，倾家地方"。地方就是地保。这种不适于呼吸的空气从小时候就刺激他，气恼他，使他成为愤世家。

这个后来的小愤世家终于进了学堂。

"这是谁？"他的同学们问，"这个家伙，瞧他那股子神气！"

"呸！他爸爸是个小肥猪。"另外的快嘴些的回答，也许他忘记自己的爸爸也是"小肥猪"了！

这是真的，一开始不愉快就等着他了。你当然同样能够猜想出，在十五年前，几乎所有小城里都有这种现象，每所学校里都有一些英雄，他们大半才刚刚十二岁至多十四五岁，但是他们已经从他们的父亲和先生那里学会换"金兰谱"。这些小老先生们——常常挨板子或被罚跪在太阳下的刘、关、张们，他们自然不把"小肥猪"的儿子放在眼里，就经常向他挑战和袭击了。他被锻炼着，直到他的心都被弄硬起来，在这个学校里住了五年。唉！他长长地叹口气，于是离开家乡，在一个比较大点的城市里考进师范学校。

"我们果园城的人没有第二个考上这个师范学校！"他父亲笑着对别人——也许是个剃头匠说。老头子从来没有进过"师范"，在他的想象中，觉得它是很大很大，除去北京的京师大学，要算它最大了。他欢喜地等着，等着将来做"封翁"耀武扬威。

可怜的老头，他怎么能想得到儿子的命运，怎么能想得到儿子的将来呢？这个还没有长成的果园城的傲骨，他的想法显然跟父亲不同。他的年龄渐渐大起来，翅膀渐渐硬了，对于过去的他什么都没有忘，都放在心里。他竭力加强自己，在外边他能找到各种新的书籍，一些"辩证法"，一些"意德沃罗基"，一些"资产阶级"和"无产阶级"。二十年来中国青年站在世界前面，什么还能比这些理论更容易使他接受，更合乎他的欲望？它们正是打倒他所憎恶的腐败政治和豪绅跟流氓的。他在那里住到毕业，据说他读了很多很多——唉，很多很多的书！接着他怀了满腔希望和骄傲从学校出来，得到县立中学的聘约，犹之乎从来没有上过勒的马儿，现在他得到机会试试自己的理想，自己的千里足了。

不幸他命中注定要受一次试练，它在这里跟他开了个玩笑。

他的千里足一开始就跑到一片荒地上去了。他的同事们，那些"人师"们把"王莽"念成"王奔"，他们说"兔和鸡没有脑子"，他们平常连报都不去看，连冥王星都不知道；他们只知道拍马、吃酒、打牌、吊膀、欺骗。他是看过辩证法和唯物论的，在这里他是真理的代表，跟这种无赖同事，跟他们同样被称作先生！他感到大大地受了侮辱；另一方面，当然也就更加骄傲。事实岂不正是这样的吗？请睁开眼尽可能往四方看看，这地方除了他还有谁是人才？

"共产党来的时候，他们第一个必须请我出来。"据说他是这样跟他的学生们讲了的。

我们可以设想他的学生对他是如何拥护，他们从来没见过如此博学的先生。然而最坏的就是这个拥护！假使你正在或预备将来当教员，首先你应该注意，当你被你的学生欢迎的时候，你的厄运已经来了，不久你就会明白倒是他们开始就写信骂你，后来用木棍打你要好得多，至少你的地位稳固得多。请相信我，我们中华民国的历史应该这样写："某公为某县令，拒贿，致犯众怒，为邑民殴伤……"当然不会当真有人被"殴伤"，因为根本没有不刮地皮的官。

现在且说这块果园城的傲骨。接着他被"请"出来，被请到衙门里并且监狱里去了。他的两个学生证明他向他们宣传共产，后来有人说他们是被收买的"学校保卫队"，当然举不出确凿的足以构成罪名的证据。可是人家根本并不要什么证据。

他在监狱里住了半年。这时候他多愤怒！从监狱里出来，他跟父亲吵了一架，还几乎跟所有的人吵架。接着他去旅行。人家说他下了决心，跑到上海去找关系，但是共产党——那些在"地下"的人门口并不曾挂牌子，找他们比穿上洋服去见衙门里的"革命家"困难多了。他的钱很快就用完了，连衣服都送到当铺里去了。最后他只得带着满怀羞辱和两肩灰尘回果园城，另外他给"梅花团"和"ＣＣ团"弄出点麻烦，他们至今也许还在按月替他做报告。

他的回来还有个凑巧地方。那老邮政局，或老骨科医生，或老地主——你已经知道老头生来胆小怕事，想起官就打哆嗦，因为他的冤枉官司和要命的傲骨，早已吓出一身老病。他回来恰恰赶上给老头送终。

他赶上给他父亲送终，烦恼却又在暗中窥伺，早已在等着他了。年轻人是爱动的，当他办完丧事，他开始盘算：现在他做什么？他能做些什么？他是一个家主，首先，他整理产业。想起乡下的土地。是的，土地不多。但是他受过洋教育，要像西洋人一样，在自己田地的两端——临着大路的地方和所有早已荒废的空地上以及河岸上全栽上树。这是个好计划，他想定就马上动手，每天很早就忙着出城。你知道社会老爱嫉妒人，那些穷苦的乡下人，他们怎么能知道是他——一个站在他们一边的革命家的树呢？他命佃户一棵一棵地栽在坑里，一棵一棵地将泥土捣结实，一棵一棵地浇上水，然后他抬头望着树顶，

从这些可爱的辛苦栽上的小树，幻想出一片茂盛的森林；可是
穷苦的乡下人到夜里却将这森林给他带根拔掉了，并且用锯截
断，用斧头劈开，送到灶里去了。此外还有许多事情，仿佛因
为父亲死去凭空给他添许多纠纷。仿佛周围的人们忽然都从沉
睡中清醒过来，他的一位邻居故意犁他半尺田地，另一位邻居
又说他的房子压了自己的地基。对于这种事情你怎么办？果园
城的人显然不十分看得起他，他们崇拜的是"机关里的""戴
徽章的"，甚至于胡、左、马、刘的子孙，因为他们怕这些流氓、
痞棍、海洛因和鸦片大瘾。

　　"嘘……这些愚民！"他常常咬着牙关，痛苦得嘴唇发白，
同时又轻蔑地摇着头对自己说，"你怎么能教他们认识谁是好人，
谁有才能？他们看起来每一个摆测字摊的都是姜子牙，他们把玻
璃当成珠翠，把真金当成黄铜！"

　　他所受的不公平和说不尽的烦恼使他更加傲慢，人家说他：
"牢骚，没有完的牢骚！"他自己常常说："我的胃又疼了。"
渐渐地，他不再去城外，甚至不想出门，爱造谣的人就说他快疯
了。没有人知道他做什么，他每天都在书房里坐着；他并不看书；
他独自抱起肩膀坐在椅子上，好像准备跟全世界决个胜负。

　　"你且往那边看，那边走来的岂不就是他吗？"浮土很深，
间或走过狗或猪，两旁坐着喜欢谈天的太太们，在夏天和秋天，
一到黄昏就从城外驶回拖车来的果园城的街道上，他的步伐有多
傲慢，他的头仰得有多高，两只眼睛望着明净的、时常飞过白云

的果园城的天空，看上去多么像在横过旷野；他沉重地放下脚步，又多么像连蚂蚁都想给踩死呀！

不过我们在这里惊异的是另外一件事情，我们忽然发现——他改变得有多厉害，跟他在学校里读《十字军东征》和《蔷薇之战》的时候又多么不同啊！他的头发是长长的，杂乱的，已经好久没有理过；他的脸色，颧骨从两颊上突出来，像一块灰色和棕色染出来的暗淡的破布；他的嘴唇寂然闭着；他的原是高高扬起的表现着英气的眉，现在是紧紧地皱着，好像被大风雨摧残的树叶，低低地压在他的眼上；从他的眼里，你可以看出正射着那种冷的复仇的，那种从囚犯们眼里射出来的光辉。

"老兄！"我们于是喊。

"先生！"接着我们第二遍喊。

这个不幸的人，他没有听见，他根本想不到会有人在大街上叫他。他现在是到一位果园城的"隐士"——譬如说贺文龙先生家里去的。他跟贺文龙不同：贺文龙忙里偷闲，还喜欢畜养蟋蟀，弄弄花草；至于他，你还教他爱什么呢？你怎么能教他忘记他所受的屈辱呢？不，他什么都不爱，他生命里只有憎恨。他在贺文龙家里下两盘象棋；即使在下棋时候他也没有忘记憎恨，他把三种利器——车、马、炮全拿出去，然后开始猛烈进攻。据他说这是"霍去病的战略"。

"将来我们有一天就这么着，"他像当真对着他们似的说，"我们把他们一直赶到雷州半岛，然后把他们全都赶下海！"

　　这一回，他没有说共产党来到的时候首先要请他出来。他已经好久没有提过这句话，因为他有一块可怕的傲骨，这傲骨并且越长越大。

一九四〇年八月十九日

塔

/// 师陀

这一天早晨很早，守城门的刚刚将赶集人放进去，我已经在果园城外了。一种快乐欲望在心里骚扰我，昨天晚上几乎使我不安了一夜。说老实话，果园城的见识确乎有大力量，只要你能在这些聪明人中间生活三天，忽然间你发觉你有许多妄想，你恐慌起来，原来连你自己都不知道你已经改变了。我抱着只有果园城人才会有的愚蠢目的顺着收割过的土坡走去，嘴里吹着哨子，心里十分高兴，仿佛我自己就是水鬼阿嚏。太阳正从天际从果园城外的平原上升起来；空气是温柔潮湿，无比的清新；露珠在挂着秋毫、在散布着香气的草叶间闪烁；在上面，阳光照着果园城的城垛和城头上的塔，把它们烘染得像金的一般在空中发光。

这就是那个人家认为永不会倒的塔，果园城每天从蒙眬中醒来就看见它，它也每天看着果园城。在许多年代中，它看见过无数痛苦的杀伐战争，但它们到底烟消云散了；许多青年人在它脚下在它的观望下而死了；许多老年人和世界告别了。一代又一代的故人的灵柩从大路上走过，他们生前全曾用疑惧或安慰的目光望过它，终于被抬上荒野，被埋葬到土里去了。这就是它。现在它正站在高处，像过去的无数日子，望着太阳从天际从果园城外的平原上升起来。

"喂！马叔敖，这么早你就出城来了？"前面忽然有人向我呼喊，呼声是洪亮，充足，你很容易听出这是有福人单纯人才应该有的声音。

这招呼我的是看《笑林广记》的雅人葛天民（必须承认，葛天民远比果园城诗社的酸丁们高雅！）。早上在城外遇见这个好人是难得的，他因为昨天黄昏给一个亲戚看急诊出城，所以今天才没有按习惯挎着篮子上集市买菜。

我向葛天民站着的地方走过去。他说：

"我看你大概丢了东西了？"

"很重要的东西，葛天民。糟得很！"我笑着回答他。

"我猜是钱。啊？"

我们不应责备葛天民，按果园城的哲学，人可以随便丢掉灵魂，只有丢钱是大事情。

"比钱还糟，朋友。"我说凡是到果园城来的人，谁也别想幸全，他一走进城门，走进那些浮土很深的街道，忽然他会比破了财还狼狈，首先他找不到自己了。

他初上来挺有趣地瞅着我，从眼梢那里，但是忽然如有所悟，滑稽地做了个鬼脸。他将眼睛收缩起来，胖胖的脸上现出许多皱纹，样子看上去十分可爱。

"呀！是的，是的，很可能……"他反复叹息，回头望望城墙。

不过这没有关系，现在骚扰我，昨天晚上使我不能安睡的是别的事情。

"别的事情吗？"他吃惊地问。

"我有个问题，葛天民，我总以为阿嚏是一部分果园城人的代表人物？"

"你说得不错。对了。"

"那么你可能有你的看法，你可能研究过他？"

葛天民望着天空想了一下，摇摇："嘘！没有。"他自己也是果园城人，他没有意见，没有十分注意过好水鬼。他想的是另外的东西，它是如此重要，假使没有它，据说人将不认识果园城，将立刻发生恐慌，自以为会像飞来峰一样，夜里被一阵怪风吹到爪哇国了。

"我想你总该听说过这个塔吧？"他一本正经地说。

我们于是一齐转过头去。太阳这时候业已升高起来，远远地出现在树林上面；果园城的塔比先前更加辉煌，更加骄傲，更加尊贵，它像守护神般威严，正高高地从上面望着我们。

"你当然还听说过它是从神仙的袍袖里落下来的，有一天他打果园城上空经过？"他接着补充说。

　　我老实提醒他，我说：

　　"这个传说跟事实完全符合。"

　　但是他怎么竟会跟世俗人所经历的事实符合呢？这个仙人为什么不是例外？他为什么如此粗心，竟至失落了自己的宝贝？葛天民对这个问题下过工夫，据他自己承认，他曾经研究过十年。"你想想，"他说，"整整十年！"终于，他得到结论：这事情发生的当天，西王母开过宴会。你想这不是很可能吗？这个糊涂仙人，用葛天民的说法，"他也正跟你和我一样"，从不贪杯，这一回却鬼使神差喝得烂醉，并且在酒席上夸下海口，声称他治理下的人民——例如果园城人——都是好人，遵守伦常，知道安居乐业。他吹牛皮，喝得几乎失去知觉，几乎连眼睛都睁不开了。在归程中已经是晚上，他觉得十分口渴："世上有这种好地方，唉，他妈的果园城！……"他在路上自言自语，说老实话，他想偷几只果园城的花红。可是当他睁开眼睛，伸手要去摘果园城的好水果时候，馋痨鬼竟出了一身冷汗，并且吓呆了。这难道真是它，真是他刚才还以廉耻道德天下乐土替它吹嘘的那个出名的城吗？

　　好神仙从上面朝下望着，还以为他弄错了。他抓耳朵，证明全是真的，分毫没有可疑惑的地方。你瞧，在下面衙门里，一个绅士正和县官策划怎样将应该判处死刑的人释放，另外拿完全无辜的人来抵罪。然后以衙门作中心，虽然已是深夜，周围还在活动：在一个屋顶下面有个父亲正和流氓商议卖他儿子的老婆；在第二个屋顶下面，有个地主正为着遗产在想方法谋杀他的兄弟；

在第三个屋顶下面，有个老实人将别人的驴子吊起来，不让它吃草；在第四个屋顶下面，有个赌徒在鞭打他的老婆，她三天没有给他弄来钱，没有接到嫖客；酒商正往酒坛里兑水；粮商在将他发霉的粮食擦光；宰牛的念着咒语；在不远的客店里，有个少女在啼哭，预备将头伸进她结在梁下的绳套……好神仙直吓得魂飞天外，万一西王母那老不死查问起来，他得献出多少宝贝呀！因此他要偷水果的手软绵绵垂下去，宝塔也就从他的袍袖里掉下来，掉在城头上了。

"我想你有你的看法吧。嗯？"葛天民讲完故事，瞧着我半天不作声，便挥着出诊包问我。

"你简直把我弄糊涂了，"我说，"也许是你们果园城人把我弄糊涂了。因为不管你们这个塔是怎么掉下来的，依我的意思，它总该对于果园城有点影响。"

"我承认；我承认这一点！"

"你知道就因为这个缘故我才奇怪：果园城人——说真的，他们跟许多年前，譬如跟那个糊涂仙人经过果园城以前，你觉得有变化吗？"

葛天民大吃一惊。

"哎哟，我的老天爷！你的意思是教果园城悔过还是怎么的？"他叫喊着向旁边跳开。他说果园城人是生来就无可指责，生来就这么完美的，在他们眼中，犯过错误的只有他们的儿子，他们的太太，他们的父母，他们的邻居，你尽不妨说是全世界；

至于他们自己，即使他们明明知道自己满身罪恶，他们可仍旧满心地自以为应该。你怎么会想起来教果园城人自动低头认罪呢？这些光荣人，他们自以为世界生来就是为了使他们痛快，为了满足他们的欲望的。

其实他们并没有大欲望。

当他们发现自己城头上有一座塔，他们就自以为非常重要，以为上天看见了他们，特地送一座塔给他们镇住城脚，使他们不至于被从河上奔来的滔天洪水冲入大海。

正是这样。这个塔的确替他们做过不少好事，给他们带来许多安慰。从此若干年后，果园城出现一位老员外和他的第三个女儿。据和这塔有关系的另一个故事说：他的太太死了；他的两个年长的女儿嫁了；剩下来的最后一个，老员外最宠爱的一个，也是三个女儿中最不幸的一个，她的父亲，这很明显，他不肯把她像其余的两个女儿般轻易嫁人。你自然能想到她是他临死以前的最后希望，犹之乎人做他们一生中最后一件工作，他要把它做到十全十美。他要慎重地给她挑选个合意丈夫。不幸老员外始终——包括所有求婚的，和他闻名亲自走访的人家在内，他始终没有找到那位能完全教人满意的姑爷。他们有的相貌丑陋，有的学问荒疏，假使他们中间真有人毫无缺陷，必然又是个穷鬼。况且谁又是真的龙珠，生来没有毛病？我们不妨在这里打个比喻，譬如一个悭吝的小地主到会场上去买皮袍，他看过的货色越多，发现的毛病也就越多，直到后来，觉得看来看去全是同样的东西。

"这个老员外就是这样，"葛天民先生叹息道，"人有时候看起来真是怪物，他们常常自以为聪明，以为应该跟别人不同，可是别人会觉得他们假使肯不聪明些，他们得到的结果可能更好。"

"可是别人不能全跟你比，葛天民，人总以为只有这样才像生活。"

葛天民谦虚地向我笑笑。因此这老员外的第三个女儿的灾难就跟着来了。据说她生得是又美丽又有才德，用普通的笼统说法，就是所谓琴棋书画无不精妙。说到德性，人家说她的脸蛋儿从来没有被野风吹过，好像它被陌生的眼睛一看就会给看破似的，她躲在绣阁上很少下来。每天她让丫环焚上香，跟丫环绣花着棋，有时候填一阕"菩萨蛮"或"玉楼春"。时间就这么过去了。她二十岁以后，下楼的次数更加少了。女孩儿家总像似乎等待着什么，又似乎毫无要求；至于外面怎样传布着谣言，那些被拒绝的求聘者怎样造谣说她父亲准备把她嫁给皇帝，甚至更不堪入耳的话，她哪里能听得见？

我们的前人曾经为他们的时代下过一个极确当的评语，他们说：自古美人多薄命。有一天她正在下棋，忽然连声嚷着气闷，让丫环打开后面临街的楼窗，从那里眺望云、树、果园城上的塔和城外的土坡。她临窗站了很久，此外她究竟还看见些什么，没有人知道，至少后来的人全不知道。总而言之，接着她就病了。所有能找到的药石对她都不发生效力，所有的医生，当他们用尽本事，说完谎话，便只好皱起眉来摇头。她白天大半很安静，到了晚上，仆婢们谁也不敢上楼：她一个人在楼上谈话，大笑，随后是似乎永没有完了的号哭。

在这里果园城人有个极重要的疏忽，假使我们稍微细心，当能想到在这老员外的第三个女儿从楼窗闲眺到疯狂中间，应该隔着一段时间，中间很可能还发生过别的事情，这故事却没有交代。

我于是和葛天民顺着小路走下去。

"那么以后呢？"我问葛天民。

"以后，"葛天民说，"以后老员外给她请个端公。端公说她被住在塔上的狐仙祟着，她乱七八糟吃了许多狗血、铡刀、大广针的苦，接着死了。据说有一天夜里她很平静，她从临街的楼窗上跳下去，等到人家发现她的时候，全身早就冷了。"

让全世界去咒诅这座塔吧！现在展开在我们前面的是出名水鬼阿嚏的故乡，或者更正确些，应该说是他的故乡的风景。一位果园城的诗人——请注意：果园城的诗人！他说普天下没有比秋天的果园城更美更惹人留恋的了。它正像果园城老员外的第三个女儿，一个常常被人以"憔悴"形容的美人，一个薄命闺秀，洒脱中含着深思，深思中含着笑容，笑容之中又带几分愁意。

果园城并没有什么名山，除去很费力地从山里运来的碑石（它们被小心地安放在坟墓前面或路边上），此外就连比较大点的石头都找不到，更不必说楼台湖沼之胜。它有的只是在褐色平原上点染几座小林，另外加上一两个陂陀。但是仅仅这点特色已经足够使果园城人认为风物秀美，甚至会说世界上只有"一个"——没有第二个果园城！因此在外边做客的果园城人，便自然而然常常害怀乡病了。

唉！这些果园城人，你真得钦佩他们具有这种良好德行：他们多么善用夸大的言辞和天赋的想象力来满足他们自己啊！

一九四一年五月十八日

邮差先生

/// 师陀

邮差先生走到街上来，手里拿着一大把信。在这小城里他兼任邮务员，售票员，但仍旧有许多剩余时间，每天戴上老花眼镜，埋头在公案上剪裁花样。因此——再加上岁月的侵蚀，他的脊背驼了。当邮件来到的时候他站起来，他念着，将它们拣出来，然后小心地扎成一束。

"这一封真远！"碰巧瞥见从云南或甘肃寄来的信，他便忍不住在心里叹息。他从来没有想到过比这更远的地方。其实他自己也弄不清云南和甘肃的方位——谁教它们处在那么远，远到使人一生不想去吃它们的小米饭或大头菜呢？

现在邮差先生手里拿着的是各种各样的信。从甘肃和云南来的邮件毕竟很少，它们最多的大概还是学生写给家长们的。"又来催饷了，"他心里说，"足够老头子忙三四天！"

他在空旷的很少行人的街上走着，一面想着，如果碰见母猪带领着小猪，便从旁边绕过去。小城的阳光晒着他花白了的头，晒着他穿皂布马褂的背，尘土极幸运地从脚下飞起来，落到他的白布袜子上，他的扎腿带上。在这小城里他用不着穿号衣。一个学生的家长又将向他诉苦："毕业，毕我的业！"他将听他过去听过无数次的，一个老人对于他的爱子所发的这种怨言，心里充满善意，他于是笑了。这些写信的人自然并不全认识他，甚至没有一个会想起他，但这没有关系，他知道他们，他们每换一回地址他都知道。

邮差先生于是敲门；门要是虚掩着，他走进去。

"家里有人吗？"他大声在过道里喊。

他有时候要等好久。最后从里头走出一位老太太，她的女婿在外地做生意，再不然，她的儿子在外边当兵。一条狗激烈地在她背后叫着。她出来得很仓促，两只手湿淋淋的，分明刚才还在做事。

"干什么的？"老太太问。

邮差先生告诉她："有一封信，挂号信，得盖图章。"

老太太没有图章。

"那你打个铺保，晚半天到局子里来领。这里头也许有钱。"

"有多少？"

"我说也许有，不一定有。"

你能怎么办呢？对于这个好老太太，邮差先生费了半天唇舌，终于又走到街上来了。小城的阳光照在他的花白头顶上，他的模样既尊贵又从容，并有一种特别风韵，看见他你会当他是趁便出来散步的。说实话他又何必紧张，他手里的信反正总有时间全部送到，那么在这个小城里，另外难道还会有什么事等候他吗？虽然他有时候是这样抱歉，他为这个小城送来——不，这种事是很少有的，但愿它不常有。

"送信的，有我的信吗？"正走间，一个爱开玩笑的小子忽然拦住他的去路。

"你的信吗？"邮差先生笑了，"你的信还没有来，这会儿正在路上睡觉呢。"

邮差先生拿着信，顺着街道走下去，没有一辆车子阻碍他，没有一种声音教他分心。阳光充足地照到街岸上，屋脊上和墙壁上，整个小城都在寂静的光耀中。他身上要出汗，他心里——假使不为尊重自己的一把年纪跟好胡子，他真想大声哼唱小曲。为此他深深赞叹：这个小城的天气多好！

一九四二年二月

三个小人物

/// 师陀

　　三个小孩从布政第跑出来了。他们奔下大门前一层一层的台阶，一直冲到像沟渠般的果园城的街。这就是我们的主人公。为简便起见，让我们先来介绍他们的大名——

　　首先是胡凤梧，十三岁，布政家的大少爷，将来的门楣支持人兼财产承继人。按当时的法律讲，他实际上已是这人家独一无二的主人。在他后面，胡凤英，布政家的大小姐，他的年方十岁的胞妹。他们是到学堂去的，是被送去学本事，培养好他们自己，以备将来发扬祖先的声誉，扩大老旧的门庭，并且高高在上，威压果园城的居民的。多漂亮的衣服啊！他们像活宝似的被打扮好，满身花绣，从那个神秘的令人望而生畏的深大住宅里跑出来，就像当初，他们带着满身幸运被命运送入人间。其实不单他们的大人宝贵他们，纵然将全果园城打进去，有女儿的谁不愿意嫁给这位少爷？有儿子的又有谁不愿意娶这位小姐？话虽然如此，敢存这种希望的究竟只有很少几份人家，因为果园城的大多数居民实在穷苦不堪，他们的父亲、祖父、高曾祖父，连他们自己，大半都被"布政爷"和他的子孙们打过，关过，乌七八糟蹂躏过。

你听，现在胡凤英就在跺着脚嚷了。

"讨厌鬼，鼻涕精，你手脏不脏？你拽我的袖子！"

我们怎么来说这个"讨厌鬼"——我们的可怜的第三个主人公呢？这孩子叫小张，跟胡凤梧少爷同年生的，也是十三岁。他可没有人家幸运，他爹老张是布政家的世袭门房；他妈是大少爷的奶妈，现在已经死了；靠主人的恩典，才被收留在府里，跟他爹住在门房里。老张大概有意改改他的祖传职业，也实在因为这孩子闲着没有事做，于是求得主人允许，让他跟少爷上学堂念书，上课下课顺便接送小姐。

这对小门房是个倒霉差事。有钱人家的姑娘们——胡凤英的同学们，往往拿他作为嘲笑材料，她们说："胡凤英，听差来了。"有时因为贪玩，回家又得挨顿好揍。另外还有许多想不到的事情，霉气事情，胡凤英在外面被欺负，是他的责任，跌倒是他的责任，功课不及格也是他的责任。他上去搀胡凤英一把，没想到竟闯了大祸。

"又干什么？"胡凤梧责问。

胡凤英立刻堵起嘴。

"鼻涕精臭死了。鼻涕精老是跟着我……你干么死盯住我？死不了的！"她第二次跺脚。

"你还有脸嚷呢，他就是你男人。"胡凤梧冷笑着故意气他妹妹，"赶明天妈死了，我就把你嫁给鼻涕精，叫你跟他睡在门房里，一辈子给我看大门！"

胡凤梧转过去，对准小门房一拳，然后翻身跑了。

街上剩下胡凤英和所谓"鼻涕精"小张。胡凤英气哭了；鼻涕精守着她；鼻涕精并不哭——只要不被他爹听见，挨顿好揍，就算他的运气。他红着脸站在旁边看自己的脏手，不错，他的手的确是乌黑的，那是跟他爹劈柴劈黑的；他的鼻涕是常常往外流的，那是因为穷得下的毛病；他的衣服总是破褴的补缀过的，那也是因为穷才破褴的。难道这是他的错吗？他既恐慌又愤怒："你号，你号！瞧你号不完了。"他暗中祷告，希望这种命运赶快结束，但命中注定他得担任这种倒霉职务，以后的数年间，不论风雨晴晦，必须每天送小姐上女子小学，随后自己再赶到男子小学。直到一个大风浪袭来，卷走他，改变了他的命运为止。

果园城至今还流传着一个歌谣。

> 马家的墙，
> 左家的房，
> 胡家的银子用斗量。

　　这歌谣里第一份人家就是胡凤梧的母亲马夫人的娘家，她的祖父是全果园城的首富，为保护万贯家产，她的父亲曾在光绪初年和小刘爷刘卓然的祖父同时捐过官。最后的胡家就是胡凤梧家，他的高祖曾做过布政使，在任上捞到论升论斗计算的银子。然而话虽然如此，时间却不饶人，马家的高墙早已夷为平地了，至于用斗量的胡家的银子，也早被"布政"的游手好闲的子孙们用光。胡凤梧的父亲在烟榻上躺了一辈子，幸喜去世得早，没有来得及把家产荡完。他死后给马夫人及子女们遗留下一小部分田地，除了他们吃用，足够他们养活几个仆人及出门用的车子；另外还有又深又大的老布政第。这些一重一重的房屋是神秘的，大半经年空在那里，高大阴森，没有人敢进去，也没有人想进去。里面到处布着蛛网，顶棚下挂着长长的灰糙，地上厚厚的全是尘土和蝙蝠粪。

　　果园城人很难看见马夫人，她跟她丈夫一样，终日在烟榻上过日子。据说她年轻时候是个出名的美人……其实就是现在她也远不算老，顶多只有四十多岁。但是我们如果看见她，我们会忍不住自问：我的老天爷！这难道不是开玩笑吗？这个高个子、三角眼、扁鼻、撅嘴、一双小脚、齷齪的长指甲、皮包骨头、又黄又瘦的女人，她难道真美过吗？我说不出理由（有许多事我们根本不需要理由），我认为长着这种相貌的女人是傲慢的、自大的、冷酷的，并且也是愚蠢的。也许这跟她的相貌没有关系，应该归之她的环境。她在她的社会中始终处于最高地位，在婢仆的奉承与绫罗绸缎的包围中度了半生，只要肯动动嘴，一切都会送到面前，连走路都要丫环搀扶。她从来用不到求人，也从来不知道活着需要工作，有时候甚至需要虚心忍耐。提到别的绅士人家，她便轻蔑地说："小家子气！我们马家是拿肉喂狗的。"再不然："我们胡家是拿元宝滚着玩的。我们奶奶的衣裳，刚上身，弄上污渍就不穿了。"碰巧她儿子跟人家打了架——须知道这种事情常常发生，果园城的野孩子似乎专爱挡他的路。那时候她就说：

"是谁家的贱种？拿禀帖送到衙门里去！"

胡凤梧就在这种教养下面长大，直到十六岁才小学毕业。他母亲认为没有教他毕业的必要，太小了，到外面念书怪可怜的；胡凤梧根本不想毕业，无论在家或在学堂，他就是个天王爷。但是他在小学里整整念了十年，终于被送到省城上中学了。

我曾在一篇小文里说过："关于这个城，你可以说任何城市都有它好的地方，都有它的美点，唯独它却是集中了全省的坏、丑、废物与罪恶。"这是丝毫不加夸张，丝毫都不曾冤枉它的说法。胡凤梧十六岁进中学是个理想时期，恰好到了他开始敢自作主张的年龄。他到了省城，首先第一件是金牙、手表、眼镜、手杖，把自己全副武装起来，然后拣个文凭铺子。他在那里不上课，住了两年。在两年之内，他花去整堆的银圆，同时他也学得比人家消耗一生还多的经历：吃、喝、嫖、赌，他样样在行，直弄得两条腿走路都拐起来。可是每当寒暑假回家，他母亲还直担心他在外面受苦，并且对别人引为骄傲，夸奖他有本事呢！

　　他终不曾买到文凭。两年后碰着国民革命军北伐，那些昏庸的北洋军阀一时手忙脚乱，将各地的教育经费移作军饷，所有的学校便跟着停顿。他也从此离开那个文凭铺子，进入一个更大更复杂的学校。

　　当共产党领导的农民暴动震动全世界，乡下人用土炮占领了果园城及火车站的时候，那个老门房的儿子小张，已经不再是"鼻涕精"。他长成了个粗壮少年，浓眉、圆脸、大嘴、不大说话，走路总是懒懒的，又老爱脸红，时时都好像在那里害羞。马夫人带着胡凤梧胡凤英以及她的烟枪逃到乡下去了。有一天小张在街上闲荡，凑巧遇见一位老同学，一个后来吴稚晖所谓格杀勿论的小"暴徒"，他们在外面玩了一天。第二天，他回到家里，慢吞吞就像碰上倒霉事似的对他爹说：

　　"我要走了。"

　　"你走到哪里去？杂种！"老门房诧异地问。

　　"那边……随便哪里。"

　　"随便哪里？那边？去给杀头？你娘的死×！我养活大你……我看你敢走？我拿鞭子揭你的皮！"

　　随老门房怎么叫唤怎么咒骂，他带着自己的随身衣裳，扬长走出大门。我们无从断定他是否怕见他爹，这个死心眼的小糊涂人，以后永没有回布政第。他领到一根从警察所缴来的枪，去"工作"去了，去"打倒帝国主义""打倒军阀走狗""打倒土豪劣绅地痞流氓"去了!

他们在果园城不多不少闹了三个月:在城隍庙和火车站开市民大会,在临街的墙上用石灰写上口号,将所有公共场所及劣绅家的大门刷成蓝色;可是等到那些正牌的蓝色(国民党)军队开来,他们被打倒了。小张跟大头徐立刚——就是那位在外边被人家枪毙的徐立刚搭伴逃出去。至于以后他们怎么样过日子,他们怎么样在世界上荡来荡去,饿得眼睛发绿发花,除了到处搜寻他们想把他们丢进牢狱,当然没有人管了。

马夫人从乡下回来,第一炮是开革门房老张。经过变乱,整个布政第被破坏了。那些保藏将近两百年的瓷器、铜器、锡器、银器不见了,衣裙和书画被撕成片片在院子里飞,雕镂的家具和门窗,连那块光耀过门庭的匾额在内,也被砸毁烧了灶了。总而言之,等她向"好政府"请求发还先前被没收的财产,只落得几间破屋子。你怎么才能说尽她的恼恨?那个该死的混账小子——当然是她自己以为:当初她为了可怜他,把他收留下来,白白地把他养活大,而他临了竟这样报答他的恩人!……说老实话,她认为她的家完全是小张领头给毁坏的,假使能把混小子逮住,真想看着他的头被砍下来。不幸小张早逃走了,她只好把过错一股脑推到他爹身上,"龙生龙,凤生凤,老鼠生来会打洞",谁教他养的贼种!

可怜的老张!在先我们说过,他的门房是世袭门房。至于他的从来没有领过的工钱,大概还是他爷爷的爷爷在道光三年替他讲定的，每年至多不过一百大青钱。这一天主人传他到内宅上房，亲自在他的老脸上掌过嘴，吩咐拿一块钱——就是说将他半生劳苦的代价扔到他前面。老张哭了，浑身打战，腿也软了。他并非嫌钱少；只是他的前五代祖宗都在布政第做他现在的职务，自己也相信他要死在那间他祖宗坐过的门房里的，他从来没有干过别的职业，除了坐门房，世界对他是一抹黑。那么他已经活到五十多岁，现在叫他到哪里去？

"太太！"他跪下去，捣蒜似的连连在地上磕着头说，"您别撵我，千万别撵我，太太。您发慈悲……这都是那个杂种！只要给我逮住，我就在您跟前杀了他。可是他原是个好孩子，您知道，全是给人教坏的。我伺候您家几十年，看在我爷跟我爹面上，您开恩饶了我。我一辈子忘不了您的大德。"

任他泪流满面，马夫人只一挥手。

"我要你感恩报德！我们胡家对你们这些贱东西恩德还不够大？世世代代养活你们，好粮好饭只当喂狗了。'打倒劣绅？'劣绅就在这里，你们打倒看看？"

"太太……"老张向前爬过去，他想分辩。

"你们全是生成的贱骨头，待你们好，你们不知道好……赶快给我滚，少碍眼！我要不开恩，一张禀帖送进衙门，马上把你给押起来！"

在马夫人看来，这老狗实在该死，实在该被赶出去挨饿，站到暮色苍茫的街角，受无处投奔之苦。

自胡凤梧辍学回家，马夫人为纳清福，便将家务交给儿子管理了。胡凤梧是那位善于计算的布政使以及（正相反）那些善于挥霍的布政子孙的后裔，在性格上，他承袭了他的光荣和不光荣的列祖列宗的一切特点，虚妄、忌刻、骄傲、自大，衙门等于在他们手里，他们乐得利用便利，无所不为。一句话说完，他承袭下凡我们能想到的破落主子的全部德行，而同时，他也承袭下祖宗们遗留的罪孽。心理学跟教育学者会告诉你，二十岁是人的活动发扬时期。布政家的人过去曾威压果园城的居民两百年，现在轮到这个龙子龙孙——或是纨绔子了。胡凤梧过去只在家在学堂称王，现在他走进社会，自认为有增高自己的地位，扩大自己的势力，使世人巴结得必要。凑巧正当北伐以后，代替老旧乡绅，国民党以胜利者的气焰君临天下。乡绅中自然有不少人入党。但这不是他做的事，他命定该做一番大事业；况且他纵然肯，党部又能给他什么不辱没祖宗的椅子坐呢？

他生成得独当一面。因此在掌握家政之后，他首先将久经尘封的大厅打开，在里头正式招待宾客。变化起初并不显著，他只斗斗鹌鹑，养养蛐蛐。可是俗话到底不错，有腥味的地方就有苍蝇。根据一种极自然的趋势，他在相当短时间以后，竟发展到惊人地步。假使你运气好，适逢其会去拜访布政第，你尽管大胆走进去，它的大门是昼夜为天下豪杰大开着的。

走进大门你便感到某种特殊景象，又够味又刺激的景象。

"这才是个名副其实的贵公子，难怪他名闻全境！"你将觉得过瘾，忍不住从心底里发出惊叹。原来你刚刚进去，各种鸟语早已蜂拥进你的耳朵，斗鸡的声音，百灵的声音，画眉的声音，鹌鹑的声音。胡凤梧的宝府当然不是鸟行；他所以收养许多虫蚁，并不是他真爱它们，乃是因为它们能给他争面子。这些畜生都是他的门客们从各地搜集来的，远道的江湖人送他的，也许竟是硬抢来的，出类拔萃的。当你刚进去的时候，"把式"们——那些虫蚁的专门管理人，正在调弄它们。

　　然而更动人的场面还在晚上。我们真不明白政府怎么不抓胡凤梧的赌，党部干吗也不提出抗议，大概是因为他们很尊重先贤的后代的吧！胡凤梧的赌场是公开的。每天到下午四点，宝市上来了。先前布政爷曾接过圣旨、布政奶奶拜过封诰的大厅，现在烟雾腾腾，充满了形形色色的赌徒，狂热的，提心吊胆的，能使人致富也能使人倾家荡产的呼么喝六的喊声。以早睡出名的果园城人都沉入清梦了，布政第的前厢房还在日以继夜地开着宴席。尽量啊，朋友！每个赌客都可以大吃一顿，或者五顿，随你的便，尽你的可能。布政第的大门通宵开着，或是说永远不关。大门洞下面，贴着"布政使"三个红宋体字的大纱灯也通宵亮着。人是不断地走进去，深夜打着灯笼，怀着难以打熬的热情投到网罗里去；人也不断地走出来，更匆忙，因为输掉了田契房契以至最后一文钱，赶快去押身上的棉袄，赶快转念头去卖自己的闺女老婆。

　　这的确是个吊得起胃口、引得起野心的地方。在这里你能看见各种人，结识三百六十行中的好汉；你只难得看见胡凤梧本人，他不常在家。他跟人家合股在车站下边开了一家洋货号，当你去的时候，他正在洋货号后面跟一个叫白甜瓜或雁来红的土娼吞云吐雾。但这没有关系，你只要对管事人说：你会养促织……再不然顺便撒个谎，说在北京看见过万牲园的狮子，在上海念过佛，在少林寺练过拳，你是闻名走访，那就得了。你以后见天三餐，在布政第吃了睡，睡了吃，再不会有人麻烦你了。

我实在形容不出胡凤梧的伟大，为方便起见，我得借重两个所谓"下等人"。有一天傍晚，两个洋车夫拉完生意，坐在河边洗脚。

"咱这买卖可真不是人干的，朋友，我真得想办法改改行。"他们中间的一个说，"你瞧人家胡大少爷，也不知道哪辈子修来的福，包管他那位'不正'歪爷爷也没有想到，'不正'家会在他这辈子开花！说开花可不真是开了花吗？连党部的那些天王爷都怕他三分！前天他坐我的车，脚不连地一个劲跑，他还在上头跺着脚直嫌慢——你嫌慢，飞机快！你当跑着是跟坐着一样舒服的？"

"哈！我劝你也还是改改行好，伙计。"他们中间的另一位嘲笑说，"你看过那出戏吗？那是出叫什么的戏？一个人要买老子。你就在这坐着，等胡大少爷把你买去。那时候你坐大轿包你的轿夫也是个七品八品官了！"

这是笑话，穷人爱讲穷笑话。胡凤梧的伟大举动是给马夫

人做寿。它不但豪奢到惊人的地步，你同时还能得到明证，所谓
"七品八品"虽然早已成了历史上的名称，他假使肯干，找这
么几个轿夫真是轻而易举。我们且抛开细目，单举出重大的几
件。在寿事上，除开堂戏不算，他在果园城四门唱四台戏；宰
一百五十口猪；果园城以至五十里以内的鸡鸭被搜索光了；果园
城以至五十里以内的人也被号召光了。所有的人——不分男女老
幼，有无关系，识与不识，只要肯向马夫人磕三个头的，都可以
白玩三天，大嚼大醉三天。当时果园城的报上曾有一段记载，现
在且让我们照抄在下面：

      本邑巨绅胡凤梧先生，乃世代阀阅，布政公裔孙。日昨
为胡母马太夫人寿辰，记者亦专诚趋贺。盖兹事经半载之筹
备，早已哄传遐迩。至时果盛况空前，车水马龙，途为之塞。
贺客除胡府戚旧世好外，县长，局长，科长，暨县党部各委
员干事，具拨冗亲临。一时冠盖云集，实为百年罕睹。县长
并自撰寿联一副，对仗工整，云烟满目，当此文风日衰之时，
允推旷代杰作。兹特将原联录下——
      千秋盛德 孟母教子 历代曾为帝王法
      万古令仪 曹家著书 至今尤称后姬师
      尤有可记者，寿堂中燃巨烛一对，据称重三十斤云云。
于戏！盛哉！

随他怎么去"工整"，怎么去"云烟"，我可不得不骂这是个天下最坏的记者，一个头号半瓶子醋。他搜干脑筋仅仅写出几句滥调，而对于最生动的场面，他结果反倒一字没提。还有个我们认为比较重要的人物，他当然也不曾提。本来么，在滚滚的贺客之中，还有谁记得老张，那个世袭门房？

老张这一天也是"贺客"之一。老张离开布政第，只有上天知道他怎么会活到今天！他两年来住在火神庙里，过着老要饭的生活，每天晚上，你都可以听见他用哭丧的声音叫喊："慈善的老爷太太，可怜可怜我这个残废人吧！"也许真像马夫人所说，他上辈子犯了弥天大罪，老天爷罚他的吧？因为他不分冬夏睡在湿地上，常常三四天找不到饭吃，他患了重病。他不能走路，他的脚手麻痹了，全身都腐烂了。这一天他咬牙匍匐着爬到布政第去，希望能混顿饱饭；可是特地请来弹压的巡警跟民团的老总们不让他进去，同时他也用尽了最后的力量，只得在要饭的人堆中——在布政第临街墙脚倒下去了。

最后贺客们在酒醉饭饱之后散了。因为在寿事上，赌场暂时停歇，布政第的大门关起来了。街上剩下老张一个人，没有完全忘记他的也许只有深夜的冷风。一条野狗向他闻闻。他始终保持着原来的姿势，说到他在昏迷中的思想，谁也不知道。他也许在怀念世间的唯一亲人——他儿子，也许在恨他儿子。

"小张！……"最后他低低在喉咙里喊，接着便伸直腿。

这喊声自然没有人听见；况且即使听见，也没有人知道好混小子躲在哪里。

现在让我们来讲我们的第二位主人公胡凤英小姐。现在是十八岁。大约是女人的活动范围天生比较窄，她学业比胡凤梧好，在省城刚刚考进高中。她出落得比先前更美：她的身体已经开始发育成熟；孩子时期的那种轻浮不见了；辫子剪短了；隐约中，全身都显出诱人的光彩。至于在那颗不安定的跳动着的心里起浮着什么念头，这是不可对外人言的秘密。不过我们如果侥幸能到她们学校里去，在学校后头的小花园深处，一棵海棠树后面，会常常看见她独自坐在油成绿色的长椅上。

她手里拿一本书，一本叶灵凤或张资平的小说。但她并不看它。她是侧着身子坐的，拿书的手无力地垂在椅子背后；头微微向前倾着，随意拢过的头发挂在丰满的脸上，刘海调皮地在风中浮动着；嘴轻轻张开；仿佛燃烧着的眼睛，又深又黑，静静地望着前面地下，我们觉得会突然从里头滚出两颗泪珠。接着一阵风吹过，她拿书的那只手抖起来；可是等她猛然回头，看见背后并没有人，脸上突然布满了红云。

"她在等什么人吗？"

她的确在等人；她在等她的英雄，她的一位先生，也就是借给她叶灵凤和张资平小说看的好老师。我们在上海、北平常常看见许多这种自命不凡的大作家，按月从老家要了钱，住在野鸡大学里或大学附近，将头跟皮鞋涂得精光，西装熨得笔挺，在那里"培养"他们自己。他们每天的功课是吊吊年轻女工或公寓老板小姐的膀子，剩下的时间写写白话诗。这些所谓诗是编辑室的字篓都讨厌的东西，他们于是捏造个书店，用剥削庄稼人来的血汗钱印出来。你在书店里看不见，因为从出版那天起，只有作者自己保留几本。可是他们却能拿着回到本乡，当作敲门砖，唬他们的老实或不老实的乡人，找个赚钱地方。

胡凤英的英雄就是这种大作家。我们不该怪胡凤英，长到她的年纪，出身世家，一切人（连男人在内）都有虚荣心，都希望爬上去，成个自由人，毫不惭愧地站在别人前面过独立日子。她看不懂他的大作，可是她的脑子说"好"。再加上她的英雄说：他在外边如何阔气，他认识些什么人，他将怎样带她到日本去……这些花言巧语折磨她，在血管里烧她，直到她忍不住痛苦——一个礼拜天傍晚，他们在公园里碰头，她空着两手，她的英雄仅仅带个小提箱，两个人于是逃跑了。

她永远没有走到日本。半个月后，他们在一个谁都不曾听说过的小码头上歇脚。你看见过这种小客栈吗？旧式的靠着支架才没有倒的房子，墙壁是泥的，地也是泥的，空空的床上铺着一条光席。不知道从哪里发出的大葱与腐烂的混合气味，浓厚的、潮湿的、直朝你皮上和衣服上沾，你迎面感到深深的烦恼，你觉得世界真荒凉，活着真没意思。他们就住在这种地方。她没有得到幻想中的幸福；他也没有；他们甚至不交一言便朝那个凄惨的床上倒下去。她分明成了他的累赘，在这以前他已经骂过她，还几乎打她。第二天她从梦中——不是温暖的无限娇懒的香甜的梦，而是那种时时要出盗汗的梦中醒来，发觉房子里剩下她自己。那个流氓的一切甜言蜜语都是假的。实际上他也真难想出办法，他父亲决不肯拿钱再让他在外面乱花，至于家里，他有他父亲给他娶的老婆。他当然怕挨饿。因此在满足欲望之后，他遗弃了她，没有留片言只字。

她不得已只好回果园城。当她硬着头皮走进家门时候，疲倦、苍白，好像刚害过大病。她并不哭，那双不久以前还充满热望的眼，现在是又大又空又干。学校已经把她逃走的事通知家里。胡凤梧认为丢他们布政家以及他自己的脸，拿条绳子，逼她自尽。马夫人开头虽然比她儿子还愤怒，及至两天两夜后看见她还在下了锁的屋角里坐着，最后动了心了。她偷偷把她放出去，送到乡下亲戚家，按月贴点粮食寄养。谁知道呢，她干脆死了也许倒好罢。但是她命该活下去，还有更苦的日子在后头等着她的。

胡凤梧掌握家政的第四年，在被迫之下宣告破产。这好比氢气球，他吹得太大，终于给吹炸了。人家做生意是为的赚钱，他做的却是赔钱生意；人家开赌场有大利息，他开的却是贴本赌场。最后他只得把洋货号的股子让出去，为了无从计算的债务，还卖出剩余的田地和布政第，他们威压果园城将近两百年的老窠。

现在他只好把马夫人安置在马号里了，随她怎么吵闹，就连马号也还是因为他赖住不肯搬，人家新主人才让他们住下的。他另外租不起屋子。马夫人开始清醒过来，当她有了大烟，不至于一把鼻涕一把眼泪地打哈欠，便后悔当初怎么不给他娶个媳妇。

可是这样更好——我是说她当初太傲慢，眼睛生得太高，果园城没有使她看上眼的足以跟他们匹敌的人家更好，至少可以少一个人陪他们受罪。

没有人明白胡凤梧是怎么过的。现在他没有秘密的地方可躲了，叫作白甜瓜或雁来红的土娼不再认识他，他的门下客——那些鸡鸣狗盗之徒，当然也另投新主去了。他每天吃过早饭（很可能不吃早饭）便到街上闲荡。脸照例不洗，夹着膀，拖着鞋，像野狗似的，眼睛时时朝两边瞟。

"用过了吗，大少爷？"偶然有个闲汉用果园城特有的文雅语言向他招呼，就是问他吃过饭没有。至于这里的"大少爷"，它跟原先可走了味，语气之间有几分欠尊重。

"用过了。"他咽口唾沫，打起精神拿出他们布政家的姿势，"刚才用过……近来肉可真贵啊！"

再不然，他笑着放低声音说——

"对过的小妞儿挺漂亮！怎么样？喝四两去吧？我请客！"

在我们生活的这个世界上，变戏法是一种下等职业。胡凤梧可没有学来"二误眼"本事，他的话明明等于告诉别人，他已经穷到去打人家年轻娘儿们及姑娘的主意。当然没有任何傻瓜信他，谁也不上他的圈套，谁也不去吃他的酒。慢慢地，他竟到了这种地步，所有的果园城人都怕他，特别是他的亲戚，远远看见他，便赶紧转身回去关上大门：碰见的时候他伸手借，碰不见他就偷。

　　然而胡凤梧是注定该享尽荣华富贵，人世间的各种滋味的，直到山穷水尽，他忽然又有了转机。那个把他送入人间，永远在侍候他的命运又看上他了。时间是民国二十年（一九三一年），大兵之后，果园城一带的村庄闹土匪。那些活财神，那些肉票的家属，于是亲自把钱送上他的大门。他们自然也知道胡凤梧是老几，可是他们自己既然不便出面讲价，只好托他做中间人。

　　胡凤梧在这方面有充分资格，他本人现在成了光棍，在好汉们那边，有许多曾经在他的赌场里混过，有的还跟他顶头抽过大烟。让我们打个比喻，你见过那些包揽词讼的绅士没有？纵然做官的满口天理人情想要钱，犯罪的诚心诚意要孝敬，假使少了那些自认为活菩萨的好人，两者便只好瞪着眼睛去找该死的法律去了。胡凤梧正巧站在这个地位，名目尽管相反，实际可更重要。因为土匪只有两条法规，就是举世皆知的钱和死。他自然也明白自己重要，于是成了忙人，神秘人，行踪不定的人。有时候肉票的家属老远地跑来找他，满脸的汗，满身的灰土，他竟自高身价，派人回答说刚下乡，或说刚上省城。他再也不必饥肠辘辘咽唾沫了；叫作白甜瓜或雁来红的土娼从新又回到他的身边，顶头给他打烟泡；他也尽可能吹嘘他的身份，跟某某杆子头是好朋友；有人看见他打街上走过，或真的到乡下去，他又极响地踏着脚铃，开始拣顶快顶漂亮的洋车坐了。

　　"布政家这棵老树，根扎得真深哪！"人讥笑地望着他的后影叹息。

　　给肉票做中间人的确是理想生意，因为两边只凭他一句话，可以随便上下其手。胡凤梧过去给人家坑过，现在他要坑别人了。他有正当理由：我胡凤梧不是白丁；我是拿力气性命换来的；况且我何必便宜那些过了今天不知明天，将来总要绑出去枪毙的冤鬼呢？有一回他心里太渴了。请恕我采用果园城乡下好汉们的切口：这是张"大票子"或竟称"金叶子"，肉票家属已经把款项全部交给胡凤梧，比实在讲定的还多，可是过了半年，土匪们才收到一部分。他们扬言要撕人，肉票的家属准备控告，胡凤梧不得已，只得将花剩下的钱吐出来。他按照约定的地点，在一个乡下小店里跟他的杆子头朋友碰头。那位好汉说款子不要了，因为听说被绑的人家实在苦，已经将肉票放了。胡凤梧放心了。他的朋友用好酒好菜款待他，他们在小店里吃大烟直吃到鸡叫。他要动身回果园城，他的朋友说：

　　"咱们交朋友一场，大少爷，教我送送你。"

　　他们出了村庄。

　　"大少爷，我在地面上混了好多年，想不到会交上这个人。"他的朋友接着讲，"这个人毁坏我的名誉，在外面讹诈人家——我做的是坏事，可是讲义气；他可暗地骗我，拿人家的钱，连人家的性命都不顾。你想我该怎么办？"

　　他吓得嘴唇发白，站住了。他的朋友骂道：

　　"只有你们大人物家才出你这种灰孙子。你赶快上路吧！大爷今天就送你到此地……"

　　他没有来得及听见枪声，火光一闪，已经沉沉倒在大路上，以后是包围上来的无边的荒野和无边的黑暗。

　　马夫人傲慢一世，怎么也想不到此生此世要靠女儿养活。然而这是没有办法的。当人穷到极境的时候，亲戚并不可靠；况且纵然有人管她衣食，又有谁肯管她大烟？

　　胡凤梧死后，她只得拖着胡凤英——她的摇钱树，最后做她遮蔽风雨的小屋，到车站去住。胡大小姐的艳名于是哄传开了，她不但躁动了果园城全境，并且很快地躁动了上下游各码头。水手和办货商人是好宣传家。你如果经过果园城，就在今日，在车站下边一家照相馆门前，你老远就看见两幅照相。一幅是一个大人物，十年来硬叫人像皇帝般奉承他，提起他的名字必须"抬头"的人；在另一边，在一只泥金镜框里，一个凄艳绝代的女人。她小小的身体坐在一把普通藤椅上，身穿短袖宽腿滚了花边的翠蓝衣裤，上身向前侧着，从花边里伸出的绣花缎鞋——她的双脚，不经意地交起来；孕育着生命的乳房，在紧窄的上衣底下，朦胧中现出两堆光晕。她的乌云是朝两边分梳的，好像是为跟她的瓜子形小脸做伴，经过匠心考虑，鬓角下簪一朵粉红牡丹。而这花戴在她头上似乎太大太重，她一只手懒懒地搭在椅扶手上，却不得不用另一只托住下巴。同时她敛起长长的黛眉，似笑不笑的脸上酿着酒涡，然后将小指——自然是托下巴那个手的小指——美妙地翘上去，轻轻张开樱唇，拿细白的牙齿咬住指甲。从整个情态上看，你觉得她似乎正在望着下面的行人送情，又仿佛春色恼人，在那里凭栏凝思。

"这个东方美人是谁？"你可能问，"难道她就是胡凤英吗？"

她跟先前的胡凤英有点不同：她比先前瘦了"老"了。也许应该归罪照相馆在照片上涂的颜色；可是无论如何，我们从她身上总感到一种妓女们特有的气息，我称为"老"的风尘气息。打这照相前面走过，跟布政家有旧的老派地主们会背转脸去；他们的少爷，党部里人，衙门里人，还有那些更不相干的人，总常常一再回头。

我相信"一切世家的后代子孙都是早熟的"这句话是绝对真理，至少它可以应用到布政家人身上。胡凤英不过二十岁，她的大名已经足够压倒果园城，她的声誉甚至比当初胡凤梧更高。果园城人日常拿她作为生活中心，当老婆骂她的鬼混丈夫的时候，她们决不会忘记胡大小姐；当父母责罚不成才儿子的时候，他们也忘不了胡大小姐。你只要提起胡大小姐四个字，在车站上，连三尺孩子都能指给你她的下处。

有一天，两个洋车夫——可能就是两年前的洋车夫，他们中间的一个说：

"这个鬼地方地面真薄，你等老半天，拉一注生意，他给你个三分五分，你爱拉不拉！当初我在省城——我的车是有名的，非熟人不来——随他便给，起码总是一毛。"

"好了，别提你的省城了，朋友。"他们中间的另一个抢着说，

"你就是把省城比成花花世界，天天过年，它窑子里可有胡大小姐没有？这是布政家的金枝玉叶，真正的女学生。"

他们接着讲出一堆丑话，唐突美人的话。可是人世间原就是这样，在生活着的本人看去是庄严的，由旁边人看却像讥诮。就是说人往往缺乏自知之明。马夫人还没有死心，还在大烟榻上做梦：纵然胡凤英做妓女，她仍为自己女儿是个出色的妓女骄傲；希望将来有个阔嫖客，不管他是谁，只要能恢复她的威风就行。

最后我们应该讲到这个人。原先马夫人恨不得砍他的头，他爹临死还念念不忘，人家以为早已死在什么地方的小张，却终于又回到果园城。他已经不是那个傻小子了。他比先前黑了些，瘦了些，高了些，身上穿着长袍马褂，脚下圆口布鞋，头戴瓜皮小帽，打扮得像个商人。

他回来是秘密的，负着使命来的。在回来的晚上，他暗暗观察过记忆中的车站下面的市街，然后转入小胡同。突然一家旅馆的后楼上的窗户打开了。从里头送出一片喧哗声，以及呜咽的胡琴声。一个年轻女人正以不堪入耳的腔调唱《打牙牌》。

天牌呀，地牌呀，
奴不要啊啊！
只要人牌搂在怀。
抱上牙床来呀！

哎咳咳吱呀，抱上牙床来呀！

这唱《打牙牌》的女人就是胡大小姐。他侧耳听听，憎恶地皱皱眉，接着继续向小胡同深处走去。我们的故事也就到这里收场。我不写这个英雄排闼上楼，按过去小说的写法，最后来个"义仆救主"大团圆。因为这是不真实的。因为即使没有他爹老张的惨死，这人家也足够他仇恨一辈子！

一九四五——一九四六年

北门街的好汉

/// 师陀

　　自古圣贤把人分作两类：一种是靠心计吃饭的，另外一种就得靠力。只有这个人例外，专门靠挨打。他是个职业的挨打家。人家无论当面背后，全管他叫"好汉爷"。假使有谁当真给他们一家叙"谱"，在他的祖先中，当然也出过功勋盖世的王侯。可惜他大爷的声誉实在太高，连自己的大名都给掩盖了。

　　他住在北门街。从出生那天起，老子并未给他留下分文，本人也从来不曾规矩地做过事。因此在果园城人的心目中，他大爷的日子就成了谜。某年月日，他也许做过小买卖；可是刚兜到南门或西门，忽然发现前后左右全是敌人，和他年龄相仿的小家伙。我们应该知道，在这以前他已经挺有名了。同时我们还应该知道，在一切小城里，孩子们老爱结团体，以秦二爷、罗八弟自命，在家门口建立山寨。

说话间就有几位小爷爷围上来，故意撞他的膀子。

"干什么？"

"你说干什么？"

而另外一位年纪大的——大概是他们的首领，早已冲着他大喝了：

"呔！来将通名报姓。"

"北门街的。"

"招打！"

他不慌不忙放下篮子，顺手抓起块砖头。

"我包你们亲妈！"

结果，他的头给打破了，吃饭家伙也给砸了。可是别瞧，小子还真有他的。以后的三天里头，他双手叉腰站在山寨门口，直骂得秦二爷和罗八弟挂免战牌，凑份子赔他的损失。从此日积月累，他以双手——或是说以挨打，一步一步奠定了天下。

"听见没有，"每当孩子出门，作父母的便谆谆告诫说，"不许惹好汉爷！"

这自然是很久以前的话了。讲起来有辱他的大名，果园城和他本人早就把做买卖的事忘了。人家打坏了既然肯赔，他还动本钱麻烦什么的；倒不如故意找个借口，随便挨那么两下子方便。因此邻居们每天见他出门，老远地总笑话说：

"你瞧，好汉爷又出来了。"翻译出来，意思就是小子昨天没有教人家把腿给打断！

他的腿（据他自己说）是被真命天子御口封过的，岂但不会给打断，并且被打来打去，他还成家立业，娶了老婆，生了儿子；自己也越来越胖，逐渐有了福相。可是他凑巧也会倒霉。譬如偶然碰上几个卖柴的乡下愣小子，为不肯送他柴烧，中间发生争执，教他们给打疯狗似的白揍一顿。那时候他要在床上躺好几天，当然也捞不到养伤费。

幸亏这种机会难得，要不然他真玩儿完了。我们也还是放下他大爷的泄气话，专门讲他的勋业吧。有一回——请注意，这是至今为人称道不止的——他受了别人的撺掇，凭着三分酒疯，手拿菜刀，冲着魁爷的大门骂了半天。

"朱魁武老杂种你出来，今天大爷拼你（果园城人讲得有声有色）。别瞧你龙子龙孙，县官见了都怕，你不值大爷一根鸟毛灰。我专门来宰你王八羔子。"

魁爷暗中统治果园城十五年，以喜怒决定别人的祸福，可始终不曾出来，自然也没有和他拼命。可是等他骂完街回到家里，衙役却带着火签拘票，绳捆索绑把他给捉去，打两百板子，丢进黑屋子去了。

他想这下子可砸了。他要武的，人家玩文的，还有见太阳的一天吗？果园城人爱说："宰相肚里撑舟船。"魁爷到底是大人物，也是为他老婆苦苦哀求，半年后拿名片把他要出来。那一天街坊邻居才叫开心。他在魁爷门前放了一串五百头的鞭炮，托人端着香烛礼物托盘，走进大厅，口称"您老高抬贵手"，直冲上面磕四个头。魁爷软硬齐下，逮住他痛骂之后，用红纸封了，赏他五块洋钱。

他从此认识了魁爷，魁爷也认识了他。现在他的光棍算打出山了。乡下小贩进城须向他纳"税"，比方他买菜买瓜买水果，照例不给钱。一年三节，他提着竹篮挨户收礼，谁也得承认他打秋风是官的。中间缺钱的时候，他便直接找财主们或魁爷去要。魁爷和财主们倒也用得着他。例如有一回学生们反对县官和劣绅游行示威，就叫他率领着人给捣乱了。

既然不必再靠养伤费买面下锅，也没有什么事值得他大爷动脑子，人就很快地更胖起来。比方夏天吧，我们每到傍晚，远远地便看见他手拿芭蕉扇，挺胸凸肚，迈着鹅步，光膀子一身肥肉，上面顶个剃得光光的脑袋，满脸青胡碴子，踱呀踱呀地来了。他到了十字街口，在茶酒馆门前当风桌子边坐下，要那么一壶香片或半斤高粱，一面喝一面和本城的风雅人谈天说地。他们讲的几乎总是远大问题，从地方上的各界古人讲到与各界古人有关系的古迹。譬如某戏子曾在某处唱戏，某捕头曾破某案，某刀斧手死在某地。凑巧有谁故意逗他：

"好汉爷，你只管讲人家，你自己就不发愁？"

那时候他将芭蕉扇"啪啦"向桌子上一拍，深深叹口气：

"咳！想起我刘秀，也是高祖爷的子孙！……"

遇着高兴，他也许来那么段《王员外休妻》，从他的良田十顷，骡马成群，市房无数，直唱到九个儿子快做大官。可惜他正做着好梦，老婆却跑来找他，骂他家里等他带米回去烧饭，快半夜了，还在街上鬼哭神嚎。他回头一看，天可不是早黑了！可是你别瞧，人家才不着急。

"你瞧他妈你那股小家败气的样子！凭你这个本事，我就算是王员外，家里有良田十顷，也得教你给败光！……"

他似真似假地指着老婆骂，同时站起身，大声向对过面铺里叫：

"掌柜的，赊二斤面，明天给钱。"

老婆去拿面，他就往相反的方向走去。他走进赌场，宝已经开上，桌子周围挤满了人。

"爷们，押两吊四门赢'黑子'。"假使等半天还没有人向他招呼，他就要自动讲了。

他这份面子当然也是挨打挨出来的。宝馆看见是他，照例赶紧赔笑：

"又缺钱花了不是，好汉爷？"

"咱们还讲钱？提起钱铜腥气！"

"得了。拿去花吧，别铜腥气了。给抽烟。"

这种好日子他大约过了三年。不幸在北伐之后，魁爷倒了，风云际会，倒给他爬了上去。国民党的老爷们挺赏识他的才能，教他入党，接着又委任他做"工会"干事。做官之后，他有了身份，一时间也曾穿着制服，招摇过市；每有集会，和党政军各界要人平起平坐。可是好景不长。后来因为派别间争权夺利，上司指派他率领部下捣毁牙税局，打坏了牙税局局长。对方一直告到省城，还在法院大花其钱。后台老板竭力给他打气，他虽然目不识丁，倒也挺相信"党国高于一切"。于是自己包揽下全部罪名，很滑稽地在法庭上大喊口号，说：

"我代表党国、民众、正义，打倒贪官污吏！"

谁知道世界竟混蛋极了！他有生以来头一回打人，人家当场笑了他不算，又硬判他五年徒刑。坐在黑屋子里，他有时也会想起老早以前，倒是当初过挨打的日子舒服些。可惜他是有了身份的人，纵然坐满五年出来，也绝不可能回到那一天了。

一九四九年三月于上海

柚子

/// 废名

　　柚子是我姨妈，也就是我妻姑妈的女儿。妻比柚子大两岁，我比妻小一岁；我用不着喊妻作姐姐，柚子却一定要称我作哥哥。近两年，我同妻接触的机会自然比较多；当我们大约十岁以内的时候，我同柚子倒很亲密地过了小孩子的生活，妻则因为外祖母的媒介，在襁褓中便替我们把婚约定了，我和她的中间，好像有什么东西隔住，从没畅畅快快地玩耍过，虽然我背地里很爱她。

　　妻的家几乎也就是我同柚子的家。因为我同柚子都住在城里，邻近的孩子从小便被他们的父亲迫着做那提篮子卖糖果的生意，我们彼此对于这没有伴侣的单调生活，都感不着兴趣，出城不过三里，有一座热闹村庄，妻的家便在那里。何况我们的外祖母离了我们也吃饭不下哩。

　　我同别的孩子一样，每年到了腊月后十天，总是屈着指头数日子，不同的地方是，我更大的欢喜还在那最热闹的晚上以后——父亲再不能说外祖母忙不准去吵闹了。我穿着簇新的衣服，大踏步跑去拜年，柚子早站在门口，大笑大嚷地接着——她照例连过年也不回去，这也就是她比我乖巧的好处（现在想起来，也许是我家运胜她的缘故）。大孩子们赌纸牌或骨牌，我同柚子以及别的年纪相仿的小孩——我的妻除外——都团在门口地下的青石上播窟眼钱，谁播得汉字那一面，谁就算输。在这伙伴当中，要以我为最大量。外祖母给我同柚子一样的数目，柚子掌里似乎比原来增加了，我却几乎要得一文也没有。柚子忽然停住了，很窘急地望着我，我也不睬她，仍然带着威吓的势子同其余的孩子要。剩下的只有两只空掌了，求借于一个平素最相信我的朋友。柚子这才禁不住现出不得了的神气喊道："焱哥，不要再要吧！"我很气愤地答她："谁向你借不成！"

　　许多糖果当中，我最爱的是饴糖。每逢年底，外祖母把自己家的糯谷向糖店里去换，并且嘱咐做糖的师父搓成指甲大的颗粒；拿回家来，盛在小小的釉罐里，作我正月的杂粮。柚子本不像我贪吃，为我预备着的东西，却也一定为她预备一份。外祖母当着我们面前点罐子，而且反复说道，反正只有这么多，谁先吃完了谁就看着别人吃。我心里也很懂得这话里的意义，我的手却由不得我，时刻伸到罐子里拿几颗。吃得最厉害，要算清早打开眼睛睡在床上的时候——这罐子本就放在床头。后来我知道我的罐子快完了，白天里便偷柚子名下的。柚子也很明白我的把戏，但她并不作声。末了仍然是我的先完，硬闹着把柚子剩下的拿出来再分。

　　外祖母的村庄，后面被一条小河抱住，河东约半里，横着起伏不定的山坡。清明时节，满山杜鹃，从河坝上望去，疑心是唱神戏的台篷——青松上扎着鲜红的纸彩。这是我们男孩子唯一的游戏，也是我成年对于柚子唯一的贡献。放牛的小孩，要我同他们上山去放牛；他们把系在牛鼻上的绳索沿着牛头缠住，让它们在山底下吃草，我们走上山顶折杜鹃。我捏着花回去，望见柚子在门口，便笑嘻嘻地扬起手来；柚子趁这机会也就嘲弄我几句："焱哥替芹姐折花回来了！"其实我折花的时候，并不想到柚子之外还有被柚子称作"芹姐"的我的妻。柚子接着花，坐在门槛上唱起歌来了。

　　　　杜鹃花，
　　　　朵朵红，
　　　　爷娘比我一条龙。
　　　　哥莫怨，
　　　　嫂莫嫌，
　　　　用心养我四五年；
　　　　好田好地我不要……
　　　　　　……

"柚子只要好嫁妆！"我得意极了，报复柚子刚才的嘲弄。

抱村的小河，下流通到县境内仅有的湖泽；滨湖的居民，逢着冬季水浅的时候，把长在湖底的水草，用竹篙子卷起，堆在陆地上面，等待次年三四月间，用木筏运载上来，卖给上乡人做肥料。外祖母的田庄颇多，隔年便托人把湖草定着。我同柚子毕竟是街上的孩子，见了载草的筏，比什么玩意儿都欢喜，要是那天中午到筏，那天早饭便没有心去吃。我比柚子固然更性急，然而这回是不能不候她的，有时候得冒火，帮着她拿剪刀同线，免不了把她芹姐的也误带了去。白皑皑的沙滩上，点缀着一堆堆的绿草；大人们赤着脚从木筏上跨上跨下；四五个婀娜的小孩，小狗似的弯着身子四散堆旁；拣粪的大孩子，手里拿着铁铲，也偷个空儿伴在一块。这小孩中的主人，要算我同柚子了，其余都是我两人要来的。这湖草同麻一般长，好像扯细了的棕榈树的叶子，我们拾了起来，系在线上，更用剪刀修成唱戏的胡子。这工作只有柚子做得顶好，做给我的好像更比别人的不同，套数也更多哩。

我小时欢喜吃菜心——现在也还是这样，据说家里每逢吃菜心的时候，母亲总是念我。四月间园里长一种春菜，茎短而粗，把它割下来，剥去外层的皮，剩下嫩的部分，我们叫菜心；烹调的方法，最好和着豆粑一起煮。这固然也是蔬菜，却不定人人可以吃得着；外祖母园里采回的，可说是我一人独享的了，柚子名义上虽也同坐一席。外祖母欢喜上园割菜，太阳落山的时候，总是牵我同柚子一路去。说是割春菜，不但我喜得做猪崽叫，在外祖母也确是一年中最得意的收获；柚子呢，口里虽然说，"你有好的吃了"，仿佛是妒我，看她遇见一棵很肥硕的，却又大大地喊起"焱哥！焱哥"来了。

　　夏天的晚上，大家端竹榻坐在门口乘凉；倘若有月亮，孩子们便都跑到村东的稻场——不知不觉也就分起男女的界限来了。女的在场的一角平排坐着，一会儿唱月亮歌，一会儿做望月亮的游戏：从伙伴中挑两个出来，一个站开几步，抬头望月亮，一个拿块瓦片，挨次触着坐着的手，再由那望月亮的猜那瓦片到底是谁捏着，猜着了，归被猜的人出来望，否则仍然是她望。我们男孩站在场中间，最热闹的自然是我，我最欢喜的是同他们比力气，结果却总是我睡在地下。我愤极了，听得那边低语："看你的焱哥！"接着是柚子的声音："衣服弄坏了！衣服弄坏了！"

　　我们一年长大一年了。父亲再也不准我过这没有管束的生活了。我自己也好像渐渐懂得了什么，以前不同妻一路玩耍，不过莫名其妙地怕别人笑话，后来两人住在一家也觉着许多不方便。那年三月，外祖母引我同柚子进城，经过我的族人门口，屋子里走出来一位婶娘，请外祖母进去坐坐，并且指着柚子道："这是奶奶的孙女儿。我们家的媳妇？"柚子的脸色，此时红得像桃子一样，我也笑着不大过意。同年六月，我进县里的小学，柚子听说仍然依着外祖母的日子多。在这几年当中，我也时常记起外祖母的村庄，但是，家里的大人都说光阴要爱惜，不准我自由走亲戚；外祖母间几天进城一趟，又找不着别的借口。有一回因事到姨妈家去，柚子适逢在家，害了几个月的病，起不下床来，我只得在姨妈面前问一声好。后来我同哥哥到省城，在家的机会更少，我的记忆里的柚子也渐渐忘却了。外祖母也在这期间永远同我们分手了——父亲怕我们在外伤心，事后三四个月才给我们知道。姨妈的家况，不时由家信里带叙一点，却总不外乎叹息。

据说外祖母替姨妈定婚的时候，两头家势都很相称。姨妈的公公，为人忠厚，又没有一定的职业，不上几年工夫，家产渐渐卖完了。姨妈初去，住着的一所高大房子，却还属自己——后来也典给别人。外祖母家这时正兴旺，自然不忍心叫姨妈受苦，商量姨妈的公公，请他把姨父分开，欠人的债项，姨父名下也承受一份。从此姨父姨妈两人，由乡村搬到县城，凭了外祖母的资本，开一所染店。我在十二岁以前，完全不知道这些底细，因为住在街上开店，本不能令人想到境遇的不好，而且姨妈铺面很光敞，柚子与两位表兄所穿戴的，同我们弟兄又没有什么分别，在外祖母家也是一样地欢喜不过；当时稍微有点想不通的，母亲总是嘱咐我不要在姨妈家里吃饭罢了。姨父晚年多病，店务由姨妈同两表兄主持。两表兄丝毫不染点城市的习气，不过早年来往外祖母家，没有尝过穷人的日子，而且同我一样，以为理想容易成为事实，成日同姨妈计划，只要怎样怎样，便可怎样怎样，因了舅爷的面子，借得很多的资本，于旧店以外，新开几个分店。悲剧也就从此开始了。

那年夏天我由省城学校毕业回家，见了母亲，把以前欠给外祖母的眼泪，统统哭出来了。母亲故作宽解——却也是实情："外祖母活在，更难堪哩！姨妈这样不幸！"母亲说，两表兄新开各店，生意都没有起色，每年欠人的债息，无力偿还；姨父同两表兄本地不能站脚，跑到外县替人当伙计；柚子呢，她伴着姨妈住在原来店屋里，这店屋是早年租了人家的，屋主而且也就是债主，已经在知事衙门提起诉讼。母亲又极力称赞柚子的驯良："没有她，这世上恐怕寻不出姨妈哩。"这些话对于我都很奇怪；记起柚子，很想会她一面，却也只想会一面，不再有别的感触。

到家第三天下午，告诉母亲，去看看姨妈；母亲说，不能走前街，因为前门是关着的，须得弯着走后门进去。我记得进后门须经过一大空坦，但中间有一座坟，这坟便是那屋主家的，饰着很大的半圆形的石碑，姨妈往常总是坐在碑旁阳光射不到的地方，看守晒在坦上各种染就的布。我走到离空坦还有十几步远的塘岸，首先望见的是那碑，再是半开着的木板门，同屋顶上一行行好像被猫踏乱的瓦。忽然间几只泅水的鸭扑地作响，这才看出一个蓝布包着头的女人挂着吊桶在那里兜水，这女人有点像我的姨妈——她停住了！"不是我的焱儿吗？""呵，姨妈！"不是我记忆里的姨妈了！颧骨突起，令人疑心是个骷髅。姨妈引我进门，院子里从前用竹竿围着的猪窠，满堆些杂乱的稻草，竿子却还剩下几根；从前放在染房的踩石，也横倒在地上，上面尽沾些污泥。踩石的形状，同旧式银子相仿，用来碾压头号的布的，也是我小孩时最感着趣味的宝贝之一：把卷在圆柱形的木头上的布，放在一块平滑的青石当中，踩布的师傅，两手支着木梁，两脚踏着踩石尖出的两端，左右摇动。我记得当时看这玩意儿，那师傅总装着恐吓的势子，对我说"跌下来了"的话。姨妈的口气，与平时完全两样，一面走一面说着："只有望我的儿发达！"要在平时，虽然也欢喜称奖我们兄弟上进，言外却总带点发财也不差比做官的意思。我慢慢地开着步子，怕姨妈手里提着东西走不得快，而且也伺望屋子里有没有人出来。屋子里非常静寂，暗黑，只有挨近院子的那一间可以大概望得清白。进了这间，姨妈便把吊桶放下了。这在从前是堆积零细家具的地方；现在有一张木床，床上只缺少了帐子；一张小桌子，上面放着梳头用的木盒；另外是炉子，水缸，同一堆木柴。我心里有点恍惚不定。姨妈似笑似惭，终于哭起来了。我也哭起来了，但又被什么惊醒似的：

"柚……柚子妹妹呢？"

"她……她到……东头……邻舍家里去了。"

我不能够多问。太阳落山的时候，仍然只有我的姨妈从后门口送我出来，不由我回想当年同我父亲对席吃饭的姨父，同我母亲一样被人欢接的姑妈，同我们一样在外祖母面前被人夸好的两位表兄，以及同我在一个小天地里哭着，笑着，争闹着的柚子妹妹。

见了那饰着圆碑的坟，而且知道我的外祖母已经也是死了。临了仍然落到柚子。在我脑里还是那羞红了脸的柚子的身上。

那年秋天，我结婚了。我自己姑妈的几位姐儿都来我家，彼此谈笑，高兴得非常——我的脑里却好像有一点怆恨的影子，不过模糊得几乎看不出罢了。

这是八月十二那一天，外祖母移葬于离家十里远的地方，我同我的母亲，舅爷，以及舅爷的几位哥儿一路送葬。母亲哭个不休，大半是伤心姨妈的境遇。我看着母亲哭，心里自然是不好过，却又有自己的一桩幻想："倘若目及我同芹……欢送孙女儿呢？还是欢迎外孙媳？"晚上我同妻谈及此事，其时半轮月亮，挂在深蓝空中，我苦央着妻打开窗子，起初她还以我不能耐风为辞。我忽然问她："小孩时为什么那样躲避？倘若同柚子一样，一块儿……"

"柚子……"

我无意间提起柚子，妻也没气力似的称她一声，接着两人没有言语，好像一对寒蝉。柚子啊！你惊破我们的好梦了。

"现在是不是同姨妈住在一块呢？"我突然问。

"我们婚期前一月，我父亲接她到我家，现在又回那屋里去了。"

"为什么不来我家呢？母亲也曾打发人去接她。"

"她也向我谈过，这里的女伴儿多，没有合身的衣服。"

"我十多年没有会着她哩。"

"做孩子的时候太亲密很了。"

"六月间我曾到她屋里去过，她却不在家。"

"她在东头孙家的日子多——帮他们缝补衣服。姨妈的粮食，多半还由她赚回哩。"

"她两位嫂嫂呢？"

"各自回娘家去了。柚子同我谈及她们，总是摇头，成日里怨天恨地，还得她来解劝。"

我渐渐感着寒意了。推开帐子，由天井射进来的月光，已经移上靠窗的桌子。妻起来把窗关着，随又告诉我，姨妈有意送柚子到婆家去，但公姑先后死了，丈夫在人家店里，刚刚做满了三年学徒，去了也是没有依恃的。

"现在是怎样一个柚子呢？"我背地里时刻这样想。每逢兴高采烈地同妻话旧，结果总是我不作声，她也只有叹气。我有时拿一本书倒在床上，忽然又摔在一边，张开眼睛望着帐顶；妻这时坐在床面前的椅子上，不时把眼睛离开手里缝着的东西，向我一瞥，后来乘机问道：

"有什么使你烦恼的事呢？请告诉我，不然我也烦恼。"

"我——我想于柚子未到婆家以前，看一看她的丈夫。"

去年寒假，我由北京回家，姨妈的讼事，仍然没有了结，而且姨父已经拘在监狱里了。我想，再是忍无可忍的了，跑到与那屋主很是要好的一位绅士处，请他设法转圜。结果因姨父被拘的缘故，债权取消，另外给四十千出屋的费用。这宗款项，姨妈并不顾忌两位嫂嫂，留十五千将来替柚子购办被帐，其余的偿还米店的陈欠，取回当店里的几件棉衣，剩下只有可以来得五斗米的数目了。

出屋那一天，是一年最末的第二天，我的母亲托我的一位邻人去探看情形，因为习惯的势力，我们亲戚家是不能随意去的。下午，那邻人把姨妈同柚子带到我家来了！这柚子完全不是我记忆里的柚子了，却也不见得如妻所说那样为难人家的女儿；身材很高，颜面也很丰满，见了我，依然带着笑容叫一声"焱哥"。我几乎忘却柚子是为什么到我家来，也不知道到堂屋里去慰问含泪的姨妈；心里好像有所思，口里好像有所讲，却又没有思的，没有讲的。柚子并不同我多讲话，也不同家里任何人多讲话，跟着她的芹姐笔直到房里去。后来母亲向我说，母女两人预备明天回原来乡间的旧居——不是曾经典给人家的那所高大房子，是向一位族人暂借的一间房子，今天快黑了，只得来我家寄宿一夜。

天对于我的姨妈真是残酷极了，我还睡在床上，忽然下起大雨来了！我想，姨妈无论如何不能在我家勾留，因为明夜就是除夕；柚子总一定可以，因为她还是女孩子，孩子得在亲戚家过年，她从前在外祖母家便是好例。但是，起来，看见柚子问妻借钉鞋！我不禁大声诧异："柚子也回去吗？千万行不得！"妻很窘地向我说，姨妈非要柚子同去不可，来年今日，也许在婆家。我又有什么勇气反抗妻的话呢？

　　吃过早饭，我眼看着十年久别，一夕重逢的柚子妹妹，跟着她的骷髅似的母亲，在泥泞街上并不回顾我的母亲的泣别，渐渐走不见了。

浣衣母

/// 废名

自从李妈的离奇消息传出之后，这条街上，每到散在门口空坦的鸡都回进厨房的一角漆黑的窠里，年老的婆子们，按着平素的交情，自然地聚成许多小堆；诧异，叹惜而又有点愉快地摆着头："从哪里说起！"孩子们也一伙伙团在墙角做他们的游戏；厌倦了或是同伴失和了，跑去抓住妈妈的衣裙，无意地得到妈妈眼睛的横视；倘若还不知退避，头上便是一凿。远远听得嚷起"爸爸"来了，妈妈的聚会不知不觉也就拆散，各瞄着大早出门，现在又拖着鞋子慢步走近家来的老板；骂声孩子不该这样纠累了爸爸，随即从屋子里端出一木盆水，给爸爸洗脚。

倘若出自任何人之口，谁也会骂："仔细！阎王钩舌头！"但是，王妈，从来不轻于讲话，同李妈又是那样亲密。倘若落在任何人身上，谈笑几句也就罢了，反正是少有守到终头的，但是，李妈受尽了全城的尊敬，年纪又是这么高。

李妈今年五十岁。除掉祖父们常说李妈曾经住过高大的瓦屋，大家所知道的，是李妈的茅草房。这茅草房建筑在沙滩的一个土坡上，背后是城墙，左是沙滩，右是通到城门的一条大路，前面流着包围县城的小河，河的两岸连着一座石桥。

李妈的李爷，也只有祖父们知道，是一个酒鬼；当李妈还年轻，家运刚转到蹇滞的时候，确乎到什么地方做鬼去了，留给李妈的：两个哥儿，一个驼背姑娘，另外便是这间茅草房。

李妈利用这天然形势，包洗城里几家太太的衣服。孩子都还小，自己生来又是小姐般的斯文，吃不上三碗就饱了；太太们也不像打发别的粗糙的婆子，逢着送来衣服的时候，总是很客气地留着，非待用过饭，不让回去，所以李妈并没实在感到穷的苦处。朝前望，又满布着欢喜：将来儿子成立……

李妈的异乎同行当的婆子，从她的纸扎的玩具似的一对脚，也可以看得出来——她的不适宜于这行当的地方，也就在这一点了。太阳落山以前，倘若站在城门旁边，可以看见一个轻巧的中年妇人，提着空篮，一步一伸腰，从街走近城；出了城门，篮子脱下手腕，倚着茅壁呻吟一声，当作换气；随即从茅壁里走出七八岁的姑娘，鸭子似的摆近篮子，捡起来："妈妈！"

李妈虽没有当着人前诅咒她的命运，她的命运不是她做孩子时所猜想的，也绝不存个念头驼背姑娘将来也会如此的，那是很可以明白看得出的了。每天大早起来，首先替驼背姑娘，同自己的母亲以前替自己一样，做那不可间断的工作。驼背姑娘没有李妈少女时爱好，不知道忍住疼痛，动不动喊哭起来，这是李妈恼怒的时候了，用力把剪刀朝地一摔："不知事的丫头！"驼背姑娘被别的孩子的母亲所夸奖而且视为模范的，也就在渐渐显出能够赶得上李妈的成绩，不过她是最驯良的孩子，不知道炫长——这长处实在也不是她自己所稀罕的了。

　　男孩子不上十岁，一个个送到城里去做艺徒。照例，艺徒在未满三年以前不准回家，李妈的哥儿却有点不受支配，师傅令他下河挑水，别人来往两三趟的工夫，他一趟还不够。人都责备李妈教训不严，但是，做母亲的拿得出几大的威风呢？李妈只有哭了。这时也发点牢骚："酒鬼害我！"驼背姑娘也最伶俐，不奈何哥哥，用心服侍妈妈：李妈趁着太阳还不大厉害，下河洗衣，她便像干偷窃的勾当一般，很匆忙地把早饭弄好——只有她自己以为好罢了；李妈回来，她张皇地带笑，站在门口。

　　"弄谁饭？——你！"

　　"……"

　　"糟蹋粮食！丫头！"

　　李妈的气愤，统行吐在驼背姑娘头上了。驼背姑娘再也不能够笑，呜呜咽咽地哭着。她不是怪妈妈，也不是恼哥哥，酒鬼父亲脑里连影子也没有，更说不上怨，她只是呜呜咽咽地哭着。李妈放下衣篮，坐在门槛上，又把她拉在怀里，理一理她的因为匆忙而散到额上的头发。

从茅草房东走不远，平铺于城墙与河之间，有一块很大的荒地，高高低低，满是些坟坡。李妈的城外的唯一的邻居，没有李妈容易度日，老板在人家当长工，孩子不知道养到什么时候才止，那受了李妈不少的帮助的王妈，便在荒地的西头。夜晚，王妈门口很是热闹，大孩子固然也做艺徒去了，滚在地下的两三岁的宝贝以及他们的爸爸，不比李妈同驼背姑娘只是冷冷地坐着，驼背姑娘有一种特别本领——低声唱歌，尤其是学妇人们的啼哭；倘若有一个生人从城门经过，不知道她身体上的缺点，一定感着温柔的可爱——同她认识久了，她也着实可爱。她突然停住歌唱的时候，每每发出这样的惊问："鬼火？"李妈也偏头望着她手指的方向，随即是一声喝："王妈家的灯光！"

春夏间河水涨发，王妈的老板从城里散工回来，瞧一瞧李妈茅草房有没有罅隙地方；李妈虔心信托他的报告，说是不妨，也就同平常一样睡觉，不过时间稍微延迟一点罢了。流水激着桥柱，打破死一般的静寂，在这静寂的喧嚣当中，偶然听见尖锐而微弱的声音，便是驼背姑娘从梦里惊醒喊叫妈妈；李妈也不像正在酣睡，很迅速地做了清晰的回答；接着是用以抵抗恐怖的断续的谈话：

"明天叫哥哥回来。"

"那也是一样。而且他现在……"

"跑也比我们快哩！"

"好吧，明天再看。"

王妈的小宝贝，白天里总在李妈门口匍匐着；大人们的初意也许是借此偷一点闲散，而且李妈只有母女两人，吃饭时顺便喂一喂，不是几大的麻烦事；孩子却渐渐养成习惯了，除掉夜晚睡觉，几乎不知道有家。城里太太们的孩子，起初偶然跟着自己的妈妈出城游玩一两趟，后来也舍不得这新辟的自由世界了。驼背姑娘的爱孩子，至少也不比孩子的母亲差：李妈的荷包，从没有空过，也就是专门为着这班小天使，加以善于鉴别糖果的可吃与不可吃，母亲们更是放心。土坡上面——有时跑到沙滩，赤脚的，头上梳着牛角辫的，身上穿着彩衣的许许多多的小孩，围着口里不住歌唱，手里编出种种玩具，两条腿好像支不住身体而坐在石头上的小姑娘。将近黄昏，太太们从家里带来米同菜食，说是孩子们成天吵闹，权且也表示一点谢意；李妈此时顾不得承受，只是抚摸着孩子："不要哭，明天再来。"临了，驼背姑娘牵引王妈的孩子回去，顺便也把刚才太太们的礼物转送给王妈。

李妈平安地度过四十岁了。李妈的茅草房，再也不专是孩子们的乐地了。

太太们的姑娘，吃过晚饭，偶然也下河洗衣，首先央求李妈在河的上流阳光射不到的地方寻觅最是清流的一角——洗衣在她们是一种游戏，好像久在樊笼，突然飞进树林的雀子。洗完了，依着母亲的嘱咐，只能到李妈家休息。李妈也俨然是见了自己的娇弱的孩子新从繁重的工作回来，拿一把芭扇，急于想挥散那苹果似的额上一两颗汗珠。驼背姑娘这时也确乎是丫头，捧上了茶，又要去看守放在门外的美丽而轻便的衣篮，然而失掉了照顾孩子的活泼和真诚，现出很是不屑的神气。

　　傍晚，河的对岸以及宽阔的桥石上，可以看出三五成群的少年，有刚从教师的羁绊下逃脱的，有赶早做完了工作修饰得胜过一切念书相公的。桥下满是偷闲出来洗衣的妇人（倘若以洗衣为职业，那也同别的工作一样是在上午），有带孩子的，让他们坐在沙滩上；有的还很是年轻。一呼一笑，忽上忽下，仿佛是夕阳快要不见了，林鸟更是歌唱得热闹。李妈这时刚从街上回来，坐在门口，很慈悲地张视他们；他们有了这公共的母亲，越发显得活泼而且近于神圣了。姑娘们回家去便是晚了一点，说声李妈也就抵得许多责备了。

　　卖柴的乡人歇下担子在桥头一棵杨柳树下乘凉，时常意外地得到李妈的一大杯凉茶，他们渐渐也带点自己田地里产出的豌豆，芋头之类作报酬。李妈知道他们变卖的钱，除盐同大布外，是不肯花费半文的，间或也买几件时新的点心给他们吃，这在他们感着活在世上最大的欢喜，城里的点心！虽然花不上几个铜子，他们却是从天降下来的一般了。费尽了他们的聪明，想到皂荚出世的时候，选几串拿来；李妈接着，真个哈哈不住："难得这样肥硕！"

　　有水有树，夏天自然是最适宜的地方了；冬天又有太阳，老头子晒背，叫花子捉虱，无一不在李妈的门口。

李妈的哥儿长大了，酒鬼父亲的模型，也渐渐显得没有一点差讹了。李妈咒骂他们死；一个终于死了，那一个逃到什么地方当兵。

人都归咎李妈：早年不到幼婴堂抱养女孩给孩子做媳妇，有了媳妇是不会流荡的。李妈眼见着王妈快要做奶奶，柴米也不像以前缺乏，也深悔自己的失计。但是，高大的瓦屋，消灭于丈夫之手，不也可以希望儿子重新恢复吗？李妈愤恨而怅惘了。驼背姑娘这时很容易得到一顿骂："前世的冤孽！"

李妈很感空虚，然而别人的恐怖，无意间也能够使自己的空虚填实一点了。始而匪的劫掠，继而兵的骚扰，有财产，有家室，以及一切幸福的人们都闹得不能安居。只有李妈同驼背姑娘仍然好好地出入茅草房。

守城的兵士，渐渐同李妈认识。驼背姑娘起初躲避他们的亲近，后来也同伴耍小孩一样，真诚而更加同情了。李妈的名字遍知于全营，有两个很带着孩子气的，简直用了妈妈的称呼；从别处讹索来的蔬菜同鱼肉，都拿到李妈家，自己烹煮，客一般地款待李妈；衣服请李妈洗，有点破敝的地方，又很顽皮地要求缝补；李妈的柴木快要烧完了，趁着李妈不在家，站在桥头勒买几担，李妈回来，很窘地叫怨，他们便一溜烟跑了。李妈用了寂寞的眼光望着他们跑，随又默默地坐在板凳上了。

李妈的不可挽救的命运到了——驼背姑娘死了。一切事由王妈布置，李妈只是不断地号哭。李爷死，不能够记忆，以后是没有这样号哭过的了。

李妈要埋在河边的荒地，王妈嘱人扛到城南十里的官山。李妈情愿独睡，王妈苦赖在一块儿做伴。这小小的死，牵动了全城的吊唁：祖父们从门口，小孩们从壁缝；太太用食点，同行当的婆子用哀词。李妈只是沉沉地想，抬头的勇气，大约也没有了。

李妈算是熟悉"死"的了，然而很少想到自己也会死的事。眼泪干了又有，终于也同平常一样，藏着不用。有时从街上回来，发现短少了几件衣服，便又记起了什么似的，仍是一场哭。太太们对于失物，虽然很难放心下去，落在李妈头上，是不会受苛责的，李妈也便并不十分艰苦，一年一年地过下去了。

今年夏天来了一个单身汉，年纪三十岁上下，一向觅着孤婆婆家寄住，背地里时常奇怪李妈的哥儿：有娘不知道孝敬。一日想到，在李妈门口树荫下设茶座，生意必定很好，跑去商量李妈；自然，李妈是无有不行方便的。

人们不像从前吝惜了，用的是双铜子，每碗掏两枚，值得四十文；水不花本钱，除偿茶叶同柴炭，可以赚米半升。那汉子苦央着李妈不再洗衣服："到了死的日子还是跪！"李妈也就过着未曾经历过的安逸了。然而寂寞！疑心这不是事实：成天闲着。王妈带着孙儿来谈天："老来的好缘法！"李妈也赔笑，然而不像王妈笑得自然；富人的骄傲，穷人的委随，竞争者的嫉视，失望者的丧气，统行凑合一起。

每天，那汉子提着铜壶忙出忙进。老实说，不是李妈，任凭怎样的仙地，来客也决不若是其拥挤。然而李妈并不现得几大的欢欣，照例招呼一声罢了。晚上，汉子进城备办明天的茶叶，门口错综的桌椅当中，坐着李妈一人；除掉远方的行人从桥上行过来，只有杨柳树上的蝉鸣。朝南望去，远远一带山坡，山巅黑簇簇，好像正在操演的兵队，然而李妈知道这是松林；还有层层叠叠被青草覆盖着的地方，比河边荒地更是冷静。

李妈似乎渐渐热闹了，不时也帮着收拾茶碗。对待王妈，自然不是当年的体恤，然而也不是懒洋洋地赔笑，格外现出殷勤——不是向来于百忙中加给一般乡人的殷勤，令人受着不过意，而且感到有点不可猜测的了。

谣言轰动了全城，都说是王妈亲眼撞见的。王妈很不安："我只私地向三太太讲过，三太太最是爱护李妈的，而且本家！"李妈这几日来往三太太很密，反复说着："人很好，比大冤家只大四岁。……唉，享不到自己儿的福，靠人的！"三太太失了往日的殷勤，无精打采地答着。李妈也只有无精打采地回去了。

姑娘们美丽而轻便的衣篮，好久没有放在李妈的茅草房当前。年轻的母亲们，苦拉着孩子吃奶："城外有老虎，你不怕，我怕！"只有城门口面店的小家伙，同驴子贪恋河边的青草一样，时时刻刻跑到土坡；然而李妈似乎看不见这爬来爬去的小虫，荷包里虽然有铜子，糖果是不再买的了。

那汉子不能不走。李妈在这世界上唯一的希望，是她的逃到什么地方的冤家，倘若他没有吃子弹，倘若他的脾气改过来。

一九二三年八月二十九日脱稿

阿妹

/// 废名

阿妹的死，到现在已经是四年前的事了，今天忽然又浮上心头，排遣不开。

冬天的早晨，天还没有亮，我同三弟就醒了瞌睡，三弟用指头在我的脚胫上画字，我从这头默着画数猜。阿妹也在隔一道壁的被笼里画眉般地叫唱："几个哥哥呢？三个。几个姐姐呢？姐姐在人家。自己呢？自己只有一个。"母亲搂着阿妹舐，我们从这边也听得清楚。阿妹又同母亲合唱："爹爹，奶痛头生子，爷和娘痛断肠儿。"我起床总早些，衣还没有扣好，一声不响地蹲在母亲的床头，轻轻地敲着床柱；母亲道："猫呀！"阿妹紧缩在母亲的怀里，眼光灼灼地望着被——这时我已伸起头来，瞧见了我，又笑闭眼睛向母亲一贴，怕我撕痒。

阿妹的降生，是民国元年（一九一二年）六月三十日；名字就叫作莲。那时我的外祖母还健在；母亲已经是四十五岁的婆婆了，一向又多病，挣扎着承担一份家务——父亲同两叔叔没有分家，直到阿妹五岁的时候。听说是女孩，外祖母急急忙忙跑上街来，坐在母亲的床沿，说着已经托付收鸡蛋的石奶奶在离城不远的地方探听了一个木匠家要抱养孩子做媳妇的话。母亲也满口称是，不过声音没有外祖母那样宏大——怎宏大得起来呢？我慌了，两只眼睛亮晶晶地望着外祖母；外祖母也就看出了我的心事："那边的爹爹说也是教蒙书的哩！"我的妹妹要做木匠的媳妇，自然是使我伤心的重要原因，然而穿衣吃饭不同我在一块，就是皇帝家宰相家，我也以为比我受苦，何况教蒙书——至多不过同我的先生一样，而且说是爹爹，则爸爸可想而知了。外祖母把我当了一个大人，我的抗议将要影响于她的计划似的，极力同我诘难，最后很气愤地说一句："那么，阿母是劳不得的，尿片请你洗！"我也连忙答应："洗！洗！"

这天晚上我上床睡觉，有好大一会没有闭眼。这木匠我好像很熟，曾经到过他的村庄；在一块很大的野原——原上有坟，坟头有嵌着二龙抢珠的石碑——放着许多许多的牛，牧童就是阿妹，起初阿妹是背着我来的方向坐在石碑下抠土，一面还用很细很细的声音唱歌，听见我的衣服的擦擦，掉转头来看，一看是我，赶忙跑来伏在我的兜里，放声大哭，告诉我，裤子是姐姐在家不要的纱绿布做，木头上刨下的皮，她用来卷喇叭，姑姑打她，说她不拿到灶里当柴烧。我说："我引你回去，不要哭！"然而我自己……

"焱儿！焱儿！妈妈在这里！"

我的枕头都湿了。

其实我只要推论一下，外祖母的计划是万万不行的：爸爸在学务局办事，怎能同木匠做亲家呢？有饭吃的把女儿给人家抱养，没有饭吃的将怎样呢？外祖母没有瞧见母亲怀里的阿妹罢了，第三天抱出来拜送子娘娘，哪由得外祖母不爱呢？

然而我同阿妹都因此吃了不少的亏。我有什么向母亲吵，母亲发恼："还说你洗尿片！"我也就不作声了。阿妹有什么向母亲吵，母亲发恼："当初该信家婆的话，送把木匠！"阿妹也就惧怕了。

我的祖父不大疼爱我的母亲，母亲生下来的孩子，也都不及婶娘的见爱。比阿妹大两岁的，有三婶娘的阿八，小一岁的有阿九。每天清早起来，祖父给阿八，阿九买油条，正午买包子：一回一人虽只一个，三百六十日却不少一回。阿妹呢，仿佛没有这么一个孩子——说因为女儿吧。二婶娘的阿菊，比无论哪一个孩子也看得贵，现在是十五岁的姑娘了，买包子总要照定额加倍。阿妹有时起得早，无意走出大门，卖油条的老吴正在递给阿八同阿九，告诉祖父道（祖父的眼睛模糊得看不清人）："阿莲也站在这里哩。"阿妹连忙含笑答应："我不欢喜带油气的杂粮。"随又低头走进门了。

祖父欢喜抱孩子游街，右手抱了一个，左手还要牵。吃过早饭，阿妹同阿八，阿九在院子里玩，把沙子瓦片聚拢一堆做饭；做得懒做的时候，祖父自然而然地好像是规定的功课走了出来，怀抱里不消说是阿九，牵着的便是阿八。阿妹拍拍垃圾，歌唱一般地说得十分好听："爹爹呵，把阿九抱到城外，城外有野猫。"祖父倘若给一个回答："是啊，阿九怪吵人的！"阿妹真不知怎样高兴哩。阿妹这时只不过四岁。

驯良的阿妹，哪有同阿八，阿九开衅的事呢？然而同阿八吵架，祖父说："阿八是忠厚的，一定是阿莲不是！"同阿九吵架，祖父又说："阿九是弟弟，便是抓了一下，阿莲也该让！"阿妹只得含一包眼泪走到母亲那里去，见了母亲便呜呜咽咽哭起来了。母亲问清了原因："这算什么了不得的事呢？值得哭！"阿妹的眼泪是再多没有的，哭起来了不容易叫她不哭，自己也知道不哭得好，然而还是一滴一滴往下掉；母亲眉毛眼睛皱成一团，手指着堂屋，意思是说："爹爹听见了，又埋怨阿母娇养！"

我第一次从省城回乡过年，阿妹也第一次离开母亲到外祖母家去了。到家第二天，我要去引回阿妹；母亲说："也好，给家婆看看，在外方还长得好些。"阿妹见了我，不知怎的又是哭！瓜子模样的眼睛，皲裂的两颊红得像点了胭脂一般，至今犹映在我脑里。外祖母连忙拉在怀，用手替她揩眼泪："乖乖儿，哪有这样呆呢？阿哥回了，多么欢喜的事！"接着又告诉我："这个孩子也不合伴，那个孩子也不合伴，终日只跟着我，我到菜园，也到菜园。"当天下午，我同阿妹回家，外祖母也一路上坝，拿着包好了的染红的鸡蛋，说是各房舅母送把阿莲的，快要下坝了，才递交我："阿莲呵，拜年再同阿哥来。"抚着阿妹不肯放。阿妹前走，我跟着慢慢地踏；转过树丛就是大路了，掉头一望，外祖母还站在那里，见了我们望，又把手向前一招。由外祖母家上街，三里路还不足，我闭眼也摸索得到。我同哥哥姐姐，从小都是赶也赶不回，阿妹只住过这一趟。后来母亲哭外祖母，总连带着哭阿妹："一个真心的奶奶，儿呵，你知道去亲近罢。"

　　阿妹从周岁便患耳瘘，随后也信了乡间医生的许多方药，都不曾见效。父亲每天令三弟写一张大字，到了晚上，阿妹就把这天的字纸要了来，交给母亲替她绞耳脓。阿哥们说："滚开吧！怪臭的！"她偏偏挨拢来；倘若是外人，你便再请她，她也不去。

　　在阿妹自己看来，七年的人世，感到大大的苦恼，就在这耳朵。至于"死"——奇怪，阿妹很小很小的时候，就知道这件事——仿佛，确实如此，很欣然地去接近，倘若他来。母亲有时同她谈笑：

　　"阿莲，算命先生说你打不过三，六，九。"

　　"打不过无非是死。"

　　"死了你不怕吗？"

　　"怕什么呢。"

　　"你一个人睡在山上，下雨下雪都是这样睡。"

　　阿妹愕然无以对了。

有一天晚上，我们大家坐在母亲房里，我开始道：

"阿莲，省城有洋人，什么病也会诊，带你去诊耳朵好不好呢？"

女孩子哪里会上省呢？聪明的阿妹，自然知道是说来开玩笑的，然而母亲装着很郑重的神气：

"只要诊得好，就去。爸爸是肯把钱的。"

"怎么睡觉呢？"三弟说。

"就同焱哥。"阿妹突然大声地说。

我们大家哈哈地大笑，阿妹羞得伏在母亲兜里咬衣服了。

阿妹啊，阿哥想到这里，真不知怎样哭哩。

谈到我自己，唉，六岁的时候，一病几乎不起，父亲正是壮年，终日替公家办事，母亲一个人，忙了厨房，又跑到房来守着我。现在阿妹的死，总括一句，又是为了我的缘故了。

五年的中学光阴，三年半是病，最后的夏秋两季，完全住在家。母亲的忧愁，似乎还不及父亲。父亲的正言厉色，谁也不敢亲近；见了我，声音变小了，而且微笑着。母亲牵着阿妹从外回来："人都说阿莲一天一天地憔悴了哩。"父亲哪里能够听见呢？母亲说说也就算了。阿妹的眼泪，比从前更多，动不动就哭，又怕父亲发恼，便总说腹痛——倘若真是腹痛，为什么哭完了痛也完了呢？我的父亲向来不打我们，我们使得他恼，从脸色可以看得出来，好像天上布满了乌云；自然，这比打还厉害，打了我们哭，哭了什么也没有了，关在心里害怕，是多么难过。父亲的恼，并不问我们有理无理；自己不顺畅，我们一点触犯，便是炮燃了引，立刻爆发。一天，母亲呼唤阿妹吃午饭，阿妹为了什么正在那里哭；母亲说（母亲也是怕父亲的）："阿莲那孩子又是腹痛！"父亲一心扒饭，我的脚趾钩断了："阿莲，不哭了吧！"阿妹慢慢走来了，眼角虽然很红，眼泪是没有的，我便安心地吃。阿妹扒不上两口，又在掉眼泪！我首先瞧见——父亲也立刻瞧见了！阿妹瞄一瞄父亲，不哭却大哭。父亲把筷子一拍，拉阿妹到院子里毒热的太阳底下，阿妹简直是剥了皮的蛤蟆，晒得只管跳。末了还是二姑母从婶娘那边来牵过去。

阿妹失掉了从前的活泼，那是很明显的。母亲问："不舒服吗？"她却说不出哪里不舒服。"怎不同阿八，阿九一路去玩呢？"她又很窘地答应："不要玩也要我玩！"是正午，母亲把藤椅搬到堂屋，叫我就在那里躺着，比较得凉快。我忽然想吃梨子了。母亲一时喊不出人来去买，两眼望着阿妹，阿妹不现得欢笑，但也不辞烦，从母亲掌里接下铜子。我以为一手拿一个，再轻便没有的事，便也让阿妹去了。阿妹穿一件背褡，母亲还给一把芭扇遮太阳；去走后门——后门到街近些，回来却是进前门，正对我躺着的方向，刚进门槛的时候，那只脚格外踏得重，扇子也从头上垂下来。梨子递过我，吁吁地坐在竹榻上，要哭不哭，很是难过的神气。母亲埋怨："谁叫你近不走走远呢？"阿妹的眼泪经这样一催，不住地往下滚了，而且盛气地嚷着："后门坦里都是太阳！前街靠墙走，不晒人些！"

阿妹这时，明明是痨病初萌，见了太阳，五心烦躁了。

阿妹渐渐好睡。母亲吃完饭，到客房来陪我坐："阿莲那孩子又去睡了吧？"走去看，果然倒在床上。母亲埋怨："刚刚吃过饭！再叫腹痛，是没有人管的！"阿妹并不答应。母亲轻轻用手打她，突然很惊讶的一声："这孩子的脚是哪有这么光！肿了吗？……乖乖儿，起来！"阿妹这才得了申诉似的慢慢翻着身子，让母亲摸她的脚。

父亲引来了医生给我看脉，母亲牵着阿妹向父亲道："阿莲怕也要请先生瞧瞧。"父亲眉毛一皱："真是多事！""可不是玩的！看她的脚！"母亲又很窘地说。医生反做了调人："看看不妨。"父亲也就不作声了。我们当时都把这位医生当作救星，其实阿妹的病一天沉重一天，未必不是吃坏了他的药。他说阿妹是疟疾；母亲说："不错，时常也说冷的。"七岁的阿妹，自然是任人摆布，而且很有几分高兴；药端在她的面前，一口气吞下去，并不同我一样，还要母亲守着喝干净。傍晚，我们都在院子里乘凉，父亲提两包药回来，我看了很觉得父亲可怜，妒忌似的觑着阿妹："这也赶伴儿！"阿妹把头向我一偏，又是要哭的神气："就只替你诊！"待到母亲说她："多么伶俐的孩子，玩笑也不知道。"果然低头含了两颗眼泪了。

憔悴的阿妹，渐渐肿得像刮过了毛又粗又亮的猪儿一般；然而我并不以为这样就会死的，晚上睡觉，又想："明天清早起来，总细小得多。"父亲趁着阿妹一个人躺在床上的时候，跑进房来探望；母亲差不多终日守在旁边——现在有了嫂子照料厨房的事了。阿妹的食量并不减少，天气又非常热，所以也间或走到客房坐坐。我看了阿妹从门槛这边跨到那边，转过身来不出声地哭；哭了，自己的患处也更加疼痛，虽也勉强镇静下去，然而瞒不过父亲，吃饭的时候，一面吃，一面对着我端详。

那天隔壁祠堂做雷公会，打鼓放炮，把阿八，阿九都招进去了。阿妹向来就不大赶热闹，现在哪里还想到出去玩的事？然而父亲再三要母亲引阿妹去。父亲的意思，我是知道的，走动一下，血脉也许流通些。我望着阿妹走也走不动的样子，暗地里又在哭——却没有想到阿妹走到大门口突然尖锐地喊叫起来了！门槛再也跨不过去，母亲说抱，刚刚搂着，又叫身子疼。这是阿妹最后一次到大门口了。

母亲到了不得了的时候，总是虔心信托菩萨，叮咛阿妹一声，"儿呵，我去求斗姥娘娘，一定会好的！"便一个人匆匆走出城。父亲也想他的救济方法去了。哥哥虽然放假回家，恰巧同嫂嫂回到嫂嫂的娘家。留在家里陪阿妹的，只有三弟同我。阿妹的眼睛老是闭着，听了堂屋的脚步声才张开，张到顶大也只是一条缝。

"妈妈还不回！"

"要什么呢？我给你拿。"三弟伏在床沿说。

"不要什么。"阿妹又很平和地答着。

父亲进房来了。我从向着天井的那门走出去，站在堂屋里哭。

三弟也由后廊折进来，一面用手揩眼泪。

母亲回来了。

菩萨的药还在炉子上煎，阿妹并不等候，永远永远地同我们分别了。过三天，要在平常，就是我们替她做生的日期。

人们哄哄地把阿妹扛走了，屋子里非常寂静，地下一块块残剩的石灰，印着横的直的许多草鞋的痕迹。父亲四处找我，我站在后院劈柴堆的旁边；找着了，又唤三弟一齐跟着二姑母到二姑母家去——二姑母就住在北门。二姑母留我们吃午饭，我偷偷地跑了，三弟随后也追了来。我们站在城墙根的空坦上，我说：

"黄昏时分，要给妹妹送乳，你到篾匠店买一个竹筒，随便请哪一位婶子，只要有，挤一点乳盛着，我们再弯到舅母家去，请舅母叫人扭一捆稻草做烟把，然后上山。"

"现在回家去不呢？"

我已望见沿城的巷子里走来一个人："那不是泉哥吗？"果然是阿姐得了消息打发泉哥上街来了。我同三弟好像阿妹再生一样地欢喜着，欢喜得哭了。三弟牵着泉哥回家。我们有话再可以向泉哥讲；父亲也可以躺在椅子上歇一歇；接连三夜，阿妹在山上吃，喝的，照亮的，也都是泉哥一手安置的了。

头几天，父亲比母亲更显得失神；到后来，母亲却几乎入魔了：见了阿九拉着，见了阿九的更小的妹妹也拉着："你知道阿莲到哪里去了不呢？"意思是，小孩子无意间的话，可以泄露出阿妹的灵魂究竟何在。阿九说："在山上，我引伯母去。"阿九的妹妹连话也听不懂，瞪着眼睛只摆头。洗衣婆婆的女孩每天下午送衣来，母亲又抱在怀里不肯放；阿妹的衣服，一件一件地给她穿，有一件丝布棉袍，阿妹只穿着过一个新年，也清检出来，说交给那孩子穿来拜年；三弟埋怨："这不比那破衲的！拜年！中秋还没有过哩！"

阿妹死后第四十九日，父亲一早起来买半块纸钱，吃过饭，话也不讲，带着三弟一路往山上去。回来，我问三弟，在山顶呢，还是在山中间？三弟说，在山顶的顶上，站在那里，望得见城墙，隔壁祠堂的垛子，也可以望得清楚。还告诉我，他点燃了纸钱跪下去作揖，父亲说用不着作揖，作揖也不必跪。又说，他哭，父亲不哭，只说着"阿莲呵，保佑你的焱哥病好"的话——我全身冷得打战了。

我至今未到阿妹的坟前，听说母亲嘱泉哥搬了一块砖立在坟头，上面的镌字是三弟写的。

一九二三年十二月

竹林的故事

/// 废名

出城一条河，过河西走，坝脚下有一簇竹林，竹林里露出一重茅屋，茅屋两边都是菜园：十二年前，它们的主人是一个很和气的汉子，大家呼他老程。

那时我们是专门请一位先生在祠堂里讲《了凡纲鉴》，为得拣到这菜园来割菜，因而结识了老程，老程有一个小姑娘，非常地害羞而又爱笑，我们以后就借了割菜来逗她玩笑。我们起初不知道她的名字，问她，她笑而不答，有一回见了老程呼"阿三"，我才挽住她的手："哈哈，三姑娘！"我们从此就呼她三姑娘。从名字看来，三姑娘应该还有姊妹或兄弟，然而我们除掉她的爸爸同妈妈，实在没有看见别的谁。

一天我们的先生不在家，我们大家聚在门口掷瓦片，老程家的捏着香纸走我们的面前过去，不一刻又望见她转来，不笔直地

　　循走原路，勉强带笑地弯近我们："先生！替我看看这签。"我们围着念菩萨的绝句，问道："你求的是什么呢？"她对我们诉一大串，我们才知道她的阿三头上本来还有两个姑娘，而现在只要让她有这一个，不再三朝两病的就好了。

　　老程除了种菜，也还打鱼卖。四五月间，淫雨之后，河里满河山水，他照例拿着摇网走到河边的一个草墩上——这墩也就是老程家的洗衣裳的地方，因为太阳射不到这来，一边一棵树交荫着成一座天然的凉棚。水涨了，搓衣的石头沉在河底，呈现绿团团的坡，刚刚高过水面，老程老像乘着划船一般站在上面把摇网朝水里兜来兜去；倘若兜着了，那就不移地地转过身倒在挖就了的荡里——三姑娘的小小的手掌，这时跟着她的欢跃的叫声热闹起来，一直等到蹦跳蹦跳好容易给捉住了，才又坐下草地望着爸爸。

　　流水潺潺，摇网从水里探起，一滴滴的水点打在水上，浸在水当中的枝条也冲击着喳喳作响。三姑娘渐渐把爸爸站在那里都忘掉了，只是不住地抠土，嘴里还低声地歌唱；头毛低到眼边，才把脑壳一扬，不觉也就瞥到那滔滔水流上的一堆白沫，顿时兴奋起来，然而立刻不见了，偏头又给树叶子遮住了——使得眼光回复到爸爸的身上，是突然一声"啊呀！"这回是一尾大鱼！而妈妈也沿坝走来，说盐钵里的盐怕还够不了一餐饭。

　　老程由街转头，茅屋顶上正在冒烟，叱咤一声，躲在园里吃菜的猪飞奔地跑——三姑娘也就出来了，老程从荷包里掏出一把大红头绳："阿三，这个打辫好吗？"三姑娘抢在手上，一面还接下酒壶，奔向灶角里去。"留到端午扎艾蒿，别糟蹋了！"妈妈这样答应着，随即把酒壶伸到灶孔烫。三姑娘到房里去了一会又出来，见了妈妈抽筷子，便赶快拿出杯子——家里只有这一个，老是归三姑娘照管——踮着脚送在桌上；然而老程终于还是要亲自朝中间挪一挪，然后又取出壶来。"爸爸喝酒，我吃豆腐干！"老程实在用不着下酒的菜，对着三姑娘慢慢地喝了。

三姑娘八岁的时候，就能够代替妈妈洗衣。然而绿团团的坡上，从此也不见老程的踪迹了——这只要看竹林的那边河坝倾斜成一块平坦的上面，高耸着一个不毛的同教书先生（自然不是我们的先生）用的戒方一般模样的土堆，堆前竖着三四根只有杪梢还没有斩去的枝丫吊着被雨粘住的纸幡残片的竹竿，就可以知道是什么意义。

老程家的已经是四十岁的婆婆，就在平常，穿的衣服也都是青蓝大布，现在不过系鞋的带子也不用那水红颜色的罢了，所以并不现得十分异样。独有三姑娘的黑地绿花鞋的尖头蒙上一层白布，虽然更显得好看，却叫人见了也同三姑娘自己一样懒懒的没有话可说了。

然而那也并非长久的情形。母女都是那样勤敏，家事的兴旺，正如这块小天地，春天来了，林里的竹子，园里的菜，都一天一天地绿得可爱。老程的死却正相反，一天比一天淡漠起来，只有鹞鹰在屋头上打圈子，妈妈呼喊女儿道："去，去看坦里放的鸡娃。"三姑娘才走到竹林那边，知道这里睡的是爸爸了。到后来，青草铺平了一切，连曾经有个爸爸这件事实几乎也没有了。

正二月间城里赛龙灯，大街小巷，真是人山人海。最多的还要算邻近各村上的女人，她们像一阵旋风，大大小小牵成一串从这街冲到那街，街上的汉子也借这个机会撞一撞她们的奶。然而能够看得见三姑娘同三姑娘的妈妈吗？不，一回也没有看见！锣鼓喧天，惊不了她母女两个，正如惊不了栖在竹林的雀子。鸡上埘的时候，比这里更西也是住在坝下的堂嫂子们，顺便也邀请一声"三姐"，三姑娘总是微笑地推辞。妈妈则极力鼓励着一路去，三姑娘送客到坝上，也跟着出来，看到底攀缠着走了不；然而别人的渐渐走得远了，自己的不还是影子一般地依在身边吗？

三姑娘的拒绝，本是很自然的，妈妈的神情反而有点莫名其妙了！用询问的眼光朝妈妈脸上一瞧——却也正在瞧过来，于是又掉头望着嫂子们走去的方向：

"有什么可看？成群打阵，好像是发了疯的！"

这话本来想使妈妈热闹起来，而妈妈依然是无精打采沉着面孔。河里没有水，平沙一片，现得这坝从远远看来是蜿蜒着一条蛇，站在上面的人，更小到同一颗黑子了。由这里望过去，半圆形的城门，也低斜得快要同地面合成了一起；木桥俨然是画中见过的，而往来蠕动都在沙滩；在坝上分明数得清楚，及至到了沙滩，一转眼就失了心目中的标记，只觉得一簇簇的仿佛是远山上的树林罢了。至于聒聒的喧声，却比站在近旁更能入耳，虽然听不着说的是什么，听者的心早被他牵引了去了。竹林里也同平常一样，雀子在奏他们的晚歌，然而对于听惯了的人只能够增加静寂。

打破这静寂的终于还是妈妈：

"阿三！我就是死了也不怕猫跳！你老这样守着我，到底……"

妈妈不作声，三姑娘抱歉似的不安，突然来了这埋怨，刚才的事倒好像给一阵风赶跑了，增长了一番力气娇恼着：

"到底！这也什么到底不到底！我不欢喜玩！"

三姑娘同妈妈间的争吵，其原因都出在自己的过于乖巧，比如每天清早起来，把房里的家具抹得干净，妈妈却说："乡户人家呵，要这样？"偶然一出门做客，只对着镜子把散在额上的头毛梳理一梳理，妈妈却硬从盒子里拿出一枝花来。现在站在坝上，眶子里的眼泪快要迸出来了，妈妈才不作声。这时节难为的是妈妈了，皱着眉头不转眼地望，而三姑娘老不抬头！待到点燃了案上的灯，才知道已经走进了茅屋，这期间的时刻竟是在梦中过去了。

灯光下也立刻照见了三姑娘，拿一束稻草，一菜篮适才饭后同妈妈在园里割回的白菜，坐下板凳三棵捆成一把。

"妈妈，这比以前大得多了！两棵怕就有一斤。"

妈妈哪想到屋里还放着明天早晨要卖的菜呢？三姑娘本不依恃妈妈的帮忙，妈妈终于不出声地叹一口气伴着三姑娘捆了。

三姑娘不上街看灯，然而当年背在爸爸的背上是看过了多少次的，所以听了敲在城里响在城外的锣鼓，都能够在记忆中画出是怎样的情境来。"再是上东门，再是在衙门口领赏……"忖着声音所来的地方自言自语地这样猜。妈妈正在做嫂子的时候，也是一样地欢喜赶热闹，那情境也许比三姑娘更记得清白，然而对于三姑娘的仿佛亲临一般地高兴，只是无意地吐出来几声"是"——这几乎要使得三姑娘稀奇得伸起腰来了："刚才还催我去玩哩！"

三姑娘实在是站起来了，一二三四地点着把数，然后又一把把地摆在菜篮，以便于明天一大早挑上街去卖。

见了三姑娘活泼泼的肩上一担菜，一定要奇怪，昨夜晚为什么那样没出息，不在火烛之下现一现那黑然而美的瓜子模样的面庞的呢？不——倘若奇怪，只有自己的妈妈。人一见了三姑娘挑菜，就只有三姑娘同三姑娘的菜，其余的什么也不记得，因为耽误了一刻，三姑娘的菜就买不到手；三姑娘的白菜原是这样好，隔夜没有浸水，煮起来比别人的多，吃起来比别人的甜了。

我在祠堂里足足住了六年之久，三姑娘最后留给我的印象，也就在卖菜这一件事。

三姑娘这时已经是十二三岁的姑娘，因为是暑天，穿的是竹布单衣，颜色淡得同月色一般——这自然是旧的了，然而倘若是新的，怕没有这样合适，不过这也不能够说定，因为我们从没有看见三姑娘穿过新衣：总之三姑娘是好看罢了。三姑娘在我们的眼睛里同我们的先生一样熟，所不同的，我们一望见先生就往里跑，望见三姑娘都不知不觉地站在那里笑。然而三姑娘是这样淑静，愈走近我们，我们的热闹便愈是消灭下去，等到我们从她的篮里拣起菜来，又从自己的荷包里掏出了铜子，简直是犯了罪孽似的觉得这太对不起三姑娘了。而三姑娘始终是很习惯的，接下铜子又把菜篮肩上。

一天三姑娘是卖青椒。这时青椒出世还不久，我们大家商议买四两来煮鱼吃——鲜青椒煮鲜鱼，是再好吃没有的。三姑娘在用秤称，我们都高兴得了不得，有的说买鲫鱼，有的说鲫鱼还不及鳊鱼。其中有一位是最会说笑的，向着三姑娘道：

"三姑娘，你多称一两，回头我们的饭熟了，你也来吃，好不好呢？"

三姑娘笑了："吃先生们的一餐饭使不得？难道就要我出东西？"

我们大家也都笑了；不提防三姑娘果然从篮子里抓起一把掷在原来称就了的堆里。

"三姑娘是不吃我们的饭的，妈妈在家里等吃饭。我们没有什么谢三姑娘，只望三姑娘将来碰一个好姑爷。"

我这样说。然而三姑娘也就赶跑了。

从此我没有见到三姑娘。到今年，我远道回家过清明，阴雾天气，打算去郊外看烧香，走到坝上，远远望见竹林，我的记忆又好像一塘春水，被微风吹起波皱了。正在徘徊，从竹林上坝的小径，走来两个妇人，一个站住了，前面的一个且走且回应，而我即刻认定了是三姑娘！

"我的三姐，就有这样忙，端午中秋接不来，为得先人来了饭也不吃！"

那妇人的话也分明听到。

再没有别的声息：三姑娘的鞋踏着沙土。我急于要走过竹林看看，然而也暂时面对流水，让三姑娘低头过去。

一九二四年十月

河上柳

/// 废名

　　陈老爹向来是最热闹没有的，逢着人便从盘古说到如今，然而这半年，老是蹲在柳树脚下，朝对面的青山望，仿佛船家探望天气一般。问他："老爹，不舒服了吧？"他又连忙点头，笑着对你打招呼。这原因很容易明白，就是，衙门口的禁令，连木头戏也在禁止之列了，他老爹再没有法子赚钱买酒，而酒店里的陈欠，又一天一天地催。

　　清早起来，太阳仿佛是一盏红灯，射到桥这边一棵围抱不住的杨柳，同时惹得你看见的，是"东方朔日暖""柳下惠风和"褪了色的红纸上的十个大字——这就是陈老爹的茅棚。这红纸自然是一年一换了；而那字，当年亏了卖春联的王茂才特地替老爹选定——老爹得意极了，于照例四十文大钱加成一条绳串，另外还同上"会贤馆"，席上则茂才公满口的"古之贤人也"。

　　陈老爹也想到典卖他全副的彩衣同锣鼓，免得酒店的小家伙来捣麻烦，然而天下终当有太平之日——老爹又哼哼地踱出茅棚了。

　　"真正反变！连木头戏——"

　　这时老爹不知不觉转到隔岸坝上"路遇居"的泥黄山头，"姜太公在此，诸神回避"，不出声地念给自己听——也许只是念，并不听。其实老爹所看见的，模模糊糊一条红纸而已，不过"姜太公"也同"柳下惠"一样，在此有年罢了。

　　太公真个立刻活现了。

　　陈老爹的姜太公同郭令公是一副脑壳——我们在"祈福"时所见的，自然，连声音也是一般，而我们见了令公，并不想到太公。现在浮在老爹眼睛里的，是箱子里的太公了——老爹也并不想到令公。

　　老爹突然注视水面。

　　太阳正射屋顶，水上柳荫，随波荡漾。初夏天气，河清而浅，老爹直看到沙里去了，但看不出什么来，然而这才听见鸦鹊噪了，树枝倒映，一层层分外浓深。

　　老爹用了平素的声调昂头唱：

　　"八十三岁遇——"

　　劲太大了，本是蹲着的，跌坐下去，而刚才的心事同声音一路斩截地失掉了。那鸦鹊正笔直地瞥见，绿叶青天，使得眉毛不住地起皱，渐渐地不能耐了，弓着腰，双手抱定膝头。

"三天没有酒，我要斫掉我的杨柳——"

说到这里，老爹又昂一昂头：

"不，你跟我活到九十九，箱子里我还有木头。"

接着是平常的夏午，除了潺潺水流，都消灭在老爹的一双闭眼。

老爹的心里渐渐又滋长起杨柳来了，然而并非这屏着声息蓬蓬立在上面庇荫老爹的杨柳——到现在有了许多许多的岁月。

漆黑的夜里，老爹背着锣鼓回来，一走一审地唱：

> 驼子妈妈不等我上床了，
> 桥头上一柱灯笼，
> 驼子妈妈给我照亮了。

灯笼就挂在柳树上，是老爹有一回险些跌到桥底下去了，驼子妈妈乃于逢朔的这趟生意，早办一支烛，忖着时分，点起来朝枝头上挂。

从此老爹更尽量地喝，驼子妈妈手植的杨柳，也不再只是受怨——这以前，一月两遭生意，缺欠不得，否则是黑老鸹清早不该叫："不是你的杨柳，老鸹哪里会来呢？"

杨柳一年茂盛一年——那灯笼，老爹不是常说，可怜的妈妈最后还要嘱咐，带去而又记得点回吗？

清明时节，家家插柳，住在镇上的，傍晚都走来攀折，老婆坐在门槛：

"密叶就好，不伤那大——"

人散夜静，老爹自己也折一枝下来，明天早起，把桌子抹得干净，一枝劈成两份，挨着妈妈的灵屋放。

老鸹自然时常有的，但生意十分顺遂，木锁却被人偷开了几次——不消说是归家晚了。

最使得老爹伤心的，要算那回的大水。

梅雨连绵，河水快要平岸，老爹正在灶里烧柴，远远沙岸倒塌，不觉抬起头来，张耳细听，只听得吼吼的是水声，但又疑心耳朵在作怪；雨住的当儿，踏着木展，沿茅棚周围四看——沙地被雨打得紧结，柳根凸出，甚是分明，一直盘到岸石的缝里去了。

"还是妈妈想得——"

老爹伸一伸腰，环抱着臂，而眼睛，同天云低处的青山一样，浸在霭里了。

这晚比平常更难熟睡，愈到中夜，愈是清醒，清醒得害怕了！——坝上警锣响——屋背后脚步声——

"陈老爹！赶快！快！"

地保敲门。

第二天，老爹住在祠堂。上坡企眺，一片汪洋，绿茸茸的好像一丛芦草，老爹知道是柳叶：

"我的——"

"嘛——"

"老爹！——好睡呵？——今天呢？——老板骂我，说我是混玩一趟！"

下午，老爹从镇上引一个木匠回来。

霹雳一声，杨柳倒了——老爹直望到天上去了，仿佛向来没有见过这样宽敞的晴空。而那褪了色的红纸，顿时也鲜明不少。

一九二五年四月

桃园

/// 废名

　　王老大只有一个女孩儿，一十三岁，病了差不多半个月了。王老大一向以种桃为业，住的地方就叫作桃园——桃园简直是王老大的另一个名字。在这小小的县城里，再没有别个种了这么多的桃子。

　　桃园孤单得很，唯一的邻家是县衙门——这也不能够叫桃园热闹，衙门口的那一座"照墙"，望去已经不显其堂皇了，一眨眼就要钻进地底里去似的，而照墙距"正堂"还有好几十步之遥。照墙外是杀场，自从离开十字街头以来，杀人在这上面。说不定王老大得了这么一大块地就因为与杀场接壤哩。这里，倘不是有人来栽树木，也只会让野草生长下去。

　　桃园的篱墙的一边又给城墙做了，但这时常惹得王老大发牢骚，城上的游人可以随手摘他的桃子吃。他的阿毛倒不大在乎，她还替城墙栽了一些牵牛花，花开的时候，许多女孩子跑来玩，兜了花回去。上城看得见红日头——这是指西山的落日，这里正是西城。阿毛每每因了这一个日头再看一看照墙上画的那天狗要吃的一个，也是红的。当那春天，桃花遍树，阿毛高高地望着园里的爸爸道：

"爸爸，我们桃园两个日头。"

话这样说，小小的心儿实是满了一个红字。

你这日头，阿毛消瘦得多了，你一点也不减你的颜色！

秋深的黄昏。阿毛病了也坐在门槛上玩，望着爸爸取水。桃园里面有一口井。桃树，长大了的不算又栽了小桃，阿毛真是爱极了，爱得觉着自己是一个小姑娘，清早起来辫子也没有梳！桃树仿佛也知道了，阿毛姑娘今天一天不想端碗扒饭吃哩。爸爸担着水桶林子里穿来穿去，不是把背弓了一弓就要挨到树叶子。阿毛用了她的小手摸过这许多的树，不，这一棵一棵的树是阿毛一手抱大的！——是爸爸拿水浇得这么大吗？她记起城外山上满山的坟，她的妈妈也有一个——妈妈的坟就在这园里不好吗？爸爸为什么同妈妈打架呢？有一回一箩桃子都踢翻了，阿毛一个一个地朝箩里捡！天狗真个把日头吃了怎么办呢？……

阿毛看见天上的半个月亮了。天狗的日头，吃不掉的，到了这个时分格外地照彻她的天——这是说她的心儿。

秋天的天实在是高哩。这个地方太空旷吗？不，阿毛睁大了的眼睛叫月亮装满了，连爸爸已经走到了园的尽头她也没有去理会。月亮这么早就出来！有的时候清早也有月亮！

古旧的城墙同瓦一般黑，墙砖上青苔阴阴的绿——这个也逗引阿毛。阿毛似乎看见自己的眼睛是亮晶晶的！

她不相信天是要黑下去——黑了岂不连苔也看不见？——她的桃园倘若是种橘子才好，苔还不如橘子的叶子是真绿！她曾经在一个人家的院子旁边走过，一棵大橘露到院子外——橘树的浓荫俨然就遮映了阿毛了！但小姑娘的眼睛里立刻又是一园的桃叶。

阿毛如果道得出她的意思，这时她要说不称意罢。

桃树已经不大经得起风，叶子吹落不少，无有精神。

阿毛低声地说了一句：

"桃树你又不是害病哩。"

她站在树下，抱着箩筐，看爸爸摘桃，林子外不像再有天，天就是桃，就是桃叶——是这个树吗？这个树，到明年又是那么茂盛吗？那时她可不要害病才好！桃花她不见得怎样地喜欢，风吹到井里去了她喜欢！她还丢了一块石头到井里去了哩，爸爸不晓得！（这就是说没有人晓得）……

"阿毛，进去，到屋子里去，外面风很凉。"

王老大走到了门口，低下眼睛看他的阿毛。

阿毛这才看见爸爸脚上是穿草鞋——爸爸走路不响。

"爸爸，你还要上街去一趟不呢？"

"今天太晚了，不去——起来。"王老大歇了水桶伸手挽他的阿毛。

"瓶子的酒我看见都喝完了。"

"喝完了我就不喝。"

爸爸实在是好，阿毛可要哭了！——当初为什么同妈妈打架呢？半夜三更还要上街去！家里喝了不算还要到酒馆里去喝！但妈妈明知道爸爸在外面没有回也不应该老早就把门关起来！妈妈现在也要可怜爸爸吧！

"阿毛，今天一天没有看见你吃点什么，老是喝茶，茶饱得了肚子吗？我爸爸喝酒是喝得饱肚子的。"

"不要什么东西吃。"

慢慢又一句："爸爸，我们来年也买一些橘子来栽一栽。"

"买一些橘子来栽一栽！你晓得你爸爸活得几年？等橘子结起橘子来爸爸进了棺材！"

王老大向他的阿毛这样说吗？问他他自己也不答应哩。但阿毛的橘子连根拔掉了。阿毛只有一双瘦手。刚才，她的病色是橘子的颜色。

王老大这样的人，大概要喝了一肚子酒才不是醉汉。

"这个死人的地方鬼也晓得骗人！张四说他今天下午来，到了这么时候影子也不看见他一个！"

"张四叔还差我们钱吗？"阿毛轻声地说。

"怎么说不差呢？差两吊。"

这时月亮才真个明起来，就在桃树之上，屋子里也铺了一地。

王老大坐下板凳脱草鞋——阿毛伏在桌上睡哩。

"阿毛，到床上去睡。"

"我睡不着。"

"你想橘子吃吗？"

"不。"

阿毛虽然说栽橘子，其实她不是想到橘子树上长橘，一棵橘树罢了。她还没有吃过橘子。

"阿毛，你手也是热的哩！"

阿毛——心里晓得爸爸摸她的脑壳又捏一捏手，枕着眼睛真在哭。

王老大一门闩把月光都闩出去了。闩了门再去点灯。

半个月亮，却也对着大地倾盆而注，王老大的三间草房，今年盖了新黄稻草，比桃叶还要洗得清冷。桃叶要说是浮在一个大池子里，篱墙以下都湮了——叶子是刚湮过的！地面到这里很是低洼，王老大当初砌屋，就高高地砌在桃树之上了。但屋是低的。过去，都不属桃园。

杀场是露场，在秋夜里不能有什么另外的不同，"杀"字偏风一般地自然而然地向你的耳朵吹，打冷噤，有如是点点无数的鬼哭的凝合，巴不得月光一下照得它干！越照是越湿的，越湿也越照。你不会去记问草，虽则湿的就是白天里极目而绿的草——你只再看一看黄草屋！分明地蜿蜒着，是路，路仿佛说它在等行人。王老大走得最多，月亮底下归他的家，是惯事——不要怕他一脚踏到草里去，草露湿不了他的脚，正如他的酒红的脖子算不上月下的景致。

城垛子，一直排；立刻可以伸起来，故意缩着那么矮，而又使劲地白，是衙门的墙；簇簇的瓦，成了乌云，黑不了青天……

这上面为什么也有一个茅屋呢？行人终于这样免不了出惊。

茅屋大概不该有。

其实，就王老大说，世上只有三间草房，他同他的阿毛睡在里面，他也着实难过，那是因为阿毛睡不着了。

衙门更锣响。

"爸爸，这是打更吗？"

"是。"爸爸是信口答着。

这个令阿毛爽快：深夜响锣。她懂得打更，很少听见过打更。她又紧紧地把眼闭住——她怕了。这怕，路上的一块小石头恐怕也有关系。声音是慢慢地度来，度过一切，到这里，是这个怕。

接着是静默。

"我要喝茶。"阿毛说。

灯是早已吹熄了的，但不黑，王老大翻起来摸茶壶。

"阿毛，今天十二，明天，后天，十五我引你上庙去烧香，去问一问菩萨。"

"是的。"

阿毛想起一个尼姑，什么庙的尼姑她不知道，记得面孔——尼姑就走进了她的桃园！

　　那正是桃园茂盛时候的事，阿毛一个人站在篱墙门口，一个尼姑歇了化施来的东西坐在路旁草上，望阿毛笑，叫阿毛叫小姑娘。尼姑的脸上尽是汗哩。阿毛开言道：

　　"师父你吃桃子吗？"

　　"小姑娘你把桃子我吃吗？——阿弥陀佛！"

　　阿毛回身家去，捧出了三个红桃。阿毛只可惜自己上不了树到树上去摘！

　　现在这个尼姑走进了她的桃园，她的茂盛的桃园。

　　阿毛张一张眼睛——张了眼是落了幕。

　　阿毛心里空空的，什么也没有想，只晓得她是病。

　　"阿毛，不说话一睡就睡着了。"

　　王老大就闭了眼睛去睡。但还要一句——

　　"要什么东西吃，明天我上街去买。"

　　"桃子好吃。"

　　阿毛并不是说话说给爸爸听，但这是一声霹雳，爸爸的眼睛简直呆住了，突然一张——上是屋顶。如果不是夜里，夜里睡在床上，阿毛要害怕她说了一句什么叫爸爸这样！

　　桃子——王老大为得桃子同人吵过架，成千成万的桃子逃不了他的巴掌，他一口也嚼得一个，但今天才听见这两个字！

　　"现在哪里有桃子卖呢？"

　　一听声音话是没有说完。慢慢却是——

　　"不要说话，一睡就睡着了。"

睡不着的是王老大。

窗孔里射进来月光。王老大不知怎的又是不平！月光居然会移动，他的酒瓶放在一角，居然会亮了起来！王老大怒目而视。

阿毛说过，酒都喝完了。瓶子比白天还来得大。

王老大恨不得翻起来一脚踢破了它！世界就只是这一个瓶子——踢破了什么也完了似的！

王老大挟了酒瓶走在街上。

"十五，明天就是十五，我要引我的阿毛上庙去烧香。"

低头丧气地这么说。

自然，王老大是上街来打酒的。

"桃子好吃。"阿毛的这句话突然在他的心头闪起来了——不，王老大是站住了，街旁歇着一挑桃子，鲜红夺目得厉害。

"你这是桃子吗？！"王老大横了眼睛走上前问。

"桃子拿玻璃瓶子来换。"

王老大又是一句："你这是桃子吗？！"

同时对桃子半鞠了躬，要伸手下去。

桃子的主人不是城里人，看了王老大的样子一手捏得桃子破，也伸下手来保护桃子，拦住王老大的手——

"拿瓶子来换。"

"拿钱买不行吗？"王老大抬了眼睛，问。但他已经听得背后有人嚷——

"就拿这一个瓶子换。"

一看是张四，张四笑嘻嘻地捏了王老大的酒瓶——他从王老大的胁下抽出瓶子来。

王老大欢喜极了：张四来了，帮同他骗一骗这个生人！——他的酒瓶哪里还有用处呢？

"喂，就拿这一个瓶子换。"

"真要换，一个瓶子也不够。"

张四早已瞧见了王老大的手心里有十好几个铜子，道：

"王老大，你找他几个铜子。"

王老大耳朵听，嘴里说，简直是在自己桃园卖桃子的时候一般模样。

"我把我的铜子都找给你行吗？"

"好好，我就给你换。"

换桃子的收下了王老大的瓶子，王老大的铜子张四笑嘻嘻地接到手上一溜烟跑了。

王老大捧了桃子——他居然晓得朝回头的路上走！桃子一连三个，每一个一大片绿叶，王老大真是不敢抬头了。

"王老大，你这桃子好！"路上的人问。

王老大只是笑——他还同谁去讲话呢？

围拢来四五个孩子，王老大道：

"我替我阿毛买来的。我阿毛病了要桃子。"

"这桃子又吃不得哩。"

是的，这桃子吃不得——王老大似乎也知道！但他又低头看桃子一看，想叫桃子吃得！

王老大的欢喜确乎走脱不少，然而还是笑——

"我拿给我阿毛看一看……"

乒乒！

"哈哈哈，桃子玻璃做的！"

"哈哈哈，玻璃做的桃子！"

孩子们并不都是笑——桃子是一个孩子撞跌了的，他，他的小小的心儿没有声响地碎了，同王老大双眼对双眼。

一九二七年九月

菱荡

/// 废名

陶家村在菱荡圩的坝上，离城不过半里，下坝过桥，走一个沙洲，到城西门。

一条线排着：十来重瓦屋，泥墙，石灰画得砖块分明，太阳底下更有一种光泽，表示陶家村总是兴旺的。屋后竹林，绿叶堆成了台阶的样子，倾斜至河岸，河水沿竹子打一个湾，潺潺流过。这里离城才是真近，中间就只有河，城墙的一段正对了竹子临水而立。竹林里一条小路，城上也窥得见，不当心河边忽然站了一个人——陶家村人出来挑水。落山的太阳射不过陶家村的时候（这时游城的很多），少不了有人攀了城垛子探首望水，但结果城上人望城下人，仿佛不会说水清竹叶绿——城下人亦望城上。

陶家村过桥的地方有一座石塔，名叫洗手塔。人说，当初是没有桥的，往来要"摆渡"。摆渡者，是指以大乌竹做成的筏载行人过河。一位姓张的老汉，专在这里摆渡过日，头发白得像银丝。一天，何仙姑下凡来，度老汉升天，老汉道：“我不去。城里人如何下乡？乡下人如何进城？”但老汉这天晚上死了。清早起来，河有桥，桥头有塔。何仙姑一夜修了桥。修了桥洗一洗手，成洗手塔。这个故事，陶家村的陈聋子独不相信，他说：“张老头子摆渡，不是要渡钱吗？”摆渡依然要人家给他钱，同聋子“打长工”是一样，所以决不能升天。

　　塔不高，一棵大枫树高高地在塔之上，远路行人总要歇住乘一乘荫。坐在树下，菱荡圩一眼看得见——看见的也仅仅只有菱荡圩的天地了，坝外一重山，两重山，虽知道隔得不近，但树林在山腰。菱荡圩算不得大圩，花篮的形状，花篮里却没有装一朵花，从底绿起——若是荞麦或油菜花开的时候，那又尽是花了。稻田自然一望而知，另外树林子堆的许多球，哪怕城里人时常跑到菱荡圩来玩，也不能一一说出，哪是村，哪是园，或者水塘四围栽了树。坝上的树叫菱荡圩的天比地更来得小，除了陶家村以及陶家村对面的一个小庙，走路是在树林里走了一圈。有时听得斧头斫树响，一直听到不再响了还是一无所见。那个小庙，从这边望去，露出一幅白墙，虽是深藏也逃不了是一个小庙。到了晚半天，这一块儿首先没有太阳，树色格外深。有人想，这庙大概是村庙，因为那么小，实在同它背后山腰里的水竹寺差不多大小，不过水竹寺的林子是远山上的竹林罢了。城里人有终其身没有向陶家村人问过这庙者，终其身也没有再见过这么白的墙。

　　陶家村门口的田十年九不收谷的，本来也就不打算种谷，太低，四季有水，收谷是意外的丰年。（按，陶家村的丰年是岁旱。）水草连着菖蒲，菖蒲长到坝脚，树荫遮得这一片草叫人无风自凉。陶家村的牛在这坝脚下放，城里的驴子也在这坝脚下放。人又喜欢伸开他的手脚躺在这里闭眼向天。环着这水田的一条沙路环过菱荡。

　　菱荡圩是以这个菱荡得名。

　　菱荡属陶家村，周围常青树的矮林，密得很。走在坝上，望见白水的一角。荡岸，绿草散着野花，成一个圈圈。两个通口，一个连菜园，陈聋子种的几畦园也在这里。

　　菱荡的深，陶家村的二老爹知道，二老爹是七十八岁的老人，说，道光十九年，剩了他们的菱荡没有成干土，但也快要见底了。网起来的大小鱼真不少，鲤鱼大的有二十斤。这回陶家村可热闹，六城的人来看，洗手塔上是人，荡当中人挤人，树都挤得稀疏了。

　　菱叶差池了水面，约半荡，余则是白水。太阳当顶时，林茂无鸟声，过路人不见水的过去。如果是熟客，绕到进口的地方进去玩，一眼要上下闪，天与水。停了脚，水里唧唧响——水仿佛是这一个一个的声音填的！偏头，或者看见一人钓鱼，钓鱼的只看他的一根线。一声不响地，你又走出来了。好比是进城去，到了街上你还是菱荡的过客。

　　这样的人，总觉得有一个东西是深的，碧蓝的，绿的，又是那么圆。

　　城里人并不以为菱荡是陶家村的，是陈聋子的。大家都熟识这个聋子，喜欢他，打趣他，尤其是那般洗衣的女人——洗衣的多半住在西城根，河水渴了到菱荡来洗。菱荡的深，这才被她们搅动了。太阳落山以及天刚刚破晓的时候，坝上也听得见她们喉咙叫，甚至，衣篮太重了坐在坝脚下草地上"打一栈"的也与正在捶捣杆的相呼应。野花做了她们的蒲团，原来青青的草她们踏成了路。

　　陈聋子，平常略去了陈字，只称聋子。他在陶家村打了十几年长工，轻易不见他说话，别人说话他偏肯听，大家都嫉妒他似的这样叫他。但这或者是不始于陶家村，他到陶家村来似乎就没有带来别的名字了。二老爹的园是他种，园里出的菜也要他挑上街去卖。二老爹相信他一人，回来一文一文的钱向二老爹手上数。洗衣女人问他讨萝卜吃——好比他正在萝卜田里，他也连忙拔起一个大的，连叶子给她。不过问萝卜他就答应一个萝卜，再说他的萝卜不好，他无话回，笑是笑的。菱荡圩的萝卜吃在口里实在甜。

　　菱荡满菱角的时候，菱荡里不时有一个小划子（这划子一个人背得起），坐划子菱叶上打回旋的常是陈聋子。聋子到哪里去了，二老爹也不知道，二老爹或者在坝脚下看他的牛吃草，没有留心他的聋子进菱荡。聋子挑了菱角回家——聋子是在菱荡摘菱角！

　　聋子总是这样地去摘菱角，恰如菱荡在菱荡圩不现其水。

　　有一回聋子送一篮菱角到石家井去——石家井是城里有名的巷子，石姓所居，两边院墙夹成一条深巷，石铺的道，小孩子走这里过，故意踏得响，逗回声。聋子走到石家大门，站住了，抬了头望院子里的石榴，仿佛这样望得出人来。两匹狗朝外一奔，跳到他的肩膀上叫。一匹是黑的，一匹白的，聋子分不开眼睛，尽站在一块石上转，两手紧握篮子，一直到狗叫出了石家的小姑娘，替他喝住狗。石家姑娘见了一篮红菱角，笑道："是我家买的吗？"聋子被狗呆住了的模样，一言没有发，但他对了小姑娘牙齿都笑出来了。小姑娘引他进门，一会儿又送他出门。他连走路也不响。

以后逢着二老爹的孙女儿吵嘴，聋子就咕噜一句：

"你看街上的小姑娘是多么好！"

他的话总是这样地说。

一日，太阳已下西山，青天罩着菱荡圩照样的绿，不同的颜色，坝上庙的白墙，坝下聋子人一个，他刚刚从家里上园来，挑了水桶，挟了锄头。他要挑水浇一浇园里的青椒。他一听——菱荡洗衣的有好几个。风吹得很凉快。水桶歇下畦径，荷锄沿畦走，眼睛看一个一个的茄子。青椒已经有了红的，不到跟前看不见。

走回了原处，扁担横在水桶上，他坐在扁担上，拿出烟杆来吃，他的全副家伙都在腰边。聋子这个脾气厉害，倘是别个，二老爹一天少不了啰唆几遍，但他是聋子。（圩里下湾的王四牛却这样说：一年四吊毛钱，不吃烟做什么？何况聋子挑了水，卖菜卖菱角！）

打火石打得火喷——这一点是陈聋子替菱荡圩添的。

吃烟的聋子是一个驼背。

衔了烟偏了头，听——

是张大嫂，张大嫂讲了一句好笑的话。聋子也笑。

烟杆系上腰。扁担挑上肩。

"今天真热！"张大嫂的破喉咙。

"来了人看怎么办？"

"把人热死了怎么办？"

两边的树还遮了挑水桶的，水桶的一只已经进了菱荡。

"哎呀——"

"哈哈哈，张大嫂好大奶！"

这个绰号鲇鱼，是王大妈的第三个女儿。刚刚洗完衣同张大嫂两人坐在岸上。张大姨解开了她的汗湿的褂子兜风。

"我道是谁——聋子。"

聋子眼睛望了水，笑着自语——

"聋子！"

一九二七年十月

三三

/// 沈从文

　　杨家碾坊在堡子外一里路的山嘴路旁。堡子位置在山弯里，溪水沿到山脚流过去，平平地流到山嘴折弯处忽然转急，因此很早就有人利用到它，在急流处筑了一座石头碾坊，这碾坊，不知从什么时候起，就叫杨家碾坊了。

　　从碾坊往上看，看到堡子里比屋连墙，嘉树成荫，正是十分兴旺的样子。往下看，夹溪有无数山田，如堆积蒸糕，因此种田人借用水力，用大竹扎了无数水车，用椿木做成横轴同撑柱，圆圆的如一面锣，大小不等竖立在水边。这一群水车，就同一群游手好闲的人一样，成日成夜不知疲倦地咿咿呀呀唱着意义含糊的歌。

　　一个堡子里只有这样一座碾坊，所以凡是堡子里碾米的事都归这碾坊包办，成天有人轮流挑了仓谷来，把谷子倒到石槽里去后，抽去水闸的板，枧槽里水冲动了下面的暗轮，石磨盘带着动情的声音，即刻就转动起来了。于是主人一面谈着一件事情，一面清理簸箩筛子，到后头包了一块白布，拿着个长把的扫帚，追逐磨盘，跟着打圈儿，扫除溢出槽外的谷米，再到后，谷子便成白米了。

到米碾好了，筛好了，把米糠挑走以后，主人全身是糠灰，常常如同一个滚入豆粉里的汤圆。然而这生活，是明明白白比堡子里许多人生活还从容，而为一堡子中人所羡慕的。

凡是到杨家碾坊碾过谷子的，都知道杨家三三。妈妈二十年前嫁给守碾坊的杨，三三五岁，爸爸就丢下碾坊同母女，什么话也不说死去了。爸爸死去后，母亲做了碾坊的主人，三三还是活在碾坊里，吃米饭同青菜、小鱼、鸡蛋过日子，生活毫无什么不同处。三三先是眼见爸爸成天全身是糠灰；到后爸爸不见了，妈妈又成天全身是糠灰……于是三三在哭里笑里慢慢地长大了。

妈妈随着碾槽转，提着小小油瓶，为碾盘的木轴铁心上油，或者很兴奋地坐在屋角拉动架上的筛子时，三三总很安静地自己坐在另一角玩。热天坐到有风凉处吹风，用苞谷秆子作小笼，捉蝈蝈、纺织娘玩。冬天则伴同猫儿蹲到火桶里，剥灰煨栗子吃。或者有时候从碾米人手上得到一个芦管做成的唢呐，就学着打大傩的法师神气，屋前屋后吹着，半天还玩不厌倦。

这磨坊外屋上墙上爬满了青藤，绕屋全是葵花同枣树，疏疏的树林里，常常有三三葱绿衣裳的飘忽。因为一个人在屋里玩厌了，就出来坐在废石槽上撒米头子给鸡吃。在这时，什么鸡逞强欺侮了另一只鸡，三三就得赶逐那横蛮无理的鸡，直等到妈妈在屋后听到鸡声音代为讨情才止。

这磨坊上游有一潭，四面有大树覆荫，六月里阳光照不到水面。碾坊主人在这潭中养的有几只白鸭子，水里的鱼也比上下溪里多。照当地习惯，凡靠自己屋前的水，也算是自己财产的一份。水坝既然全为了碾坊而筑成的，一乡公约不许毒鱼下网，所以这小溪里鱼极多。遇到有不甚面熟的人来钓鱼，看到潭边幽静，想蹲一会儿，三三见到了时，总向人说："不行，这鱼是我家潭里养的，你到下面去钓吧。"人若顽皮一点，听到这个话等于不听到，仍然拿着长长的竿子，搁到水面上去安闲地吸着烟管，望到这小姑娘发笑。三三急了，便喊叫她的妈："娘，娘，你瞧，有人不讲规矩，钓我们的鱼，你来折断他的竿子，你快来！"娘自然是不会来干涉别人钓鱼的。

母亲就从没有照到女儿意思折断过谁的竿子，照例将说："三三，鱼多咧，让别人钓吧。鱼是会走路的，上面堡子塘里的鱼，因为欢喜我们这里的水，都跑来了。"三三照例应当还记得夜间做梦，梦到大鱼从水里跃起来吃鸭子，听到这个话，也就没有什么可说了，只静静地看着，看这不讲规矩的人，到后究竟钓了多少鱼去。她心里记着数目，回头好告给妈妈。

有时因为鱼太大了一点，上了钓，拉得不合适，撇断了钓竿，三三可乐极了，仿佛娘不同自己一伙，鱼反而同自己是一伙了的神气，那时就应当轮到三三向钓鱼人咧着嘴发笑了。但三三却常常急忙跑回去，把这事告给母亲，母女两人同笑。

有时钓鱼的人是熟人，人家来钓鱼时，见到了三三，知道她的脾气，就照例不忘记问："三三，许我钓鱼吧。"三三便说："鱼是各处走动的，又不是我们养的，怎么不能钓。"

钓鱼的是熟人时，三三常常搬了小小木凳子，坐到旁边看鱼上钩，且告给这人，另一时谁个把钓竿撅断的故事。到后这熟人回到磨坊时，把所得的大鱼分一些给三三家。三三看着母亲用刀剖鱼，掏出白色的鱼脬来，就放到地下用脚去踹，发声如放一枚小爆仗，听来十分快乐。鱼洗好了，揉了些盐，三三就忙取麻线来把鱼穿好，挂到太阳下去晒。到有客时，这些干鱼同辣子炒在一个碗里待客，母亲如想到折钓竿的话，将说："这是三三的鱼。"三三就笑，心想着："怎么不是三三的鱼？潭里的鱼若不是归我照管，早被村子里看牛孩子捉完了。"

三三如一般小孩，换几回新衣，过几回节，看几回狮子龙灯，就长大了。熟人都说看到三三是在糠灰里长大的。一个堡子里的人，都愿意得到这糠灰里长大的女孩子作媳妇，因为人人都知道这媳妇的妆奁是一座石头做成的碾坊。照规矩，十五岁的三三，要招郎上门，也应当是时候了。但妈妈有了一点私心，记得一次签上的话语，不大相信媒人的话语，所以这磨坊还是只有母女二人，一时节不曾有谁添入。

三三大了，还是同小孩一样，一切得傍着妈妈。母女两人把饭吃过后，在流水里洗了脸，望到行将下沉的太阳，一个日子就打发走了。有时听到堡子里的锣鼓声音，或是什么人接亲，或是什么人做斋事，"娘，带我去看"，又像是命令又像是请求地说着；若无什么别的理由推辞时，娘总得答应同去。去一会儿，或停顿在什么人家喝一杯蜜茶，荷包里塞满了榛子、胡桃，预备回家时，有月亮天，什么也不用，就可以走回家。遇到夜色晦黑，燃了一把油柴！毕毕剥剥地响着爆着，什么也不必害怕。若到寨子里去玩时，还有人打了灯笼火把送客，一直送到碾坊外边。三三觉得只有这类事是顶有趣味的事。在雨里打灯笼走夜路，三三不能常常得到这机会，却常常梦到一人那么拿着小小红纸灯笼，在溪旁走着，好像只有鱼知道这回事。

当真说来，三三的事，鱼知道的比母亲应当还多一点，也是当然的。三三在母亲身旁，说的是母亲全听得懂的话，那些凡是母亲不明白的，差不多都在溪边说的。溪边除了鸭子就只有那些水里的鱼，鸭子成天自己嘎嘎地叫个不休，哪里还有耳朵听别人说话！

这个夏天，母女两人一吃了晚饭，不到日黄昏，总常常过堡子里一个姓宋的熟人家去，陪一个将远嫁的姑娘谈天，听一个从小寨来的人唱歌。有一天，照例又进堡子里去，却因为谈到绣花，要三三回碾坊来取样子，三三就一个人赶忙跑回碾坊来，快到屋边时，黄昏里望到溪边有两个人影子，有一个人到树下，拿着一根竿子，好像要下钓的神气，三三心想，这一定是来偷鱼的，因此照规矩喊着："不许钓鱼，这鱼是有主人的！"一面想走上前去看是什么人。

就听到一个人说："谁说溪里的鱼也有主人？难道溪里活水也可养鱼吗？"

另一人又说："这是碾坊里小姑娘说着玩的。"

先说话的一个人就笑了。

旋即又听到第二个人说："三三，三三，你来，你鱼都捉完了！"

三三听到人家取笑她，声音好像是熟人，心里十分不平。就冲过去，预备看是谁在此撒野，以便回头告给母亲。走过去时，才知道那第二回说话的人是堡子里一个管事先生，另外同一个从没见过面的年青男人。那男人手里拿的原来只是一个拐杖，不是什么钓竿。那管事先生认得三三，三三也认识他，所以当三三走近身时，就取笑说：

"三三，怎么鱼是你家养的？你家养了多少鱼呀？"

三三见是总爷家管事先生，什么话也不说了，只低下头笑。头虽低低的，却望到那个好像从城里来的人白裤白鞋，且听到那个男子说："女孩很聪明，很美，长得不坏。"管事的又说："这是我堡里美人。"两人这样说着，那男子就笑了。

到这时，她猜测男子是对她望着发笑！三三心想："你笑我干吗？"又想："你城里人只怕狗，见了狗也害怕，还笑人，真亏你不羞。"她好像这句话已说出了口，为那人听到了，故打量跑去。管事先生知道她要害羞跑了，故说："三三，你别走，我们是来看你碾坊的。你娘呢？"

"娘不在碾坊。"

"到堡子里听小寨人唱歌去了，是不是？"

"是的。"

"你怎么不欢喜听唱歌？"

"你怎么知道我不欢喜？"

管事先生笑着说："因为看你一个人回来，还以为你是听厌了那歌，担心这潭里鱼被人偷尽，所以赶回来看看，好小气！"

三三同管事先生说着，慢慢地把头抬起，望到那生人的脸目了，白白的脸好像在什么地方看到过，就估计：莫非这人是唱戏的小生，忘了擦去脸上的粉，所以那么白？……那男子见到三三不再怕人了，就问三三：

"这是你的家吗？"

三三说："怎么不是我家！"

因为这答话很有趣味，那男子就说：

"你住在这个山沟边，不怕大水把你冲去吗？"

"嘿！"三三抿着小小的美丽嘴唇，狠狠地望了这陌生男子一眼，心里想："狗来了，你这人吓倒落到水里，水就会冲去你。"想着当真冲去的情形，一定很是好笑，就不理会这两个人，笑着跑去了。

从碾坊取了花样子回向堡子走去的三三，在潭边再上游一点，望到那两个白色影子还在前面，不高兴又同这管事先生打麻烦，于是故意跟到这两个人身后，慢慢地走着。听到两个人说到城里什么人什么事情，听到说开河，又听到说学务局要办学校，因为这两人全都不知道有人在后面，所以自己觉得很有趣味。到后又听到管事先生提起碾坊，提起妈妈怎么好，更极高兴。再到后，就听到那城里男人说：

"女孩子倒真俏皮，照你们乡下习惯，应当快放人了。"

那管事的先生笑着说："少爷欢喜，要总爷做红叶，可以去说说。不过这磨坊是应当由姑爷管业的。"

三三轻轻地呸了一口，停顿了一下，把两个指头紧紧地塞了耳朵。但依然听到那两人的笑声，想知道那个由城里来好像唱小生的人还说些什么，所以不久就继续跟上前去。

那小生说些什么，可听不明白，就只听那个管事先生一人说话，那管事先生说："做了磨坊主人，别的不说，成天可有新鲜鸡蛋吃，也是很值得的！"话一说完，两人又笑了。

三三这次可再不能跟上去了，就坐在溪边的石头上，脸上发着烧，十分生气。心里想："你要我嫁你，我才偏偏不嫁你！我家里的鸡就成天下二十个蛋，我也不会给你一个蛋吃。"坐了一会，凉凉的风吹脸上，水声淙淙使她记忆起先一时估计中那男子为狗吓倒跌在溪里的情形，可又快乐了，就望到溪里水深处，一人自言自语说："你怎么这样不中用！管事的救你，你可以喊他救你！"

到宋家时，宋家婶子正说起一件已经说了一会儿的事情，只听宋家妇人说：

"……他们养病倒稀奇，说是养病，日夜睡在廊下风里让风吹。……脸儿白得如闺女，见了人就笑。……谁说是团总的亲戚，团总见他那种恭敬样子，你还不见到。福音堂洋人还怕他，他要媳妇有多少！"

母亲就说："那么他养什么病？"

"谁知道是什么病？横顺成天吃那些甜甜的药，什么事情不做在床上躺着。在城里是享福，到乡里也是享福。老庚说，害第三期的病，又说是痨病，说也说不清楚。谁清楚城里人那些病名字。依我想，城里人欢喜害病，所以病的名字特别多。我们不能因害病耽搁事情，所以除打摆子就只发烧肚泻，别的名字的病，也就从不到乡下来了。"

另外一个妇人因为生过瘰疬，不大悦服宋家妇人武断的话，就说："我不是城里人，可是也害城里人的病。"

"你舅妈是城里人！"

"舅妈管我什么事？"

"你文雅得像城里人，所以才生疡子！"

这样说着，大家全笑了起来。

母女两人回去时，在路上三三问母亲："谁是白白脸庞的人？"母亲就照先前一时听人说过的话，告给三三，堡子里如何来了一位城里的病人，样子如何俊，性情如何怪。一个乡下人，对于城中人隔膜的程度，在那些描写里是分明易见的，自然说得十分好笑。在平常时节，三三对于母亲在叙述中所加的批评与稍稍过分的形容，总觉得母亲说得极其俨然，十分有味，这时不知如何却不大相信这话了。

走了一会，三三忽问："娘，娘，你见到那个城里白脸人没有呢？"

妈妈说："我怎么见到他？我这几天又不到团总家里去。"

三三心想："你不见到怎么说了那么半天。"

三三知道妈妈不见到的，自己倒早见到了，便把这件事保守着秘密，却十分高兴，以为只有自己明白这件事情，此外凡是说到城里人的都不甚可靠。

两人到潭边，三三又问：

"娘，你见到团总家管事先生没有？"

若是娘说没有见过，反问她一句，那么，三三就预备把先前遇到总爷家那两个人的一切，都说给妈妈听了。但母亲这时正想起别一个问题，完全不关心三三的话，所以三三把方才的事瞒着母亲，一个字不提。

第二天，三三的母亲到堡子里去，在团总家门前，碰到那个从城里来的白脸客人，同团总的管事先生，正在围城边看马打滚。那管事先生告她，说他们昨天曾到碾坊前散步，见到三三。又告给三三母亲说，这客人是从城里来养病的客人。到后就又告给那客人，说这个人就是碾坊的主人杨伯妈。那人说，真很同三小姐相像。那人又说三三长得很好，很聪敏，做母亲的真福气。说了一阵话，把这老妇人说快乐了，在心中展开了一个幻景，想起自己觉得有些近于糊涂的事情，忙匆匆地回到碾坊去，望着三三痴笑。

三三不知母亲为什么今天特别乐，就问母亲到了什么地方，遇到了谁。

母亲想，应当怎么说才好？想了许久才开口：

"三三，昨天你见到谁？"

三三说："我见到谁？没有！"

娘就笑了："三三你记记，晚上天黑时，你不看见两个人吗？"

三三以为是娘知道一切了，就忙说："人是有两个的，一个是团总家管事的先生，一个是生人……怎么？"

"不怎么。我告你，那个生人就是城里来的先生，今天我见到他们，他们说已经和你认识了，我们说了许多话。那少爷真像个姑娘样子。"母亲说到这里时，想起一件事好笑。

三三以为妈妈是在笑她，偏过头去看土地上灶马，不理会母亲。

母亲说："他们问我要鸡蛋，你下半天送二十个去，好不好？"

三三听到说鸡蛋，打量昨天两个男人说的笑话都为母亲知道了，心里很不高兴，说道："谁去送他们鸡蛋？娘，娘，我说……他们是坏人！"

母亲奇怪极了，问："怎么是坏人？什么地方坏？"

三三红了脸不愿答应，母亲说：

"三三，你说什么事？"

迟了许久，三三才说："他们背地里要找团总做媒，把我嫁给那个白脸人。"

母亲听到这天真话什么也不说，笑了好一阵。到后看到三三要跑了，才拉着三三说："小报应，管事先生他们说笑话，这也生气吗？谁敢欺侮你！……"

说到后来，三三也被说笑了。

她到后来就告给娘城里人如何怕狗的话，母亲听到不作声，好久以后，才说："三三，你真是还像小丫头，什么也不懂。"

第二天，妈妈要三三送鸡子到寨子里去，三三不说什么，只摇头。妈妈既然答应了人家，就只好亲自送去。母亲走后，三三一个人在碾坊里玩，玩厌了，又到潭边去看白鸭，看了一会鸭子，等候母亲还不回来，心想莫非管事先生同妈妈吵了架，或者天热到路上发了痧？……心里老不自在，回到碾坊里去。

但是过了一会，母亲可仍然回来了。回到碾坊一脸的笑，跨着脚如一个男子神气。坐到小凳上，告给三三如何见到那先生，那先生如何要她坐到那个用粗布做成的软椅子上去，摇着荡着像一个摇网，怪舒服怪不舒服。又说到城里人说的三三为何不念书，城里女人是全念书。又说到……

三三正因为等了母亲半天，十分不高兴，如今听到母亲说到的话，莫名其妙，不愿意再听，所以不让母亲说完就走了。走到外边站到溪岸旁，望着清清的溪水，记起从前有人告诉她的话，说这水流下去，一直从山里流一百里，就流到城里了。她这时忖想……什么时候我一定也不让谁知道，就要流到城里去，一到城里就不回来了。但是如果当真要流去时，她倒愿意那碾坊、那些鱼、那些鸭子，以及那一匹花猫，同她在一处流去。同时还有，她很想母亲永远和她在一处，她才能够安安静静地睡觉。

母亲看不见三三，站在碾坊门前喊着：

"三三，三三，天气热，你脸上晒出油了，不要远走，快回来！"

三三一面走回来，一面就自己轻轻地说："三三不回来了！"

下午天气较热，倦人极了，躺到屋角竹凉床上的三三，耳中听着远处水车陆续的懒懒的声音，眯着眼睛觑母亲头上的髻子，仿佛一个瘦人的脸，越看越活，蒙蒙眬眬便睡着了。

她还似乎看到母亲包了白帕子，拿着扫帚追赶碾盘，绕屋打着圈儿，就听到有人在外面说话，提到她的名字。

只听到说："三三到什么地方去了，怎么不出来？"

她奇怪这声音很熟，又想不起是谁的声音，赶忙走出去，站在门边打望，才望到原来又是那个白脸的人，规规矩矩坐在那儿钓鱼。过细看了一下，却看到那个钓竿，原来是团总家管事先生的烟杆，一头还冒烟。

拿一根烟杆钓鱼，倒是极新鲜的事情，但身旁似乎又已经得到了许多鱼，所以三三非常奇怪。正想去告母亲，忽然管事先生也从那边走来。

好像又是那一天的那种情景，天上全是红霞，妈妈不在家，自己回来原是忘了把鸡关到笼子里，因此赶忙跑回来捉鸡的。如今碰到这两个人：管事先生同那白脸城里人，都站在那石墩子上，轻轻地在商量一件事情。这两人声音很轻，三三却听得出是一件关于不利于自己的行为。因为听到说这些话，又不能嗾人走开，又不能自己走开，三三就非常着急，觉得自己的脸上也像天上的霞一样。

那个管事先生装作正经人样子说："我们是来买鸡蛋的，要多少钱把多少钱。"

那个城里人，也像唱戏小生那么把手一扬，就说："你说错了，要多少金子把多少金子。"

三三因为人家用金子恐吓她，所以说："可是我不卖给你，不想你的钱，你搬你家大块金子来，到场上去买老鸦蛋吧。"

管事先生于是又说："你不卖行吗？别人卖凤凰蛋我也不稀罕。你舍不得鸡蛋为我做人情，你想想，妈妈以后写庚帖，还少得了管事先生吗？"

那城里人于是又说："向小气的人要什么鸡蛋，不如算了吧。"

三三生气似的大声说："就算我小气也行。我把鸡蛋喂虾米，也不卖给人！我们不羡慕别人的金子宝贝。你同别人去说金子，恐吓别人吧。"

可是两个人还不走，三三心里就有点着急，很愿意来一只狗向两个人扑去。正那么打量着，忽然从家里就扑出来一条大狗，全身是白色，大声汪汪地吠着，从自己身边冲过去，凶凶地扑到两人身边去，即刻就把这两个恶人冲落到水里去了。

于是溪里的水起了许多波花，起了许多大泡，管事先生露出一个光光的头在水面，那城里人则长长的头发，缠在贴近水面的柳树根上，情景十分有趣。

可是一会儿水面什么也没有了，原来那两个人在水里摸了许多鱼，上了岸，拍拍身上的水点，把鱼全拿走了。

三三想去告给妈妈，一滑就跌下了。

刚才的事原来是做一个梦。母亲似乎是在灶房煮午饭，因为听到三三梦里说话，才赶出来的。见三三醒了，摇着她问："三三，三三，你同谁吵闹？"

三三定了一会儿神，望妈妈笑着，什么也不说。

妈妈说："起来看看，我今天为你焖芋头吃。你去照照镜子，脸睡得一片红！"虽然依照母亲说的，去照了镜子，还是一句话不说。人虽早清醒，还记得梦里一切的情景，到后来又想起母亲说的同谁吵闹的话，才反去问母亲，究竟听到吵闹些什么话。妈妈自然是不注意这些的，所以说听不分明，三三也就不再问什么了。

直到吃饭时，妈妈还说到脸上睡得发红，所以三三就告给老人家先前做了些什么梦，母亲听来笑了半天。

　　第二次送鸡蛋去时，三三也去了。那时是下午。吃过饭后不久，两人进了团总家的大院子。在东边偏院里，看到城里来的那个客，正躺在廊下藤椅上眺望到天上飞的老鹰。管事的不在家，三三认得那个男子，不大好意思上前去，就让母亲过去，自己站在月门边等候。母亲上前去时节，三三又为出主意，要妈妈站在门边大声说"送鸡蛋的来了"，好让他知道。母亲自然什么都照到三三主意做去，三三听到母亲说这句话，说到第三次，才引起那个白白脸庞的城里人注意，自己就又急又笑。

　　三三这时是站在月门外边的。从门罅里向里面窥看，只见那白脸人站起身来又坐下去，正像梦里那种样子。同时就听到这个人同母亲说话，说到天气和别的事情，妈妈一面说话一面尽掉过头来，望到三三所在的一边。白脸人以为她就要走去了，便说：

　　"老太太，你坐坐，我同你说话。"

　　妈妈于是坐下了，可是同时那白脸城里人也注意到那一面门边有一个人等候了："谁在那里，是不是你的小姑娘？"

　　一看情形不好，三三就想跑。可是一回头，却望到管事先生站在身后，不知已站了多久。打量逃走自然是难办到的，末后就被拉着袖子，牵进小院子来了。

　　听到那个人请自己坐下，听到那个人同母亲说那天在溪边见到自己的情形，三三眼望到另一边，傍到母亲身旁，一句话不说，巴不得即刻离开，可是想不出怎样就可以离开。

　　坐了一会儿，出来了一个穿白袍戴白帽、装扮古怪的女人。

三三先还以为是男子，不敢细细地望。到后听到这女人说话，且看她站到城里人身旁，用一根小小管子塞到那白脸男子口里去，又抓了男子的手捏着，捏了好一会，拿一支好像笔的东西，在一张纸上写了些什么记号。那先生问"多少'豆'"，就听到回答说："'豆瘦'同昨天一样。"且因为另外一句话听到这个人笑，才晓得那是一个女人。这时似乎妈妈那一方面，也刚刚才明白这是一个女人，且听到说"多少'豆'"，以为奇怪，所以两人互相望望，都抿着嘴笑了起来。

看到这母女生疏的情形，那白袍子女人也觉得好笑，就不即走开。

那白脸城里人说："周小姐，你到这地方来一个朋友也没有，就同这个小姑娘做个朋友吧。她家有个好碾坊，在那边溪头，有一个动人的水车，前面一点还有一个好堰坝。你同她做朋友，就可到那儿去玩，还可以钓些鱼回来。你同她去那边林子里玩玩吧，要这小姑娘告你那些花名、草名。"

这周小姐就笑着过来，拖了三三的手，想带她走去。三三想不走，望到母亲，母亲却做样子努嘴要她去，不能不走。

可是到了那一边，两人即刻就熟了。那看护把关于乡下的一切，这样那样问了她许多，她一面答着，一面想问那女人一些事情，却找不出一句可问的话，只很稀奇地望到那一顶白帽子发笑。觉得好奇怪，怎么顶在头上不怕掉下来。

过后听到母亲在那边喊自己的名字，三三也不知道还应当同看护告别，还应当说些什么话，只说"妈妈喊我回去，我要走了"，就一个人忙忙地跑回母亲身边，同母亲走了。

母女两人回到路上走过了一个竹林，竹林里正当晚霞的返照，满竹林是金色的光。三三把一个空篮子戴在头上，扮作钓鱼翁的样子，同时想起团总家养病服侍病人那个戴白帽子的女人，就和妈妈说：

"娘，你看那个女人好不好？"

母亲说："你说的是哪一个女人？"

三三好像以为这答复是母亲故意装作不明白的样子，因此稍稍有点不高兴，向前走去。

妈妈在后面说："三三，你说谁？"

三三就说："我说谁，我问你先前那个女子，你还问我！"

"我怎么知道你是说谁？你说那姑娘，脸庞红红白白的，是说她吗？"

三三才停着了脚，等着她的妈。且想起自己无道理处，悄悄地笑了。母亲赶上了三三，推着她的背："三三，那姑娘长得好体面，你说是不是？"

三三本来就觉得这人长得体面，听到妈妈先说，所以就故意说："体面什么？人高得像一条菜瓜，也算体面！"

"人家是读过书来的，你没看她会写字吗？"

"娘，那你明天要她拜你做干娘吧。她读过书，娘近来只欢喜读书的。"

"嗨，你瞧你！我说读书好，你就生气。可是……你难道不欢喜读书的吗？"

"男人读书还好，女人读书讨厌咧。"

"你以为她讨厌，那我们以后讨厌她得了。"

"不，干吗说'讨厌她得了'？你并不讨厌她！"

"那你一人讨厌她好了。"

"我也不讨厌她！"

"那是谁该讨厌她？三三，你说。"

"我说，谁也不该讨厌她。"

母亲想着这个话就笑，三三想着也笑了。

三三于是又匆匆地向前走去，因为黄昏太美，三三不久又停顿在前面枫树下了，还要母亲也陪她坐一会，送那片云过去再走。母亲自然不会不答应的。两人坐在那石条上了，三三把头上的篮儿取下后，用手整理发辫。就又想起那个男人一样短短头发的女人。母亲说："三三，你用围裙揩揩脸，脸上出汗了。"三三好像没听到妈妈的话，眺望到另一方，她心中出奇，为什么有许多人的脸，白得像茶花。她不知不觉又把这个话同母亲说了，母亲就说，这就是他们称呼为"城里人"的理由，不必擦粉，脸也总是很白的。

三三说："那不好看。"母亲也说："那自然不好看。"三三又说："宋家的黑子姑娘才真不好看。"母亲因为到底不明白三三意思所在，拿不稳风向，所以再不敢插言，就只貌作留神地听着，让三三自己去作结论。

三三的结论就只是故意不同母亲意见一致，可是母亲若不说话时，自己就不须结论，也闭了口，不再作声了。

另外某一天，有人从大寨里挑谷子来碾坊的，挑谷子的男人走后，留下一个女人在旁边照料到一切。这女人欢喜说白话，且不久才从六十里外一个寨上吃喜酒回来，有一肚子的故事，许多乡村消息，得和一个人说说才舒服，所以就拿来与碾坊母女两人说。母亲因为自己有一个女儿，有些好奇的理由，专欢喜问人家到什么地方吃喜酒，看到些什么体面姑娘，看到些什么好嫁妆。她还明白，照例三三也愿意听这些故事，所以就问那个人，问了这样又问那样，要那人一五一十说出来。

三三却静静地坐在一旁，用耳朵听着，一句话不说。有时说的话那女人以为不是女孩子应当听的，声音较低时，三三就装作毫不注意的神气，用绳子结连环玩，实际上仍然听得清清楚楚。因为听到那些怪话，三三忍不住要笑了，却别过头去悄悄地笑，不让那个长舌妇人注意。

到后那两个老太太，自然而然就说到团总家中的来客，且说到那个白袍白帽的女人了。那妇人说：她听人说，这白帽白袍女人，是用钱雇的，雇来照料那个先生，好几两银子一天。但她却又以为这话不十分可靠，以为这人一定就是城里人的少奶奶，或者小姨太太。

三三的妈妈意见却同那人的恰恰相反，她以为那白袍女人，绝不是少奶奶。

那妇人就说："你怎么知道不是少奶奶？"

三三的妈说："怎么会是少奶奶。"

那人说："你告我些道理。"

三三的妈说："自然有道理，可是我说不出。"

那人说："你又不看见，你怎么会知道？"

三三的妈说："我怎么不看见？……"

两人争着不能解决，又都不能把理由说得完全一点，尤其是三三的母亲，又忘记说是听到过哪一位喊叫过周小姐的话，来用作证据。三三却记到许多话，只是不高兴同那个妇人去说，所以三三就用别种的方法打乱了两人不能说清楚的问题。三三说："娘，莫争这些闲事情，帮我洗头吧，我去热水。"

到后那妇人把米碾完挑走了。把水热好了的三三，坐在小凳上一面解散头发，一面带着抱怨神气向她娘说：

"娘，你真奇怪，欢喜同老婆子说空话。"

"我说了些什么空话？"

"人家媳妇不媳妇，管你什么事！"

…………

母亲想起什么事来了，抿着口痴了半天，轻轻地叹了一口气。

过几天，那个白帽白袍的女人，却同寨子里一个小女孩子到碾坊来玩了。玩了大半天，说了许多话。妈妈因为第一次有这么一个稀客，所以走出走进，只想杀一只肥母鸡留客吃饭，但又不敢开口，所以十分为难。

三三则把客人带到溪下游一点有水车的地方去，玩了好一阵，在水边摘了许多金针花，回来时又取了钓竿，搬了凳子，到溪边去陪白帽子女人钓鱼。

溪里的鱼好像也知道凑趣，那女人一根钓竿，一会儿就得了四条大鲫鱼，使她十分欢喜。到后应当回去了，女人不肯拿鱼回去，母亲可不答应，一定要她拿去。并且听白帽子女人说南瓜子好吃，就又为取了一口袋的生瓜子，要同来的那个小女孩代为拿着。

再过几天，那白脸人同总爷家管事先生，也来钓了一次鱼，又拿了许多礼物回去。

再过几天，那病人却同女人在一块儿来了，来时送了一些用瓶子装的糖，还送了些别的东西，使主人不知如何措置手脚。因为不敢留这两个尊贵人吃饭，所以到两人临走时，三三母亲还捉了两只活鸡，一定要他们带回去。两人都说留到这里生蛋，用不着捉去，还不行。到后说等下一次来再杀鸡，那两只鸡才被开释放下了。

自从这两个客人到来后，碾坊里有点不同过去的样子，母女两人说话，提到"城里"的事情就渐渐多了。城里是什么样子，城里有些什么好处，两人本来全不知道。两人只从那个白脸男子、白袍女人的神气，以及平常从乡下人听来的种种，作为想象的根据，模拟到城里的一切景况，都以为城里是那么一种样子：一座极大的用石头垒就的城，这城里就有许多好房子。每一栋好房子里面住了一个老爷同一群少爷；每一个人家都有许多成天穿了花绸衣服的女人，装扮得同新娘子一样，坐在家里，什么事也不必做。每一个人家，屋子里一定还有许多跟班同丫头，跟班的坐在大门前接客人的名片，丫头便为老爷剥莲心，去燕窝毛。城里一定有很多条大街，街上全是车马。城里有洋人，脚杆直直的，就在大街上走来走去。城里还有大衙门，许多官如"包龙图"一样，威风凛凛，一天审案到夜，夜了还得点了灯审案。虽有一个包大人，坏人还是数不清。城里还有好些铺子，卖的是各样稀奇古怪的东西。城里一定还有许多大庙小庙，庙里成天有人唱戏，成天也有人看戏。看戏的全是坐在一条板凳上，一面看戏一面剥黑瓜子。坏女人想勾引人就向人打瞟瞟眼。城门口有好些屠户，都长得胖墩墩的。城门口还有个王铁嘴，专门为人算命打卦。

　　这些情形自然都是实的。这想象中的都市，像一个故事一样动人，保留在母女两人心上，却永远不使两人痛苦。他们在自己习惯生活中得到幸福，却又从幻想中得到快乐，所以若说过去的生活是很好的，那到后来可说是更好了。

　　但是，从另外一些记忆上，三三的妈妈却另外还想起了一些事情，因此有好几回同三三说话到城里时，却忽然又住了口不说下去。三三询问这是什么意思，母亲就笑着，仿佛意思就只是想笑一会儿，什么别的意思也没有。

　　三三可看得出母亲笑中有原因，但总没有方法知道这另外原因究竟是什么。或者是妈妈预备要搬到城里，或者是做梦到过城里，或者是因为三三长大了，背影子已像一个新娘子了，妈妈惊讶着，这些躲在老人家心上一角儿的事可多着哪。三三自己也常常发笑，且不让母亲知道那个理由。每次到溪边玩，听母亲喊"三三你回来吧"，三三一面走一面总轻轻地说："三三不回来了，三三永不回来了。"为什么说不回来，不回来又到些什么地方来落脚，三三并不曾认真打量过。

有时候两人都说到前一晚上梦中到过的城里，看到大衙门大庙的情形，三三总以为母亲到的是一个城里，她自己所到又是一个城里。城里自然有许多，同寨子差不多一样，这个是三三早就想到了的。三三所到的城里，一定比母亲那个还远一点，因为母亲凡是梦到城里时，总以为同团爷家那堡子差不多，只不过大了一点，却并不很大。三三因为听到那白帽子女人说过，一个城里看护至少就有两百，所以她梦到的，就是两百个白帽子女人的城里！

妈妈每次进寨子送鸡蛋去，总说他们问三三，要三三去玩，三三却怪母亲不为她梳头。但有时头上辫子很好，却又说应当换干净衣服才去。一切都好了，三三却常常临时又忽然不愿意去了。母亲自然是不强着三三的。但有几次母亲有点不高兴了，三三先说不去，到后又去；去到那里，两人是都很快乐的。

人虽不去大寨，等待妈妈回来时，三三总很愿意听听说到那一面的事情。母亲一面说，一面望到三三的眼睛，这老人家懂得到三三心事。她自己以为十分懂得三三，所以有时话说得也稍多了一点。譬如关于白帽子的女人，如何照料白脸的男子那一类事，母亲说时总十分温柔，同时看三三的眼睛，也照样十分温柔。于是，这母亲，忽然又想到了远远的什么一件事，不再说下去；三三也想到了另外一件事，不必妈妈说话了，这母女就沉默了。

寨子里人有次又过碾坊来了，来时三三已出到外边往下溪水车边采金针花去了。三三回碾坊时，望到母亲同那个人商量什么似的在那里谈话，一见到三三，就笑着什么也不说。三三望望母亲的脸，从母亲脸上颜色，她看出像有些什么事，很有点蹊跷。

那人见三三就说："三三，我问你，怎么不到堡子里去玩，有人等你！"

三三望到自己手上那一把黄花，头也不抬说："谁也不等我。"

管事先生说：

"你的朋友等你。"

"没有人是我的朋友。"

"一定有人！想想看，有一个人！"

"你说有就有吧。"

"你今年几岁，是不是属龙的？"

三三对这个谈话觉得有点古怪，就对妈妈看着，不即作答。

管事先生却说："你不说我也知道，你妈妈还刚刚告我，四月十七，你看对不对？"

三三心想，四月十七、五月十八你都管不着，我又不稀罕你为我拜寿。但因为听说是妈妈告的，三三就奇怪，为什么母亲同别人谈这些话。她就对母亲把小小嘴唇撇了一下，怪着她不该同人说到这些，本来折的花应送给母亲，也不高兴了，就把花放在休息着的碾盘旁，跑出到溪边，拾石子打飘飘梭去了。

不到一会儿，听到母亲送那人出来了，三三赶忙用背对到大路，装作眺望溪对岸那一边牛打架的样子，好让他们走去。那人见三三在水边，却停顿到路上，喊三姑娘，喊了好几声，三三还故意不理会，又才听到那人笑着走了。

到了晚上，母亲因为见到三三不大说话，和平时完全不同了，母亲说："三三，怎么，是不是生谁的气？"

三三口上轻轻地说"没有"，心里却想哭一会儿。

过两天，三三又似乎仍然同母亲讲和了，把一切事都忘掉了，可是再也不提到大寨里去玩，再也不提醒母亲送鸡蛋给人了。同时母亲那一面，似乎也因为了一件事情，不大同三三提到城里的什么，不说是应当送鸡蛋到大寨去了。

日子慢慢地过着，许多人家田间的新稻，为了好的日头同恰当的雨水，长出的禾穗全垂了头。有些人家的新谷已上了仓，有些人家摘着早熟的禾线，春出新米各处送人尝新了。

因为寨子里那家嫁女的好日子快到了，搭了信来接母女两人过去陪新娘子。母亲正新为三三缝了一件葱绿布围裙，要三三去住两天。三三没有什么理由可以说不去，所以母女二人就带了些礼物到寨子里来了。到了那个嫁女的家里，因为一乡的风气，在女人未出阁以前，有展览妆奁的习惯，一寨子的女人都可来看，就见到了那个白帽子的女人。她因为在乡下除了照料病人就无什么事情可做，所以一个月来在乡下就成天同乡下女人玩玩，如今随了别的女人来看嫁妆，所以就碰到了这母女两人。

一见面，这白帽子女人就用城里人的规矩，怪三三母亲，问为什么多久不到总爷家里来看他们；又问三三，为什么忘了她。这母女两人自然什么也不好说，只按照一个乡下人的方法，望着略显得黄瘦了的白帽子女人笑着。后来这白帽子的女人，就告给三三妈妈，说病人的病还不怎么好，城里医生来了一次，以为秋天还要换换地方，预备八月里就回城去，再要到一个顶远的有海的地方养息。因为不久就要走了，所以她自己同病人，都很想母女两人，和那个小小碾坊。

这白帽子女人又说，曾托过人带信要她们来玩的，不知为什么她们不来。又说，她很想再来碾坊那小潭边钓鱼，可是因为天气热了一点，不好出门。

这白帽子女人，望到三三的新围裙，裙上还扣了朵小花，式样秀美，充满了一种天真的妩媚，就说：

"三三，你这个围腰真美，妈妈自己做的是不是？"

三三却因为这女人一个月以来脸晒红多了，就只望着这个人的红脸好笑，笑中包含了一种纯朴的友谊。

母亲说："我们乡下人，要什么讲究东西，只要穿得上身就好了。"因为母亲的话不大实在，三三就轻轻地接下去说："可是改了三次。"

那白帽子女人听到这个话,向母女笑着:"老太太你真有福气,做你女儿的也真有福气。"

"这算福气吗? 我们乡下人,哪里比得城里人好。"

因为有两个人正抬了一盒礼物过去,三三追上前想看看是什么时,白帽子女人望着三三的背影:"老太太,你三姑娘陪嫁的,一定比这家还多。"

母亲也望那一方说:"我们是穷人,姑娘嫁不出去的。"

这些话三三都听到,所以看完了那一抬礼,还不即过来。

说了一阵话,白帽子女人想邀母女两人进寨子里去看看病人,母亲看到三三神气有点不高兴,同时且想起是空手,乡下人照例又不好意思空手进人家大门,所以就答应过两天再去。

又过了几天,母女二人在碾坊,因为谈到新娘子敷水粉的事情,想到白帽子女人的脸,一到乡下后就晒红了许多的情形,且想起那天曾答应人家的话了,所以妈妈问三三,什么时候高兴去寨子里看"城里人"。三三先是说不高兴,到后又想了一下,去也不什么要紧,就答应母亲,不拘哪一天去都行。既然不拘什么时候,那么,自然第二天就可以去了。

因为记起那白帽子女人说的话,很想来碾坊玩,所以三三要母亲早上同去,好就便邀客来,到了晚上再由三三送客回去。母亲却因为想到前次送那两只鸡,客人答应了下次来吃,所以还预备早早地回来,好杀鸡款客。

　　一早上，母女两人就提了一篮鸡蛋，向大寨走去。过桥，过竹林，过小小山坡，道旁露水还湿湿的，金铃子像敲钟一样，叮叮地从草里发出声音来，喜鹊喳喳地叫着从头上飞过去。母亲走在三三的后面，看到三三苗条如一根笋子，拿着棍儿一面走一面打道旁的草，记起从前团总家管事先生问过她的话，不知道究竟是些什么意思。又想到几天以前，白帽子女人说及的话，就觉得这些从三三日益长大快要发生的事，不知还有许多。

　　她零零碎碎就记起一些属于别人的印象来了……一顶凤冠，用珠子穿好的，搁到谁的头上？二十抬贺礼，金锁金鱼，这是谁？……床上撒满了花，同百果、莲子、枣子，这是谁？……那三三是不是城里人？……

　　若不是滑了一下，向前一蹿，这梦还不知如何放肆做下去。

　　因为听到妈妈口上连作呸呸，三三才回过头来："娘，你怎么？想些什么？差点儿把鸡蛋篮子也摔了。你想些什么？"

　　"我想我老了，不能进城去看世界了。"

　　"你难道欢喜城里吗？"

　　"你将来一定是要到城里去的！"

　　"怎么一定？我偏不上城里去！"

　　"那自然好极了。"

　　两人又走着，三三忽然又说："娘，娘，为什么你说我要到城里去？你怎么个想起这件事？"

　　母亲忙分辩说："你不去城里，我也不去城里。城里天生是为城里人预备的；我们有我们的碾坊，自然不会离开。"

　　不到一会儿，就望到大寨那门楼了，门前有许多大榆树和梧桐。两人进了寨门向南走，快要走到时，就望见榆树下面，有许多人站立，好像在看热闹，其中还有一些人，忙手忙脚地搬移一些东西，看情形好像是发生了什么事情，或者来了远客，或者还是别的原因。母女两人也不什么出奇，依然慢慢地走过去。三三一面走一面说："莫非是衙门的委员来了，娘，我在这里等你，你先过去看看吧。"母亲随随便便答应着，心里觉得有点蹊跷，就把篮子放下，要三三等着，自己赶上前去了。

　　这时恰巧有个妇人抱了自己孩子向北走，预备回家去，看到三三了，就问："三三，怎么你这样早，有些什么事？"但同时却看到了三三篮里的鸡蛋了："三三，你送谁的礼呢？"

　　三三说："随便带来的。"因为不想同这人说别的话，于是低下头去，用手盘弄那个盘云的葱绿围腰扣子。

　　那妇人又说："你妈呢？"

　　三三还是低着头用手向南方指着："过那边去了。"

　　那女人说："那边死了人。"

　　"是谁死了？"

　　"就是上个月从城中搬来养病的少爷，只说是病，前一些日子还常常出外面玩，谁知忽然犯病就死了。"

　　三三听到这个，心里一跳，心想："难道是真话吗？"

　　这时节，母亲从那边也知道消息了，匆匆忙忙地跑回来，心门咚咚跳着，脸儿白白的，到了三三跟前，什么话也不说，拉着三三就走，好像是告三三，又像是自言自语地说："就死了，就死了，真不像会死！"

　　但三三却立定了，问："娘，那白脸先生死了吗？"

　　"都说是死了的。"

　　"我们难道就回去吗？"

　　母亲想想："真的，难道就回去？"

　　因此母女两人又商量了一下，还是到过去看看，好知道究竟是些什么原因。三三且想见见那白帽子女人，找到白帽子女人，一切就明白了。但一走进大门边，望见许多人站在那里，大门却敞敞地开着，两人又像怕人家知道他们是来送礼的，不敢进去。在那里就听到许多人说到这个病人的一切，说到那个白帽子女人，称呼她为病人的媳妇，又说到别的。都显然证明这些人并不和这两个城里人有什么熟识。

　　三三脸白白地拉着妈妈的衣角，低声地说"娘，走"。两人就走了。

　　到了磨坊，因为有人挑了谷子来在等着碾米，母亲提着蛋篮子进去了，三三站立溪边，望到一泓碧流，心里好像掉了什么东西。极力去记忆这失去的东西的名称，却数不出。

　　母亲想起三三了，在里面喊着三三的名字，三三说："娘，我在看虾米呢。"

　　"来把鸡蛋放到坛子里去，虾米在溪里可以成天看！"因为母亲那么说着，三三只好进去了。水闸门的闸板已提起，磨盘正开始在转动，母亲各处找寻油瓶，为碾盘轴木加油，三三知道那个油瓶挂在门背后，却不作声，尽母亲乱乱地各处去找。三三望着那篮子，就蹲到地下去数着那篮里的鸡蛋，数了半天，到后碾米的人，问为什么那么早拿鸡蛋到别处去，送谁，三三好像不曾听到这个话，站起身来又跑出去了。

　　　　　　　　　　　　一九三一年八月写成于青岛

萧萧

/// 沈从文

乡下人吹唢呐接媳妇，到了十二月是成天有的事情。

唢呐后面一顶花轿，两个夫子平平稳稳地抬着，轿中人被铜锁锁在里面，虽穿了平时不上过身的体面红绿衣裳，也仍然得荷荷大哭。在这些小女人心中，做新娘子，从母亲身边离开，且准备做他人的母亲，从此必然将有许多新事情等待发生。像做梦一样，将同一个陌生男子汉在一个床上睡觉，做着承宗接祖的事情。这些事想起来，当然有些害怕，所以照例觉得要哭哭，就哭了。

也有做媳妇不哭的人。萧萧做媳妇就不哭。这小女子没有母亲，从小寄养到伯父种田的庄子上，终日提个小竹兜箩，在路旁田坎捡狗屎挑野菜。出嫁只是从这家转到那家。因此到那一天，这女人还只是笑。她又不害羞，又不怕。她是什么事也不知道，就做了人家的媳妇了。

萧萧做媳妇时年纪十二岁,有一个小丈夫,年纪还不到三岁。丈夫比她年少九岁,还不曾断奶。按地方规矩,过了门,她喊他作弟弟。她每天应做的事是抱弟弟到村前柳树下去玩,到溪边去玩,饿了,喂东西吃;哭了,就哄他,摘南瓜花或狗尾草戴到小丈夫头上,或者亲嘴,一面说:"弟弟,哪,啵。再来,啵。"在那满是肮脏的小脸上亲了又亲,孩子于是便笑了。孩子一欢喜兴奋,行动粗野起来,会用短短的小手乱抓萧萧的头发。那是平时不大能收拾蓬蓬松松在头上的黄发。有时候,垂到脑后那条小辫儿被拉得太久,把红绒线结也弄松了,生了气,就挞那弟弟几下,弟弟自然哇地哭出声来。萧萧于是也装成要哭的样子,用手指着弟弟的哭脸,说:"哪,人不讲理,可不行!"

天晴落雨日子混下去,每日抱抱丈夫,也帮同家中做点杂事,能动手的就动手。又时常到溪沟里去洗衣,搓尿片,一面还捡拾有花纹的田螺给坐在身边的小丈夫玩。到了夜里睡觉,便常常做这种年龄人所做过的梦,梦到后门角落或别的什么地方捡得大把大把铜钱,吃好东西,爬树,自己变成鱼到水中各处遛。或一时仿佛身子很小很轻,飞到天上众星中,没有一个人,只是一片白,一片金光,于是大喊"妈!"人就吓醒了。醒来心里还只是跳。吵了隔壁的人,不免骂着:"疯子,你想什么!白天玩得疯,晚上就做梦!"萧萧听着却不作声,只是咕咕地笑。也有很好很爽快的梦,为丈夫哭醒的事情。那丈夫本来晚上在自己母亲身边睡，吃奶方便，但是吃多了奶，或因另外情形，半夜大哭，起来放水拉稀是常有的事。丈夫哭到婆婆无可奈何，于是萧萧轻脚轻手爬起床来，睡眼迷蒙，走到床边，把人抱起，给他看月光，看星光；或者仍然啵啵地亲嘴，互相觑着，孩子气地"嘿嘿，看猫呵！"那样喊着哄着，于是丈夫笑了。玩一会会，困倦起来，慢慢地合上眼。人睡定后，放上床，站在床边看着，听远处一传一递的鸡叫，知道天快到什么时候了，于是仍然蜷到小床上睡去。天亮后，虽不做梦，却可以无意中闭眼开眼，看一阵在面前空中变幻无端的黄边紫心葵花，那是一种真正的享受。

　　萧萧嫁过了门，做了拳头大的丈夫小媳妇，一切并不比先前受苦，这只看她一年来身体发育就可明白。风里雨里过日子，像一株长在园角落不为人注意的蓖麻，大叶大枝，日增茂盛，这小女人简直是全不为丈夫设想那么似的，一天比一天长大起来了。

　　夏夜光景说来如做梦。大家饭后坐到院中心歇凉，挥摇蒲扇，看天上的星同屋角的萤，听南瓜棚上纺织娘咯咯咯拖长声音纺车，远近声音繁密如落雨，禾花风翛翛吹到脸上，正是让人在各种方便中说笑话的时候。

　　萧萧好高，一个人常常爬到草料堆上去，抱了已经熟睡的丈夫在怀里，轻轻地轻轻地随意唱着自编的四句头山歌。唱来唱去却把自己也催眠起来，快要睡去了。

　　在院坝中，公公婆婆，祖父祖母，另外还有帮工汉子两个，散乱地坐在小板凳上，摆龙门阵学古，轮流下去打发上半夜。

祖父身边有个烟包，在黑暗中放光。这用艾蒿做成的烟包，是驱逐长脚蚊得力东西，蜷在祖父脚边，犹如一条乌梢蛇。间或又拿起来晃那么几下。

想起白天场上的事情，祖父开口说话：

"我听三金说，前天又有女学生过身。"

大家就哄然笑了起来。

这笑的意义何在？只因为在大家印象中，都知道女学生没有辫子，留下个鹌鹑尾巴，像个尼姑，又不完全像。穿的衣服像洋人，又不是洋人。吃的，用的……总而言之，事事不同，一想起来就觉得怪可笑！

萧萧不大明白，她不笑。所以老祖父又说话了。他说：

"萧萧，你长大了，将来也会做女学生！"

大家于是更哄然大笑起来。

萧萧为人并不愚蠢，觉得这一定是不利于己的一件事情，所以接口便说：

"爷爷，我不做女学生。"

"你像个女学生，不做可不行。"

"我一定不做。"

众人有意取笑，异口同声地说："萧萧，爷爷说得对，你非做女学生不行！"

萧萧急得无可如何："做就做，我不怕。"其实做女学生有什么不好，萧萧全不知道。

　　女学生这东西，在本乡的确永远是奇闻。每年一到六月天，据说放"水假"日子一到，照例便有三三五五女学生，由一个荒谬不经的热闹地方来，到另一个远地方去，取道从本地过身。从乡下人眼中看来，这些人都近于另一世界中活下的人，装扮奇奇怪怪，行为更不可思议。这种女学生过身时，使一村人都可以说一整天的笑话。

　　祖父是当地一个人物，因为想起所知道的女学生在大城中的生活情形，所以说笑话要萧萧也去做女学生。一面听到这话，就感觉一种打哈哈趣味，一面还有那被说的萧萧感觉一种惶恐，说这话的不为无意义了。

　　女学生由祖父方面所知道的是这样一种人：她们穿衣服不管天气冷暖，吃东西不问饥饱，晚上交到子时才睡觉，白天正经事全不做，只知唱歌打球，读洋书。她们都会花钱，一年用的钱可以买十六只水牛。她们在省里京里想往什么地方去时，不必走路，只要钻进一个大匣子中，那匣子就可以带她到地。城市中还有各种各样的大小不同匣子，都用机器开动。她们在学校，男女在一处上课读书，人熟了，就随意同那男子睡觉，也不要媒人，也不要财礼，名叫"自由"。她们也做做州县官，带家眷上任，男子仍然喊作"老爷"，小孩子叫"少爷"。她们自己不养牛，却吃牛奶羊奶，如小牛小羊；买那奶时是用铁罐子盛的。她们无事时到一个唱戏地方去，那地方完全像个大庙，从衣袋中取出一块洋钱来（那洋钱在乡下可买五只母鸡），买了一小方纸片儿，拿了那纸片到里面去，就可以坐下看洋人扮演影子戏。她们被冤了，不赌咒，不哭。她们年纪有老到二十四岁还不肯嫁人的，有老到三十四十居然还不肯嫁人的。她们不怕男子，男子不能使她们受委屈，一受委屈就上衙门打官司，要官罚男子的款，这笔钱她有时独占自己花用，有时和官平分。她们不洗衣煮饭，也不养猪喂鸡；有了小孩子，也只花五块钱或十块钱一月，雇个人专管小孩，自己仍然整天看戏打牌，或者读那些没有用处的闲书……

总而言之，说来事事都稀奇古怪，和庄稼人不同，有的简直还可说岂有此理。这时经祖父一说明，听过这话的萧萧，心中却忽然有了一种模模糊糊的愿望，以为倘若她也是个女学生，她是不是照祖父说的女学生一个样子去做那些事情？不管好歹，女学生并不可怕，因此一来，却已为这乡下姑娘初次体念到了。

因为听祖父说起女学生是怎样的人物，到后萧萧独自笑得特别久。笑够了时，她说：

"爷爷，明天有女学生过路，你喊我，我要看看。"

"你看，她们捉你去做丫头。"

"我不怕她们。"

"她们读洋书念经你也不怕？"

"念观音菩萨消灾经，念紧箍咒，我都不怕。"

"她们咬人，和做官的一样，专吃乡下人，吃人骨头渣渣也不吐，你不怕？"

萧萧肯定地回答说："也不怕。"

可是这时节萧萧手上所抱的丈夫，不知为什么，在睡梦中哭了，媳妇于是用做母亲的声势，半哄半吓地说：

"弟弟，弟弟，不许哭，不许哭，女学生咬人来了。"

丈夫还仍然哭着，得抱起各处走走。萧萧抱着丈夫离开了祖父，祖父同人说另外一样古话去了。

萧萧从此以后心中有个"女学生"。做梦也便常常梦到女学生，且梦到同这些人并排走路。仿佛也坐过那种自己会走路的匣子，她又觉得这匣子并不比自己跑路更快。在梦中那匣子的形体同谷仓差不多，里面还有小小灰色老鼠，眼珠子红红的，各处乱跑，有时钻到门缝里去，把个小尾巴露在外边。

因为有这样一段经过，祖父从此喊萧萧不喊"小丫头"，不喊"萧萧"，却唤作"女学生"。在不经意中萧萧答应得很好。

乡下里日子也如世界上一般日子，时时不同。世界上人把日子糟蹋，和萧萧一类人家把日子吝惜是同样的，各有所得，各属分定。许多城市中文明人，把一个夏天完全消磨到软绸衣服、精美饮料以及种种好事情上面。萧萧的一家，因为一个夏天的劳作，却得了十多斤细麻，二三十担瓜。

做小媳妇的萧萧，一个夏天中，一面照料丈夫，一面还绩了细麻四斤。到秋八月工人摘瓜，在瓜间玩，看硕大如盆、上面满是灰粉的大南瓜，成排成堆摆到地上，很有趣味。时间到摘瓜，秋天真的已来了，院子中各处有从屋后林子里树上吹来的大红大黄木叶。萧萧在瓜旁站定，手拿木叶一束，为丈夫编小小笠帽玩。

　　工人中有个名叫花狗，年纪二十三岁，抱了萧萧的丈夫到枣树下去打枣子。小小竹竿打在枣树上，落枣满地。

　　"花狗大，莫打了，太多了吃不完。"

　　虽这样喊，还不动身。到后，仿佛完全因为丈夫要枣子，花狗才不听话。萧萧于是又警告她那小丈夫：

　　"弟弟，弟弟，来，不许捡了。吃多了生东西肚子痛！"

　　丈夫听话，兜了大堆枣子向萧萧身边走来，请萧萧吃枣子。

　　"姐姐吃，这是大的。"

　　"我不吃。"

　　"要吃一颗！"

　　她两手哪里有空！木叶帽正在制边，工夫要紧，还正要个人帮忙！

　　"弟弟，把枣子喂我口里。"

　　丈夫照她的命令做事，做完了觉得有趣，哈哈大笑。

　　她要他放下枣子帮忙捏紧帽边，便于添加新木叶。

　　丈夫照她吩咐做事，但老是顽皮地摇动，口中唱歌。这孩子原来像一只猫，欢喜时就得捣乱。

　　"弟弟，你唱的是什么？"

　　"我唱花狗大告我的山歌。"

　　"好好地唱一个给我听。"

　　丈夫于是帮忙拉着帽边，一面就唱下去，照所记到的歌唱：

　　　天上起云云起花，

　　　苞谷林里种豆荚，

　　　豆荚缠坏苞谷树，

　　　娇妹缠坏后生家。

　　　天上起云云重云，

　　　地下埋坟坟重坟，

　　　娇妹洗碗碗重碗，

　　　娇妹床上人重人。

　　歌中意义丈夫全不明白，唱完了就问萧萧好不好。萧萧说好，并且问从谁学来的，她知道是花狗教他的，却故意盘问他。

　　"花狗大告我，他说还有好多歌，长大了再教我唱。"

　　听说花狗会唱歌，萧萧说：

　　"花狗大，花狗大，你唱一个正经好听的歌我听听。"

　　那花狗，面如其心，生长得不很正气，知道萧萧要听歌，人也快到听歌的年龄了，就给她唱"十岁娘子一岁夫"。那故事说的是妻年大，可以随便到外面做一点不规矩事情；夫年小，只知吃奶，让他吃奶。这歌丈夫完全不懂，懂到一点儿的是萧萧。把歌听过后，萧萧装成"我全明白"那种神气，她用生气的样子，对花狗说：

　　"花狗大，这个不行，这是骂人的歌！"

　　花狗分辩说："不是骂人的歌。"

"我明白，是骂人的歌。"

花狗难得说多话，歌已经唱过了，错了赔礼，只有不再唱。他看她已经有点懂事了，怕她回头告祖父，会挨顿臭骂，就把话支吾开，扯到"女学生"上头去。他问萧萧，看不看过女学生习体操唱洋歌的事情。

若不是花狗提起，萧萧几乎已忘却了这事情。这时又提到女学生，她问花狗近来有没有女学生过路，她想看看。

花狗一面把南瓜从棚架边抱到墙角去，告她女学生唱歌的事情，这些事的来源还是萧萧的那个祖父。他在萧萧面前说了点大话，说他曾经到官路上见过四个女学生，她们都拿得有旗帜，走长路流汗喘气之中仍然唱歌，同军人所唱的一模一样。不消说，这自然完全是胡诌的笑话。可是那故事把萧萧可乐坏了。因为花狗说这个就叫作"自由"。

花狗是起眼动眉毛、一打两头翘、会说会笑的一个人。听萧萧带着歆羡口气说"花狗大，你膀子真大"，他就说："我不只膀子大。"

"你身个子也大。"

"我全身无处不大。"

萧萧还不大懂得这个话的意思，只觉得憨而好笑。

到萧萧抱了她的丈夫走去以后，同花狗在一起摘瓜，取名字叫哑巴的，开了平时不常开的口。

"花狗，你少坏点。人家是十三岁黄花女，还要等十二年后才圆房！"

花狗不作声，打了那伙计一巴掌，走到枣树下捡落地枣去了。

到摘瓜的秋天，日子计算起来，萧萧过丈夫家有一年来了。

几次降霜落雪，几次清明谷雨，一家中人都说萧萧是大人了。天保佑，喝冷水，吃粗粝饭，四季无疾病，倒发育得这样快。婆婆虽生来像一把剪子，把凡是给萧萧暴长的机会都剪去了，但乡下的日头同空气都帮助人长大，却不是折磨可以阻拦得住。

萧萧十五岁时已高如成人，心却还是一颗糊糊涂涂的心。

人大了一点，家中做的事也多了一点。绩麻、纺线、洗衣、照料丈夫以外，打猪草推磨一些事情也要做，还有浆纱织布。凡事都学，学学就会了。乡下习惯凡是行有余力的都可从劳作中攒点本分私房，两三年来仅仅萧萧个人份上所聚集的粗细麻和纺就的棉纱，也够萧萧坐到土机上抛三个月的梭子了。

丈夫早断了奶。婆婆有了新儿子，这五岁儿子就像归萧萧独有了。不论做什么，走到什么地方去，丈夫总跟在身边。丈夫有些方面很怕她，当她如母亲，不敢多事。他们俩实在感情不坏。

地方稍稍进步，祖父的笑话转到"萧萧你也把辫子剪去好自由"那一类事上去了。听着这话的萧萧，某个夏天也看过了一次女学生，虽不把祖父笑话认真，可是每一次在祖父说过这笑话以后，她到水边去，必不自觉地用手捏着辫子末梢，设想没有辫子的人那种神气，那点趣味。

打猪草，带丈夫上螺蛳山的山阴是常有的事。

小孩子不知事故，听别人唱歌也唱歌。一开腔唱歌，就把花狗引来了。

花狗对萧萧生了另外一种心，萧萧有点明白了，常常觉得惶恐不安。但花狗是男子，凡是男子的美德恶德都不缺少，劳动力强，手脚勤快，又会玩会说，所以一面使萧萧的丈夫非常欢喜同他玩，一面一有机会即缠在萧萧身边，且总是想方设法把萧萧那点惶恐减去。

山大人小，到处是树林蒙茸，平时不知道萧萧所在，花狗就站在高处唱歌逗萧萧身边的丈夫；丈夫小口一开，花狗穿山越岭就来到萧萧面前了。

见了花狗，小孩子只有欢喜，不知其他。他原要花狗为他编草虫玩，做竹箫哨子玩，花狗想方法支使他到一个远处去找材料，便坐到萧萧身边来，要萧萧听他唱那使人开心红脸的歌。她有时觉得害怕，不许丈夫走开；有时又像有了花狗在身边，打发丈夫走去反倒好一点。终于有一天，萧萧就这样给花狗把心窍子唱开，变成个妇人了。

那时节，丈夫走到山下采刺莓去了，花狗唱了许多歌，到后却向萧萧唱：

娇家门前一重坡，
别人走少郎走多。
铁打草鞋穿烂了，

　　不是为你为哪个？

　　末了却向萧萧说："我为你睡不着觉。"他又说他赌咒不把
这事情告给人。听了这些话仍然不懂什么的萧萧，眼睛只注意到
他那一对粗粗的手膀子，耳朵只注意到他最后一句话。末了花狗
大便又唱了许多歌给她听。她心里乱了。她要他当真对天赌咒，
赌过了咒，一切好像有了保障，她就一切尽他了。到丈夫返身时，
手被毛毛虫螫伤，肿了一大片，走到萧萧身边。萧萧捏紧这一只
小手，且用口去呵它，吮它，想起刚才的糊涂，才仿佛明白自己
做了一点不大好的糊涂事。

　　花狗诱她做坏事情是麦黄四月，到六月，李子熟了，她欢喜
吃生李子。她觉得身体有点特别，在山上碰到花狗，就将这事情
告给他，问他怎么办。

　　讨论了多久，花狗全无主意。虽以前自己当天赌得有咒，也
仍然无主意。原来这家伙个子大，胆量小。个子大容易做错事，
胆量小做了错事就想不出办法。

　　到后，萧萧捏着自己那条乌梢蛇似的大辫子，想起城里了，
她说：

　　"花狗大，我们到城里去自由，帮帮人过日子，不好么？"

　　"那怎么行？到城里去做什么？"

　　"我肚子大了，那不成。"

　　"我们找药去。场上有郎中卖药。"

"你赶快找药来，我想……"

"你想逃到城里去自由，不成的。人生面不熟，讨饭也有规矩，不能随便！"

"你这没有良心的，你害了我，我想死！"

"我赌咒不辜负你。"

"负不负我有什么用，帮我个忙，赶快拿去肚子里这块肉罢。我害怕！"

花狗不再作声，过了一会，便走开了。不久丈夫从他处拿了大把山里红果子回来，见萧萧一个人坐在草地上眼睛红红的，丈夫心中纳罕。看了一会，问萧萧："姊姊，为什么哭？"

"不为什么，毛毛虫落到眼睛窝里，痛。"

"我吹吹罢。"

"不要吹。"

"你瞧我，得这些这些。"

他把手中拿的和从溪中捡来放在衣口袋里的小蚌、石头全部陈列到萧萧面前，萧萧泪眼婆娑看了一会，勉强笑着说："弟弟，我们要好，我哭你莫告家中。告家中我可要生气！"到后这事情家中当真就无人知道。

过了半个月，花狗不辞而行，把自己所有的衣裤都拿去了。祖父问同住的长工哑巴，知不知道他为什么走路，走哪儿去？是上山落草，还是做薛仁贵投军？哑巴只是摇头，说花狗还欠了他两百钱，临走时话都不留一句，为人少良心。哑巴说他自己的话，并没有把花狗走的理由说明。因此这一家稀奇一整天，谈论一整天。不过这工人既不偷走物件，又不拐带别的，这事情过后不久，自然也就把他忘掉了。

萧萧仍然是往日的萧萧。她能够忘记花狗就好了，但是肚子真有些不同了，肚中东西总在动，使她常常一个人干着急，尽做怪梦。

她脾气坏了一点，这坏处只有丈夫知道，因为她对丈夫似乎严厉苛刻了好些。

仍然每天同丈夫在一处，她的心，想到的事自己也不十分明白。她常想，我现在死了，什么都好了。可是为什么要死？她还很高兴活下去，愿意活下去。

家中人不拘谁在无意中提起关于丈夫弟弟的话，提起小孩子，提起花狗，都像使这话如拳头，在萧萧胸口上重重一击。

到九月，她担心人知道更多了，引丈夫庙里去玩，就私自许愿，吃了一大把香灰。吃香灰被她丈夫看见了，丈夫问这是做什么，萧萧就说肚痛，应当吃这个。萧萧自然说谎。虽说求菩萨保佑，菩萨当然没有如她的希望，肚子中长大的东西依旧在慢慢地长大。

她又常常往溪里去喝冷水，给丈夫看见时，丈夫问她，她就说口渴。

一切她所想到的方法都没有能够使她与自己不欢喜的东西分开。大肚子只有丈夫一人知道，他却不敢告这件事给父母晓得。因为时间长久，年龄不同，丈夫有些时候对于萧萧的怕同爱，比对于父母还深切。

她还记得那花狗赌咒那一天里的事情，如同记着其他事情一样。到秋天，屋前屋后毛毛虫都结茧，成了各种好看蝶蛾，丈夫像故意折磨她一样，常常提起几个月前被毛毛虫螫手的旧话，使萧萧心里难过。她因此极恨毛毛虫，见了那小虫就想用脚去踹。

有一天，又听人说有好些女学生过路，听过这话的萧萧，睁了眼做过一阵梦，愣愣地对日头出处痴了半天。

萧萧步花狗后尘，也想逃走，收拾一点东西预备跟了女学生走的那条路上城去自由。但没有动身，就被家里人发觉了。这种打算照乡下人说来是一件大事，于是把她两手捆了起来，丢在灶屋边，饿了一天。

家中追究这逃走的根源，才明白这个十年后预备给小丈夫生儿子继香火的萧萧肚子已被另一个人抢先下了种。这在一家人生活中真是了不得的一件大事！一家人的平静生活，为这件新事全弄乱了。生气的生气，流泪的流泪，骂人的骂人，各按本分乱下去。悬梁，投水，吃毒药，被禁困着的萧萧，诸事漫无边际地全想到了，究竟是年纪太小，舍不得死，却不曾做。于是祖父从现实出发，想出个聪明主意，把萧萧关在房里，派两人好好看守着，请萧萧本族的人来说话，照规矩，看是沉潭还是发卖？萧萧家中人要面子，就沉潭淹死了她，舍不得死就发卖。萧萧只有一个伯父，在近处庄子里为人种田，去请他时先还以为是吃酒，到了才知是这样丢脸事情，弄得这老实忠厚的家长手足无措。

　　大肚子作证，什么也没有可说。照习惯，沉潭多是读过"子曰"的族长爱面子才做出的蠢事。伯父不读"子曰"，不忍把萧萧当牺牲，萧萧当然应当嫁人作"二路亲"了。

　　这也是一种处罚，好像极其自然，照习惯受损失的是丈夫家里，然而却可以在改嫁上收回一笔钱，当作赔偿损失的数目。那伯父把这事情告给了萧萧，就要走路。萧萧拉着伯父衣角不放，只是幽幽地哭。伯父摇了一会头，一句话不说，仍然走了。

　　一时没有相当的人家来要萧萧，送到远处去也得有人，因此暂时就仍然在丈夫家中住下。这件事情既经说明白，照乡下规矩，倒又像不什么要紧，只等待处分，大家反而释然了。先是小丈夫不能再同萧萧在一处，到后又仍然如月前情形，姊弟一般有说有笑地过日子了。

　　丈夫知道了萧萧肚子中有儿子的事情，又知道因为这样萧萧才应当嫁到远处去。但是丈夫并不愿意萧萧去，萧萧自己也不愿意去。大家全莫名其妙，只是照规矩像逼到要这样做，不得不做。究竟是谁定的规矩，是周公还是周婆，也没有人说得清楚。

　　在等候主顾来看人，等到十二月，还没有人来，萧萧只好在这人家过年。

　　萧萧次年二月间，十月满足，坐草生了一个儿子，团头大眼，声响宏壮。大家把母子二人照料得好好的，照规矩吃蒸鸡同江米酒补血，烧纸谢神。一家人都欢喜那儿子。

　　生下的既是儿子，萧萧不嫁别处了。

　　到萧萧正式同丈夫拜堂圆房时，儿子已经年纪十岁，有了半劳动力，能看牛割草，成为家中生产者一员了。平时喊萧萧丈夫作大叔，大叔也答应，从不生气。

　　这儿子名叫牛儿。牛儿十二岁时也接了亲，媳妇年长六岁。媳妇年纪大，方能诸事做帮手，对家中有帮助。唢呐到门前时，新娘在轿中呜呜地哭着，忙坏了那个祖父，曾祖父。

　　这一天，萧萧，抱了自己新生的毛毛，在屋前榆蜡树篱笆间看热闹，同十年前抱丈夫一个样子。

一九二九年作

一九五七年二月校改字句

巧秀和冬生

/// 沈从文

　　雪在融化。田沟里到处有注入小溪河中的融雪水，正如对于远海的向往，共同作成一种欢乐的奔赴。来自留有残雪溪涧边竹篁丛中的山鸟声，比地面花草占先透露出一点春天消息，对我更俨然是种会心的招邀。就中尤以那个窗后竹园的寄居者，全身油灰、颈脖间围了一条锦带的斑鸠，作成的调子越来越复杂，也越来越离奇，好像在我耳边作成一种对话，代替我和巧秀的对话：

　　"巧秀，巧秀，你可当真要走？你千万莫走！"

　　"哥哥，哥哥，喔。你可是叫我？你从不理我，怎么好责备我？"

　　原本还不过是在晓梦迷蒙里，听到这个古怪而荒谬的对答，醒来不免十分惆怅。目前却似乎清清楚楚的，且稍微有点嘲谑意味，近在我耳边诉说。我再也不能在这个大庄院住下了。因此用

"欢喜单独"作理由，迁移了个新地方，村外药王宫偏院中小楼上。这也可说正是我自己最如意的选择。因为庙宇和村子有个大田坝隔离，地位完全孤立。生活得到单独也就好像得到一切，为我十八岁年纪时来这里做客所需要的一切。

我一生中到过许多稀奇古怪的去处，过了许多式样不同的桥，坐过许多式样不同的船，还睡过许多式样不同的床。可再没有比半月前在满家大庄院中那一晚，躺在那铺楠木雕花大床上，让远近山鸟声和房中壶水沸腾，把生命浮起的情形心境离奇。以及迁到这个小楼上来，躺在一铺硬板床上，让远近更多山鸟声填满心中空虚所形成一种情绪更幽渺难解！

院子本来不小，大半都已被细叶竹科植物所遮蔽，只余一条青石板砌成的走道，可以给我独自散步。在丛竹中我发现有宜于做手杖的罗汉竹和棕竹，有宜于做箫管的紫竹和白竹，还有宜于做钓鱼竿的蛇尾竹。这一切性质不同的竹子，却于微风疏刷中带来一片碎玉倾洒，带来了和雪不相同的冷。更见得幽绝处，还是那个小楼屋脊。因为地方特别高，宜于遥瞻远瞩，几乎随时都有不知名鸟雀在上面歌呼，有些见得分外从容，完全无为地享受它自己的音乐，唱出生命的欢欣；有些又显然十分焦躁，如急于招朋唤侣，而表示对于爱情生活的渴望。那个油灰色斑鸠更是我屋顶的熟客，本若为逃避而来，来到此地却和它有了更多亲近机会。那个低沉微带忧郁反复嘀咕，始终像在提醒我一件应搁下终无从搁下的事情——巧秀的出走。即初来这个为大雪所覆盖的村子里，参加朋友家喜筵过后，房主人点上火炬预备送我到偏院去休息时，随同老太太身后，负衾抱裯来到我房中，咬着下唇一声不响为我铺床理被，那个十七岁乡下姑娘巧秀。我正想用她那双眉毛和新娘子眉毛做个比较，证实一下传说可不可靠。并在她那条大辫子和发育得壮实完整的四肢上，做了点十八岁年轻人的荒唐梦。不意到第二天吃早饭桌边，却听人说她已带了个小小包袱，跟随个吹唢呐的乡下男人逃走了。在那个小小包袱中，竟像是把我所有的一点什么东西，一颗心或一种梦，也于无意中带走了。

　　巧秀逃走已经半个月，还不曾有回头消息。试用想象追寻一下这个发辫黑、眼睛光、胸脯饱满乡下姑娘的去处，两人过日子的种种，以及明日必然的结局，自不免更加使人茫然若失。因为不仅偶然被带走的东西已找不回来，即这个女人本身，那双清明无邪眼睛所蕴蓄的热情，沉默里所具有的活跃生命力，一切都远了，被一种新的接续而来的生活所腐蚀，遗忘在时间后，从此消失了，不见了。常德府的大西关，辰州府的尤家巷，以及沅水流域大小水码头边许多小船上，经常有成千上万接纳客商的小婊子，脸宽宽的，眉毛细弯弯的，坐在舱前和船尾晒太阳，一面唱《十想郎》小曲遣送白日，一面纳鞋底绣花荷包，企图用这些小物事联结水上来去弄船人的恩情。平凡相貌中无不有一颗青春的心永远在燃烧中。一面是如此燃烧，一面又终不免为生活缚住，挣扎不脱，终于转成一个悲剧的结束，恩怨交缚气量窄，投河吊颈之事日有所闻。追源这些女人的出处背景时，有大半和巧秀就差不多。缘于成年前后那份痴处，那份无顾忌的热情，冲破了乡村习惯，不顾一切地跑去。从水取譬，"不到黄河心不死"。但这些从山里流出的一脉清泉，大都却不曾流到洞庭湖，便滞住在什么小城小市边，水码头边，过日子下来。向前不可能，退后办不到，于是如彼如此地完了。

我住处的药王宫，原是一村中最高会议所在地，村保国民小学的校址，和保卫一地治安的团防局办公处。正值年假，学校师生都已回了家。会议平时只有两种：积极的是春秋二季邀木傀儡戏班子酬神还愿，推首事人出份子；消极的便只是县城里有公事来时，集合士绅人民商量对策。地方治安既不大成问题，团防局事务也不多，除了我那朋友满大队长自兼保长，局里固定职员，只有个戴大眼镜读《随园食谱》用小绿颖水笔办公事的师爷，另一个年纪十四岁头脑单纯的局丁地方所属自卫武力，虽有三十多支杂色枪，平时却分散在村子里大户人家中，以防万一，平时并不需要。换言之，即这个地方经常是冷清清的。因为地方治安无虞，农村原有那份静，表面看也还保持得上好。

搬过药王宫半个月来，除了和大队长赶过几回场，买了些虎豹皮，选了些斗鸡种，上后山猎了几回毛兔，一群人一群狗同在春雪始融湿滑滑的涧谷石崖间转来转去，搅成一团，累得个一身大汗，其余时间居多倒是看看局里老师爷和小局丁对棋。两人年纪一个已过四十六七，一个还不及十五，两面行棋都不怎么高明，却同样十分认真。局里还有半部石印《聊斋志异》。这地方环境和空气，才真宜于读《聊斋志异》！不过更新的发现，却是从局里住屋一角新孵的一窝小鸡上，及床头一束束不知名草药的效用上，和师爷于短时期即成了个忘年交，又从另外一种方式上，和小局丁也成了真正知己。先是翻了几天《聊斋志异》，以为"青凤""黄英"会有一天忽然掀帘而入，来此以前且可听到楼梯间细碎脚步声，事实上雀鼠作成的细碎声音虽多，青凤黄英始终不露面。这种悬想的等待，既混合了恐怖与欢悦，对于十八岁的生命言，自然也极受用。可是一和两人相熟，我就觉得抛下那几本残破小书实在大有道理，因为只要我高兴，随意浏览另外一本大书某一章节，都无不生命活跃引人入胜！

　　巧秀的妈原是溪口人，二十三岁时即守寡，守住那不及两岁大的巧秀和七亩山田。年纪轻，不安分甘心如此下去，就和一个黄罗寨打虎匠偷偷相好。族里人知道了这件事，想图谋那片薄田，捉奸捉双，两人终于生生捉住，一窝蜂把两人拥到祠堂里去公开审判。本意也只是大雷小雨地将两人吓一阵，痛打一阵，大家即从他人受难受折磨情形中，得到一种离奇的满足，再把她远远地嫁去，讨回一笔彩礼，作为脸面钱，用少数买点纸钱为死者焚化，其余的即按好事出力的程度均分花用。这原是本地旧规矩，凡事照规矩做去，人人无从反对。不意当时作族长的，巧秀妈未嫁时，曾拟为跛儿子讲作儿媳妇，巧秀妈却嫌他一只脚，不答应，族长心中即憋住一腔恨恼。后来又借故一再调戏，反被那有性子的小寡妇大骂一顿，以为老没规矩老无耻。把柄拿在寡妇手上，还随时可以宣布。如今既然出了这种笑话，因此回复旧事，仇人见面分外眼红，极力主张把黄罗寨那风流打虎匠两只脚捶断，且当小寡妇面前捶断。私刑执行时，打虎匠咬定牙齿一声不哼，只把一双眼睛盯看着小寡妇。处罚完事，即预备派两个长年把他抬回二十里外黄罗寨去。事情既有凭有据，黄罗寨人自无话说。可是小寡妇呢，却当着族里人表示她也要跟去。田产女儿通不要，也得跟去。这一来族中人真是面子失尽。尤其是那个一族之长，心怀狠毒，情绪复杂，怕将来还有事情，倒不如一不做二不休连根割断，竟提议把这个不知羞耻的贱妇照老规矩沉潭，免得黄罗寨人说话。族祖既是个读书人，有个小小功名，读过几本"子曰"，加之辈分大，势力强，且平时性情又特别顽固专横，即由此种种，同族子弟不信服也得畏惧三分。如今既用维持本族名誉面子为理由，提出这种兴奋人的意见，并附带说事情解决再商量过继香火问题。人多易起哄，大家不甚思索自然即随声附和。合族一经同意，那些年轻无知好事者，即刻就把绳索和磨石找来，督促进行。在纷乱下族中人道德感和虐待狂已混淆不可分。其他女的都站得远远的，又怕又难受，无可奈何，只轻轻地喊着"天"，却无从做其他抗议。一些年轻族中人，即在祠堂外把那小寡妇上下衣服剥个精光，两手缚定，背上负了面小石磨，并用藤葛紧紧把石磨扣在颈脖上。大家围住小寡妇，一面无耻放肆地欣赏那个光鲜鲜的年轻肉体，一面还狠狠地骂女人无耻。小寡妇却一声不响，任其所为，眼睛湿莹莹地从人丛中搜索那个冤家族祖。深怕揭底的

族祖，却在剥衣时装作十分生气，上下狠狠地看了小寡妇几眼，
口中不住骂"下贱下贱"，装作有事不屑再看，躲进祠堂里去了。
到祠堂里就和其他几个年长族人商量打公禀禀告县里，准备大家
画押，把责任推卸到群众方面去，免得将来出其他事故。也一面
安慰安慰那些无可无不可年老怕事的族中长辈，引些圣经贤传除
恶务尽的话语，免得中途变化。到了快要下半天时候，族中一群
好事者，和那个族祖，把小寡妇拥到溪口，上了一只小船，架起
了桨，沉默向溪口上游长潭划去。女的还是低头无语，只看着河
中荡荡流水，以及被双桨搅碎水中的云影星光。也许正想起二辈
子投生问题，或过去一时被族祖调戏不允许的故事，或是一些生
前"欠人""人欠"的小小恩怨。也许只想起打虎匠的过去当前，
以及将来如何生活。不及两岁大的巧秀，明天会不会为人扼喉咙
谋死？临出发到河边时，一个老表嫂抱了茫然无知的孩子，想近
身来让小寡妇喂一口奶，老族祖一见，吼了一声，大骂"老狐狸，
你见了鬼，还不赶快给我滚开！"一脚踢开。但很奇怪，从这妇
人脸色上，竟看不出恨和惧，看不出特别紧张，一切都若平静异
常。至于一族之长的那一位呢，正坐在船尾梢上，似乎正眼也不
想看那小寡妇。其实心中却旋起一种极复杂纷乱情感。为去掉良
心上那些刺，只反复喃喃以为这事是应当的，全族脸面攸关，不
能不如此。自己既为一族之长，又读过圣贤书，实有维持道德风
化的责任，当然也并不讨厌那个青春康健光鲜鲜的肉体；讨厌的
倒是，"肥水不落外人田"，这肉体被外人享受。妒忌在心中燃

烧，道德感益发强，迫虐狂益发旺盛，只催促开船。至于其他族中人呢，想起的或者只是那几亩田将来究竟归谁管业，都不大自然。因为原来那点性冲动已成过去，都有点见输于小寡妇的沉静情势。小船摇到潭中最深处时，荡桨的把桨抽出水，搁在舷边。船停后轻轻向左旋着，又向右旋。大家都知道行将发生什么事。一个年纪稍大的某人说："巧秀的娘，巧秀的娘，冤有头，债有主，你心里明白。好好地去了吧。你有什么话嘱咐，就说了吧。"小寡妇望望那个说话安慰她的人，过一会儿方低声说："三表哥，做点好事，不要让他们捏死我巧秀喔。那是人家的香火！长大了，不要记仇，就够了！"大家静默了。美丽黄昏空气中，一切沉静。先是谁也不肯下手。老族祖貌作雄强，心中实混合了恐怖与矜持，走过女人身边，冷不防一下子把那小寡妇就掀下了水。轻重一失衡，自己忙向另外一边倾坐，把小船弄得摇摇晃晃。人一下水，先是不免有一番小小挣扎，因为颈背上悬系那面石磨相当重，随即打着漩向下直沉。一阵子水泡向上翻，接着是水天平静。船随水势溜着，渐渐离开了原来位置；船上的年轻人眼都还直直地一声不响望着水面。因为死亡带走了她个人的耻辱和恩怨，却似乎留念给了每人一份看不见的礼物。虽说是要女儿长大后莫记仇，可是参加的人哪能忘记自己做的蠢事。几个人于是俨然完成了一件庄严重大的工作，把船掉了头。死的已因罪孽而死了，然而"死"的意义却转入生者担负上，还得赶快回到祠堂里去叩头，放鞭炮挂红，驱逐邪气，且表示这种"勇敢"和"决断"兼有真正愚蠢的行为，业已把族中受损失的"荣誉"收复。事实上，却是用这一切来被除那点在平静中能生长，能传染，影响到人灵魂或良心的无形谴责。即因这种恐怖，过四年后，那族祖便在祠堂里发狂自杀了。只因为最后那句嘱咐，巧秀被送到三十里外的高岷满家庄院，活下来了。

巧秀长大了，亲眼看过这一幕把她带大的表叔，团防局的师爷，原本有意让她给满家大队长做小婆娘，有个归依，有个保护。只是老太太年老见事多，加之有个痛苦记忆在心上，以为凡事得从长作计。巧秀对过去事又实在毫无所知，只是不乐意。年龄也还早，因此暂时搁置。

巧秀常到团防局来帮师爷缝补衣袜，和冬生也相熟。冬生的妈杨大娘，一个穷得厚道贤惠的老妇人，在师爷面总称许巧秀。冬生照例常常插嘴提醒他的妈："我还不到十五岁，娘。""你今年十五明年就十六，会长大的！"两母子于是在师爷面前作些小小争吵，说的话外人照例都不甚容易懂。师爷心中却明白，母子两人意见虽对立，却都欢喜巧秀，对巧秀十分关心。

巧秀的逃亡正如同我的来到这个村子里，影响这个地方并不多，凡是历史上固定存在的，无不依旧存在，习惯上进行的大小事情，无不依旧照常进行。

冬生的母亲一村子里通称为杨大娘。丈夫十年前死去时，只留下一所小小房屋和巴掌大一片菜地。生活虽穷然而为人笃实厚道，不乱取予，如一般所谓"老班人"。也信神，也信人，觉得这世界上有许多事得交把神，又简捷，又省事。不过有些问题神处理不了，可就得人来努力了。人肯好好地做下去，天大难事也想得出结果；办不了呢，再归还给神。如其他手足贴近土地的农村人民一样，处处尽人事而信天命，生命处处显出愚而无知，同时也处处见出接近了一个"夙命论"者，照读书人说来就是个"道"字。冬生在这么一个母亲身边，在看牛，割草，捡菌子，和其他农村子弟生活方式中慢慢长大了，却长得壮实健康，机灵聪敏。只读过一年小学校，便会写一笔小楷字，且跟团防局师爷学习，懂得一点公文程式。做公丁收入本不多，唯穿吃住已不必操心。此外每月还有一箩净谷子，一点点钱。这份口粮捎回做家用，杨大娘生活因之也就从容得多。且本村二百五十户人家，团丁是义务性质不拿工薪的。有公职身份公份收入阶层总共不过四五人，除保长队长和那个师爷外，就只那两个小学教员，开支都不大。所以冬生的地位，也就值得同村小伙子羡慕而乐意得到它。职务在收入外还有个抽象价值，即抽丁免役，且少受来自城中军政各方的经常和额外摊派。凡是生长于同式乡村中的人，都知道上头的摊派法令，一年四季如何轮流来去，任何人都招架不住，任何人都不可免，唯有吃公事饭的人，却不大相同。正如村中"一脚踢"凡事承当的大队长，派人筛锣传口信集合父老于药王宫开会时，虽明说公事公办，从大户带头摊起，自己的磨坊、油坊，以及在场上的槽坊，小杂货铺统算在内，一笔数目照例比别人出的多。且愁眉不展地抱怨周转不灵，有时还得出子利举债。可是村子里人却只见到队长上城回来时，总带了些使人开眼的文明玩意儿，或换了顶呢毡帽，或捎了个洋水笔，遇有做公证画押事情，多数公民照例按指纹或画个十字，少数盖章，大队长却从中山装胸间口袋上拔出那亮晃晃圆溜溜宝贝，写上自己的名字，已够使人惊奇。一问价钱数目才更吓人，原来比一只耕牛还贵！像那么做穷人，谁不乐意！冬生随同大队长的大白骡子来去县城里，一年不免有五七次，知识见闻自比其他乡下人丰富。加上母子平时的为人，因此也赢得一种不同地位。而这地位为人承认表示得十分明显，即几个小地主家有十二三岁小闺女的，都乐意招那么一个得力小伙子作上门女婿，以为兴家立业是个好帮手。

村子去县城已四十五里，离官路也在三里外。地方不当冲要，不曾驻过兵。因为有两口好井泉，长年不绝地流，营卫了一坝上好冬水田。田坝四周又全是一列小山围住，山坡上种满桐茶竹漆。村中规约好，不乱砍伐破山，不偷水争水。地方由于长期安定，形成的一种空气，也自然和普通破落农村不同，凡事照例都有个规矩。虽由于这个长远习惯的规矩，在经济上有人占了些优势，于本村成为长期统治者，首事人。也即因此另外有些人就不免世代守住佃户资格，或半流动性的长工资格，生活在被支配状况中，矛盾鲜明。但两者生活方式，虽有差距还是相隔不太多，同样的手足贴近土地，参加劳动生产，没有人完全袖手过日子。唯由此相互对照生活下，随同大社会的变动，依然产生了一种游离分子。这种人的长成，都若有个公式：凡事由小而大，小时候作顽童野孩子，事事想突破一乡公约，砍砍人家竹子作钓竿，摘摘人家园圃橘柚解渴，偷放人田中水捉鱼，或从他人装置的网弶中取去捉住的野兽。自幼即有个不劳而获的发明，且凡事做来相当顺手，长大后，自然便忘不了随事占点便宜。浪漫情绪一扩张，即必然从农民身份一变而成为"游玩"。社会还稳定，英雄无用武之地，不能成大气候，就在本村子里街头开个小门面，经常摆桌小牌抽点头，放点子母利。相熟方面多，一村子人事心中一本册，知道谁有势力谁无财富，就向那些有钱无后的寡妇施点小讹诈。平时既无固定生计，又不下田，四乡逢场时就飘场放赌。附近四十里每个村子里都有三五把兄弟，平时可以吃吃喝喝，困难时也容易相帮相助。或在猪牛买卖上插了句嘴，成交时便可从经纪方面分点酒钱，落笔小油水。什么村子里有大戏，必参加热闹。和掌班若有交情，开锣封箱必被邀请坐席吃八大碗，打加官叫出名姓，还得做面子打个红纸包封。新来年轻旦角想成名，还得和他们周旋周旋，靠靠灯，方不会凭空为人抛石头打彩。出了事，或得罪了当地要人，或受了别的气扫了面子，不得不出外避风浪换码头，就夹了个小小包袱，向外一跑。更多的是学薛仁贵投军，自然从此就失踪了，居多迟早成了炮灰。若是个女的呢，情形就稍稍不同。生命发展与突变，影响于黄毛丫头时代的较少，大多数却和成年前后的性青春期有关。或为传统压住，挣扎无从，终于发疯自杀；或突过一切有形无形限制，独行其是，即必然是随人逃走。唯结果总不免依然在一悲剧性方式中收场。

　　但近二十年社会既常在变动中，二十年内战自残自黩的割据局面，分解了农村社会本来的一切。影响到这小地方，也自然明白易见。乡村游侠情绪和某种社会现实知识一接触，使得这个不足三百户人家村子里，多有了三五十支杂色枪，和十来个退伍在役的连长、排长、班长，以及二三更高级更复杂些的人物。这些人多近于崭新的一个阶层，即求生存已脱离手足勤劳方式，而近于一个寄食者。有家有产的可能成为小土豪，无根无蒂的又可能转为游民、土匪，而两者又必有个共同的趋势，即越来越与人民土地生产劳作隔绝，却学会了新的世故和残暴。尤其是一些人学得了玩武器的技艺，干大事业既无雄心和机会，也缺少本钱。回转家乡当然就只能做点不费本钱的买卖。且于一种新的生活方式中，产生一套现实哲学。这体系虽不曾有人加以分析叙述，事实上却为极多数会玩那个照环境所许可的人物所采用。永远有个"不得已"作借口，于是绑票种烟都成为不得已。汇合了各种不得已而做成的堕落，便形成了后来不祥局面的扩大继续。但是在当时那类乡村中，却激发了另外一方面的自卫本能，即大户人家的对于保全财富进一步的技能。一面送子侄入军校，一面即集款购枪，保家保乡土，事实上也即是保护个人的特别权益。两者之间当然也就有了斗争，随时随地有流血事件发生，而结怨影响到累世。特别是小农村彼此利害不同的矛盾。这二十年一种农村分解形式，亦正如大社会在分解中情形一样，许多问题本若完全对立，却到处又若有个矛盾的调和，在某种情形中，还可望取得一时的平衡。

一守固定的土地，和大庄院、油坊或榨坊槽坊，一上山落草，却共同用个"家边人"名词，减少了对立与摩擦，各行其是，而各得所需。这事看来离奇又十分平常，为的是整个社会的矛盾的发展与存在，即与这部分的情形完全一致。国家重造的设计，照例多疏忽了对于这个现实爬梳分析的过程，结果是一例转入悲剧，促成战争。这小村子所在地，既为比较偏远边僻贵州湖南的边土，地方对"特货"一面虽严厉禁止，一面也抽收捐税。在这么一个情形下，地方特权者的对立，乃常常因"利益平分"而消失。地方不当官路，却宜于走私，烟土和盐巴的对流，支持了这个平衡的对立。对立既然是一种事实，各方面武器转而好像都收藏下来不见了。至少出门上路跑差事的人，为求安全，徒手反而比带武器来得更安全。过关入寨，一个有衔名片反而比带一支枪更安全省事。

冬生在局里做事，间或得出出差，不外引导保护小烟贩一二挑烟土下行，或盐巴旁行。路不须出界外，所以对于这个工作也就十分简单，时当下午三点左右，照习惯送了两个带特货客人从界内小路过境。出发前，还正和我谈起巧秀问题。一面用棕衣包脚，一面托我整理草鞋后跟和耳畔。

我逗弄他说："冬生，巧秀跑了。那清早大队长怎不派你去追她回来？"

"人又不是溪水，用闸门哪关得住。人可是人！我即或是她的舅子，本领不大，也不会起作用！追上了也白追。"

"人正是人，哪能忘了大队长老太太十多年对她的恩情？还有师爷，磨坊，和那个溪水上游的钓鱼堤坝，都像熟亲友，怎么舍得？依我看，你就舍不得！"

"磨坊又不是她的财产。你从城里来，你欢喜，我们可不。巧秀心窍子通了，就跟人跑了。有仇报仇，有恩报恩，这笔账要明天再算去了。"

"她自己会不会回来？"

"回来吗？好马不吃回头草，哪有长江水倒流？"

"我猜想她总在几个水码头边落脚，不会飞到海外天边去。要找她一定找得回来。"

"打破了的坛子，谁也不要！"

"不要了吗？你舍得我倒舍不得，这个人依我看，为人倒很好！不像个蛮横丫头！"

我的结论既似真非真，倒引起了冬生的注意。他于是也似真非真地向我说："你欢喜她，我见她一定告她。她做得一手好针线活，会给你做个绣花抱肚，里面还装满亲口嗑的南瓜子仁。可惜你又早不说，师爷也能帮你忙！"

"早不说吗？我一来就只见过她一面。来到这村子里只一个晚上，第二早天刚亮，她就跟人跑了！我哪里把灯笼火把去找她。"

"那你又怎么不追下去？萧何追韩信，下河码头熟，你追去好了！"

"我原本只是到这里来和你大队长打猎，追麂子狐狸兔子，想不到还有这么一种山里长大的标致东西！"

这一切自然都是笑话，已快五十岁的师爷，听到我说的笑话，比不到十五岁冬生听来的意义，一定深刻得多。原本不开口，因此也搭话说："凡事要慢慢地学，才会懂。我们这地方，草草木木都要慢慢地才认识，性质通通不同的！断肠草有毒，牛也不吃它。火麻草螫手，你一不小心就遭殃。"

冬生走后约一点钟，杨大娘却两脚黄泥到了团防局。师爷和我正在一窠新孵出的小鸡边，点数那二十个小小活动黑白毛毛团。一见杨大娘那两脚黄泥，和提篮中的东西，就知道是从场上回来的。"大娘，可是到新场办年货？你冬生出差去了，今天歇红岩口，明天才能回来。可有什么事情？"

杨大娘摸一摸提篮中那封点心："没有什么事。"

"你那笋壳鸡上了孵没有？"

"我那笋壳鸡上城做客去了。"杨大娘点一点搁在膝头上的提篮中物，计大雪枣一斤，刀头肉一斤，元青鞋面布一双，香烛纸张全份，还加上一封百子头炮仗，——点数给师爷看。

问一问，才知道原来当天是冬生满十四岁的生日。杨大娘早就弯指头把日子记在心上，恰值鸦拉营逢场，犹自嘀咕了好几个日子，方下狠心，把那预备上孵的二十四个大白鸡蛋从箩筐中一一取出，谨慎小心放入垫有糠壳的提篮里，捉好那只笋壳色母鸡，套上草鞋，赶到场上去，和城里人打交道。虽下决心么做，走到相去五里的场上，倒像原不过只是去玩玩，看看热闹，并不需要发生别的事情。因为鸡在任何农村都近于那人家属之一员，顽皮处和驯善处，对于生活孤立的老妇人，更不免寄托了一点热爱，作为使生活稍有变化的可怜简单的梦。所以到得人马杂沓黄泥四溅的场坪中转来转去等待主顾时，杨大娘自己即老以为这不会是件真事情。有人问价时，就故意讨个高过市价一倍的数目，且做成"你有钱我有货，你不买我不卖"对立神气，并不希望脱手。因为要价过高，城里来的老鸡贩，稍微揣揣那母鸡背脊，不还价，就走开了。这一来，杨大娘必做成对于购买者有眼不甚识货轻蔑神气，扁扁嘴，掉过头去不作理会。凡是鸡贩子都懂得乡下妇人心理，从卖鸡人的穿着上即可明白，以为明白时间早，不忙收货，见要价特别高的，想故意气一气她，就还个起码数目，且激激她说："什么八宝精，值那样多！"杨大娘于是也提着气，学作厉害十分样子："你还的价钱只能买豆腐吃。买你的豆腐去吧。"且像那个还价数目不仅侮辱了本人，还侮辱了身边那只体面肥母鸡，怪不过意，因此掉转身，抚抚鸡毛，拍拍鸡头，好像向鸡声明："不必忙，再过一刻钟我们就回家去。我本来就只是玩玩的，哪舍得你！"那只母鸡也像完全明白自己身份，和杨大娘的情绪，闭了闭小红眼睛，只轻轻地在喉间"咕咕"哼两声，且若完全同意杨大娘的打算。两者之间又似乎都觉得"那不算什么，等等我们就回去，我真乐意回去，凡事一切照旧"。

　　到还价已够普通标准时，有认得她的熟人，乐于圆成其事，必在旁插嘴："添一点，就卖了。这鸡是吃绿豆苞谷长大的，油水多！"待主顾掉头时，又轻轻地知会杨大娘："大娘要卖也放得手了。这回城里贩子来得多，也出得起价。若到城里去，还卖不到这个数目！"因为那句"要卖得趁早放手"，和杨大娘心情基本冲突，所以回答那个好意却是：

"你卖我不卖，我又不等钱用。"

或者什么人说："不等钱用你来做什么？没得事做来看水鸭子打架，胜败做个公证人？肩膊发松，怎不扛扇石磨来？"

杨大娘看看，搜寻不出谁那么油嘴滑舌，不便发作，只轻轻地骂着："悖时不走运的，你妈你婆才扛石磨上场玩，逗人开心长见识！"

事情相去十五六年，石磨的用处早成典故，本乡人知道的已不多了。

……哪有不等钱用这么十冬腊月抱鸡来场上喝风的人？事倒凑巧，因为办年货城里送礼需要多，临到末了，杨大娘竟意外胜利，只把母鸡出脱，卖的钱比自己所悬想的还多些。钱货两清后，杨大娘转入各杂货棚边去，从鸡、鸭、羊、兔、小猫、小狗，和各种叫嚷，赌咒，争持交易方式中，换回了提篮所有。末了且像自嘲自诅，还买了四块豆腐，心中混合了一点儿平时没有的怅惘、疲劳、喜悦，和朦胧期待，从场上赶回村子里去。在回家路上，看到有村子里人有用葛藤缚住小猪的颈脖赶着小畜生上路的，也看到有人用竹箩背负这些小猪上路的，使他想起冬生的问题。冬生二十岁结婚一定得用四只猪，这是六年后事情。眼前她要到团防局去找冬生，只是给他个大雪枣吃，量一量脚看鞋面布够不够，并告冬生一同回家去吃饭，吃饭前点香烛向祖宗磕磕头。冬生的爹死去整十年了。

　　杨大娘随时都只想向人说："杨家的香火，十四岁。你们以为孵一窝鸡，好容易事！他爹去时留下一把镰刀，一副连枷……你不明白我好命苦！"到此眼睛一定红红的，心酸酸的。可能有人会劝慰说："好了，现在好了，杨大娘，八十一难磨过，你苦出头了！冬生有出息，队长答应送他上学堂。回来也会做队长！一子双挑讨两房媳妇，王保长闺女八铺八盖陪嫁，装烟倒茶都有人，享福在后头，你还愁个什么？……"

　　事实上杨大娘其时却笑笑地站在师爷的鸡窝边，看了一会儿小鸡。可能还关心到卖去的那只鸡和二十四个鸡蛋的命运，因此用微笑覆盖着，不让那个情绪给城里人发现。天气看看已晚下来了。正值融雪，今天赶场人太多，田坎小路已踏得个稀糊子烂，怪不好走。药王宫和村子相对，隔了个半里宽田坝，还有两道灌满融雪水活活流注的小溪，溪上是个独木桥。大娘心想："冬生今天已回不了局里，回不了家。"似乎对于提篮中那包大雪枣"是不是应当放在局里交给师爷"问题迟疑了一会儿，末后还是下了决心，提起篮子走了。我们站在庙门前石栏杆边，看这个肩背已佝偻的老妇人，一道一道田坎走去，还不忘记嘱告我："路太滑，会滚到水里面去。那边长工会给你送饭来的！"

　　时间大约五点半，村子中各个人家炊烟已高举。先是一条一条孤独直上，各不相乱。随后却于一种极离奇情况下，被寒气一压，一齐崩坍下来，展宽成一片一片的乳白色湿雾。再过不多久，这个湿雾便把村子包围了，占领了。杨大娘如何做她那一顿晚饭，是不易形容的。灶房中冷清了好些，因为再不会有一只鸡跳上砧板争啄菠菜了。到时还会抓一把米头去喂鸡，才明白鸡已卖去。一定更不会料想到，就在这一天，这个时候，离开村子十五里的红岩口，冬生和那两个烟贩，已被人一起掳去。

我那天晚上，却正和团防局师爷在一盏菜油灯下大谈《聊斋志异》，以为那一切都是古代传奇，不会在人间发生，所以从不怕僵尸不怕精怪。师爷喝了一杯酒话多了点，明白我对青凤黄英的向往，也明白我另外一种弱点，便把巧秀母亲故事原原本本告给我。且为我出主张，不要再读书。并以为住在任何高楼上，固定不动窝，都不如坐在一只简单小小"水上漂"，更容易有机会和那些使二十岁小伙子心跳神往的奇迹碰头！他的本意只是要我各处走走，不必把生活长远固定到一个小地方，或一件小小问题得失上，见闻一开阔，人也就大派多了。不意竟招邀我回忆上了另外那一只他曾坐过久已不存在的小船。

我仿佛看到那只向长潭中桨去的小船，仿佛即稳坐在那只小船一头，仿佛有人下了水，随后船已掉了头。……水天平静，什么都完事了。一切东西都不怎么坚牢，只有一样东西能真实地永远存在，即从那个对生命充满了热爱，却被社会带走了爱的二十三岁小寡妇一双明亮、温柔、饶恕了一切的眼睛中看出去，所看到的那一片温柔沉静的黄昏暮色，以及在暮色倏忽中，两个船桨搅碎水中的云影星光。巧秀已经逃走半个月，巧秀的妈颈悬石磨沉在溪口长潭中已十五年。

一切事情还并没有完结，只是一个起始。

一九四七年七月末于北平

阿金

/// 沈从文

　　黄牛寨十五赶场，鸦拉营的地保，在场头上一个狗肉铺子里，向预备与一个寡妇结婚的阿金进言。他说话的本领与吃狗肉的本领一样好，成天不会餍足。又好像是由于胃口好，话也格外多。

　　"阿金管事，你让我把话说尽了。听不听在你。我告你的事是清清楚楚的。事情摆在你面前，要是不要，你自己决定。你不是小孩子了。你懂得别人不懂的许多事——譬如扒算盘，九九归一，就使人佩服。你头脑明白，不是醉酒。你要讨老婆，这是你的事情。不过我说，女人的脾气太难捉摸。我们看到过许多会管账的人管不了一个老婆；家里有福不享福，脚板心痒痒的，闷不知就跟唱花鼓戏的旦角溜了。我们又承认，有许多人带兵管将有作为，有独断，一到女人面前就糟糕。为什么巡防军的游击大人被官太太罚跪到塌凳上的笑话会遐迩皆知？为什么有人说知县怕老婆，还拿来扮戏？为什么在鸦拉营地方为人正直的阿金，也有一天吃妇人洗脚水？这事情你不怕人说，难道我还怕人说？"

地保一看好心好意告给阿金，反复引证古今，说有些人不宜讨媳妇，和个小铜锣一样，尽在耳边敲得铛铛响。所谓阿金者，这时听厌了，站起身来，正想拔脚走去，来个溜之大吉。

地保眼尖牙快，隔了桌子一手把阿金拉着，不即放手。走是不行了。地保力气大，有武功，能敌两个阿金。

"兄弟别着急！你得听完我的话再走不迟！我不怕人说我有私心，愿意鸦拉营的正派人阿金作地保的侄女婿。谣言从天上来，我也不怕。我不图财，不图名，劝你多想一天两天。为什么这样忙？我的话你不能听完，耳边风，左边来右边出去，将来哪里能同那女人相处长久？"

阿金带着告饶神情："我的哥，你放我，我听你说！"

地保笑了，他望阿金笑，自知以力服人非心服。笑阿金的为女人着迷，全无考虑，就只想把女人接进门，真像吃了什么迷魂汤。又笑自己做老朋友非把话说完不可。见到阿金样子像求情告饶，倒觉得好笑起来了。不拘是这时，是先前，地保对阿金原本完完全全是一番好意的，不存丝毫私心的。

除了口多，爱说点闲话，这地保是在鸦拉营被所有人称为正派的。就是口多，爱说这样的话，在许多人面前，也仍然不算坏人啊！爱说话，在他自己是无恶意的。一个地保，他若不爱说话，成天到各处去吃酒坐席，仿佛哑子，地保的身份，要在什么地方找寻呢？一个知县太爷的本分，照本地人说来，只是拿来坐轿子下乡，把个一百四十八斤结结实实的身体，给那三个轿夫压一身臭汗。一个地保不善于语言，可真不成其为地保！

这时地保见阿金重复又坐定后，他把拉阿金那一只右手，拿起桌上的刀来就割，割了就往口里送。（割的是狗肉！）他嚼着那肥狗肉，从口中发出咀嚼的声音，把眼睛略闭了一会又复睁开，话又说到了阿金的婚事。

…………

总而言之，是他要阿金多想一天。就只一天，老朋友的建议总不能不稍加考虑！因为不能说不赞成这事，这地保到后来方提出那么一个办法，凡事等"明天"再说。仿佛这一天有极大关系存在，一到明天就"革命"似的，使世界一切发生了变化，天下太平。这婚事阿金原是预备今晚上就定规的，抱兜里的钱票一束，就是预备下定钱作聘礼用的东西。这乡下人今年三十三岁，他手摸钞票、洋钱摸厌了，如今存心想换换花样，算不得是怎样不合理的欲望！但是经不住地保用他的老友资格一再劝告，且所说的只是一天的事，只想一天，想不想还是由自己，不让步真像对不起这好人。他到后只好答应下来了。

为了使地保相信——也似乎为了使地保相信才能脱身的缘故，阿金管事举起杯，喝了一杯白酒，当天赌了咒作担保，说是今天不上媒人家走动，绝对要回家考虑，绝对要想想利害。赌过咒，地保方面得了保障，到后更满意地微笑着，近于开释把阿金管事放走了。

阿金在乡场上，各处走动了一阵，今天场上苗族女人格外多。各处是年轻的风仪，年轻的声音，年轻的气味，因此阿金更不能忘情粑粑寨那年轻寡妇。粑粑寨这个年轻女人是妖是神，比酒还使人沉醉，要不承认是不行的。这管事，打量讨进门的女人，就正是乌婆族中身体顶壮、肌肤顶白的一个女人！

在别的许多大地方，一个人有了点积蓄时，照例可以做许多事情，钱总有个花处。阿金是苗人，生长在苗地，他不明白这些城里人事情。他只按照一个平常人的希望，要得到一种机会，将自己的精力，用在一个妇人身上去。精致的物品只合那有钱的人享用，这话凡是世界上用货币的地方都通行。这妇人的聘礼值五头黄牛，凡出得起这个价的人都有做丈夫资格，所以阿金管事就很有理由地想娶这个妇人了。

妇人是新寡，出名得美。大致因为美，引起了许多人的不平，许多无从与这个妇人亲近的汉子中就有了只有男子才会有的谣言，地保既是阿金的老友，自然就觉到一份责任了。

地保劝阿金，不是为自己有侄女看上了阿金，也不是自己看上了那妇人，这意思是得到了阿金管事谅解的。既然谅解了老友，阿金当真是不方便在今天上媒人家了。

知道了阿金不久将为那美妇人的新夫的大有其人。这些人，同样地今天来到了黄牛寨场上会集，见了阿金就问，什么时候可吃酒。这正直乡下人，在心上好笑，说是快了吧，在一个月以内吧，答着这样话时的阿金管事是非常快乐的。因为照规矩一面说吃酒，一面就有送礼物道贺意思。如今是十月，十月小阳春，山桃也开了花，正是各处吹唢呐接亲的好季节！

说起这妇人，阿金管事就仿佛捏到了妇人腿上的白肉，或贴着了妇人的脸，有说不出的兴奋。他的身虽在场坪里打转，他的心是在媒人那一边。人家那一边也正等待阿金一言为定。

虽然赌了小咒，说决定想一天再看，然而终归办不到，他到后又向做媒那家走去了。走到了街的一端狗肉摊前时，遇见了好心的地保，把手一摊，拦住了去路。

"阿金管事，这是你的事，我本来不必管。不过你答应了我想一天！"

原来地保等候在那里。阿金连话也不多听，就回头走了。

地保是候在那去媒人家的街口，预备拦阻阿金的。这关切真来得深厚。阿金知道这意思，只有赶快回头一个办法。

他回头时就绕了这场走，到卖牛羊处去，看别人做牛羊买卖。认得到阿金管事的，都来问他要不要牛羊。他只要人。

他预备是用值得五只黄牛的钱去换一个人。望到别人的牛羊全成了交易，心中难过，不知不觉又往媒人家路上走去。老远就听到那地保和他人说话的声音，知道还守在那里，像狗守门，所以第二次又回了头。

第三次是已走过了地保身边，却又被另一人拉着讲话，所以为地保见到，又不能进媒人家的。

　　第四次他还只起了心，就有另一个熟人来，说是地保还坐在那狗肉摊边不动，和人谈天。阿金真不好意思再过去冒险了。

　　地保的好心肠的的确确全为阿金打算的。他并不想从中叨光，也不想拆散鸳鸯。究竟为什么一定不让阿金抱兜的钱，送上媒人的门，是一件很不容易明白的事，但他是有道理的。

　　好管闲事的脾气，这地保平素有一点也不多，独独今天他却特别关心到阿金的婚事。为什么？因为妇人太美，相书上是克夫。

　　为了避开这麻烦，决计让地保到夜炊时回家，再上媒人家去下定钱，阿金管事无意中走到赌场里面去看看热闹。进了赌场以后，出来时，天是真已入夜了。这时无论如何地保应回家吃红炖猪脚去了，但阿金抱兜已空，所有钱财业已输光，好像已无须乎再上媒人家了。

　　过了几天，鸦拉营为人正直热情的地保，在路上遇到那为阿金做媒的人，问到阿金管事的婚事究竟如何。媒人说阿金管事出不起钱，妇人已归一个远方绸商带走了。亲眼见到阿金抱兜里一大束钞票的地保，以为好友阿金已相信了他的忠告，觉得美妇人是不能做妻，因此将做亲事的念头打消了，即刻就带了一大葫芦烧酒走到黄牛寨去看阿金管事，为老朋友的有决断致贺。

贵生

/// 沈从文

　　贵生在溪沟边磨他那把镰刀，锋口磨得亮堂堂的。手试一试刀锋后，又向水里随意砍了几下。秋天来溪水清个透亮，活活地流，许多小虾子脚攀着一根草，在浅水里游荡，有时又弓着个身子一弹，远远地弹去，好像很快乐。贵生看到这个也很快乐。天气极好，正是城市里风雅人所说"秋高气爽"的季节，贵生的镰刀如用得其法，也就可以过一个有鱼有肉的好冬天。秋天来，遍山土坎上芭茅草开着白花，在微风里轻轻地摇，都仿佛向人招手似的说："来，割我，有力气的大哥，趁天气好磨快了你的刀，快来割我，挑进城里去，八百钱一担，换半斤盐好，换一斤肉也好，随你的意！"贵生知道这些好处。并且知道了五担草就能够换个猪头，揉四两盐腌起来，十天半月后，那对猪耳朵，也够下酒两三次！一个月前打谷子时，各家田里放水，人人用鸡笼在田里罩肥鲤鱼，贵生却磨快了他的镰刀，点上火把，半夜里一个人在溪沟里砍了十来条大鲤鱼，全用盐揉了，挂在灶头用柴烟熏得干干的。现在磨刀，就准备割草，挑上城去换年货，正像俗话说的：两手一肩，快乐神仙。村子里住的人，因几年来城里东西样样贵，生活已大不如从前。可是一个单身汉子，年富力强，遇事肯动手，平时又不胡来乱为，过日子总还容易。

贵生住的地方离大城二十里，离张五老爷围子两三里。五老爷是当地财主员外，近边山坡田地大部分归五老爷管业，所以做田种地的人都和五老爷有点关系。五老爷要贵生做长工，贵生以为做长工不是住围子就得守山，行动受管束，不愿意。自己用镰刀砍竹子，剥树皮，搬石头，在一个小土坡下，去溪水不远处，借五老爷土地砌了一幢小房子，帮五老爷看守两个种桐子的山坡，作为借地住家的交换，住下来砍柴割草为生。春秋二季农事当忙时，有人要短工帮忙，他邻近五里无处不去帮忙（食量抵两个人，气力也抵两个人）。逢年过节，村子里头行人捐钱扎龙灯上城去比赛。他必在龙头前斗宝，把个红布绣球舞得一团火似的，受人喝彩。春秋二季答谢土地，村中人合伙唱戏，他扮王大娘补缸匠，卖柴耙的程咬金。他欢喜喝一杯酒，可不同人酗酒打架。他会下盘棋，可不像许多人那样变成棋迷。间或也说句笑话，可从不用口角伤人。为人稍微有点子憨劲，可不至于出傻相。虽是个干穷人，可穷得极硬朗自重。有时到围子里去，五老爷送他一件衣服，一条裤子，或半斤盐。白受人财物，他心中不安，必在另外一时带点东西去补偿。他常常进城去卖柴卖草，就把钱换点应用东西。城里住有个五十岁的老舅舅，给大户人家做厨子，不常往来，两人倒很要好。进城看望舅舅时，他照例带点礼物，不是一袋胡桃，一袋栗子，就是一只山上装套捕住的黄鼠狼，或是一只野鸡。到城里有时住在舅舅处，那舅舅晚上无事，必带他上河沿天后宫去看夜戏，消夜时还请他吃一碗牛肉面。

在乡下，远近几里村子上的人，都和他相熟，都欢喜他。他却乐意到离住处不远桥头一个小生意人铺子里去。那开杂货铺的老板是沅水中游浦市人，本来飘乡做生意，每月一次，挑货物各个村子里去和乡下人做买卖，吃的用的全卖。到后来看中了那个桥头，知道官路上往来人多，与其从城里打了货四乡跑，还不如在桥头安个家，一面做各乡生意，一面搭个亭子给过路人歇脚，就近做过路人买卖。因此就在桥头安了家。住处一定，把老婆和一个十三岁的小女孩也接来了。浦市人本来为人和气，加之几年来与附近各村子各大围子都有往来，如今来在桥头开铺子，生意发达是很自然的。那老婆照浦市人中年妇女打扮，头上长年裹一块长长的黑色绉绸首帕，把眉毛拔得细细的。一张口甜甜的，见男的必称大哥，女的称嫂子，待人特别殷勤。因此不到半年，桥头铺子不特成为乡下人买东西地方，并且也成为乡下人谈天歇憩地方了。夏天桥头有三株大青树，特别凉爽，无事躺到树下睡睡，风吹得一身舒坦。冬天铺子里土地上烧的是大树根和油枯饼，火光熊熊——真可谓无往不宜。

贵生和铺子里人大小都合得来，手脚又勤快，几年来，那杂货铺老板娘待他很好，他对那个女儿也很好。山上多的是野生瓜果，栗子、榛子不出奇，三月里他给她摘大莓，六月里送她地枇杷，八九月里还有出名当地、样子像干海参、瓤白如玉如雪的八月瓜，尤其逗那女孩子欢喜。女孩子名叫金凤。那老板娘一年前因为回浦市去吃喜酒，害蛇钻心病死掉了，随后杂货铺补充了个毛伙，全身无毛病，只因为性情活跳，取名叫作癞子。

贵生不知为什么总不大欢喜那癞子，两人谈话常常顶板，癞子却老是对他嘻嘻笑。贵生说："癞子，你若在城里，你是流氓；你若在书上，你是奸臣。"癞子还对他笑。贵生不欢喜癞子，那原因谁也不明白，杂货铺老板倒知道，因为贵生怕癞子招郎上门，从帮手改成驸马。

贵生其时正在溪水边想癞子会不会作卖油郎，围子里有人搭口信来，说五爷要贵生去看看南山坡的桐子熟了没有，看过后去围子里回话。

贵生听了信，即刻去山上看桐子。

贵生上了山，山上泥土松松的。树根蓬草间，到处有秋虫鸣叫。一下脚，大而黑的油蛐蛐，小头尖尾的金铃子各处乱蹦。几个山头看了一下，只见每株树枝都被饱满坚实的桐木油果压得弯弯的，好些已落了地，山脚草里到处都是。因为一个土塍上有一片长藤，上面结了许多颜色乌黑的东西，一群山喜鹊喳喳地叫着，知道八月瓜已成熟了，赶忙跑过去。山喜鹊见人来就飞散了。贵生把藤上八月瓜全摘下来，装了半斗笠，带回去打量捎给桥头金凤吃。

贵生看过桐子回到家里，晚半天天气还早，就往围子去禀告五爷。

到围子时，见院子里搁了一顶轿子，几个脚夫正闭着眼蹲在石碌碡上吸旱烟管。贵生一看知道城里来了人，转身往仓房去找鸭毛伯伯。鸭毛伯伯是五老爷围子里老长工，每天坐在仓房边打草鞋。仓房不见人，又转往厨房去，才见着鸭毛伯伯正在小桌边同几个城里来的年轻伙子坐席，用大提子从黑色瓮缸里舀取烧酒，煎干鱼下酒。见贵生来就邀他坐下，参加他们的吃喝。原来新到围子的是四爷，刚从河南任上回城，赶来看五爷，过儿天又得往河南去。几个人正谈到五爷和四爷在任上的种种有趣故事。

一个从城里来的小秃头，老军务神气，一面笑一面说：

"人说我们四老爷实缺骑兵旅长是他自己玩掉的。一个人爱玩，衣禄上有一笔账目，不玩见阎王销不了账，死后下一生还是玩。上年军队扎在汝南，一个月他玩了八个，把那地方尖子货全用过了，还说：'这是什么鬼地方，女人都是尿脬做成的，要不得。一身白得像灰面，松塌塌的，一点儿无意思，还装模作态，这样那样。'你猜猜他花多少钱？四十块一夜，除王八外快不算数。你说，年轻人出外胡闹不得，我问你，你我哥子们想胡闹，成不成？一个月七块六，伙食三块三除外还剩多少？不剃头，不缝衣，留下钱来一年还不够玩一次，我的伯伯，你就让我胡闹，我从哪里闹起！"

另一高个儿将爷说：

"五爷人倒好，这门路不像四爷乱花钱。玩也玩得有分寸，一百八十随手撒，总还定个数目。"

鸭毛伯伯说：

"牛肉炒韭菜，各人心里爱。我们五爷花姑娘弄不了他的钱，花骨头可迷住了他。往年同老太太在城里住，一夜输二万八，头家跟五爷上门来取话。老太太爱面子，怕五爷丢丑，以后见不得人，临时要我们从窖里挖银子，元宝一对一对刨出来，点数给头家。还清了债，笑着向五爷说：'上当学乖，下不为例。手气不好，莫下注给人当活元宝唷，说张家出报应！'"

"别人说老太太是怄气病死的。"

"可不是！花三万块钱挣了一个大面子，再有涵养也不能不心疼！明明白白五爷上了人的当，哑子吃黄连，怎不生气？一包气闷在心中，病了四十天，完了，死了。"

"可是五爷为人有孝心，老太太死时，他办丧事做了七七四十九天道场，花了一万六千块钱，谁不知道这件事！都说老太太心好命好，活时享受不尽，死后还带了万千元宝锞子，四十个丫头老妈子照管箱笼，服侍她老人家一路往西天，热闹得比段老太太出丧还人多，执事挽联一里路长。有个孝子尽孝，死而无憾。"

鸭毛伯伯说:

"五爷怕人笑话,所以做面子给人看。因为老太太生前爱面子,五爷又是过房的,一过来就接收偌大一笔产业。老太太如今归天了,五爷花钱再多也应该。花了钱,不特老太太有面子,五爷也有面子。人都以为五爷傻,他才真不傻! 若不是花骨头迷心,他有什么可愁的!

"不多久,在城里听说又输了五千。后来想冲一冲晦气,要在潇湘馆给那南花湘妃挂衣,六百块钱包办一切,还是四爷帮他同那老婊子办好交涉的。不知为什么,五爷自己临时又变卦,去美孚洋行打那三抬一的字牌,一夜又输八百。六百给那'花王'开苞他不干,倒花八百去熬一夜,坐一夜三顶拐轿子,完事时让人开玩笑说:'谢谢五爷送礼。'真气坏了四爷。

"花脚狗不是白面猫,这些人都各有各的脾气。银子到手哗啦哗啦花,你说莫花,这哪成! 这些人一事不做偏偏就有钱,钱财像命里带来的。命里注定它要来,门板挡不住;命里注定它要去,索子链子缚不住。王皮匠捡了锭银子,睡时搂在怀里睡,醒来银子变泥巴。你说怪不怪?你我是穷人,和什么都无缘,就只和酒有点缘分。我们喝完了这碗酒,再喝一碗吧。贵生,同我们喝一碗,都是哥子弟兄,不要拘拘泥泥。"

贵生不想喝酒,捧了一大包板栗子,到灶边去,把栗子放在热灰里煨栗子吃。且告给鸭毛伯伯,五爷要他上山看桐子,今年桐子特别好,过三天就是白露,要打桐子也是时候了。哪一天打,定下日子，他好去帮忙。看五爷还有不有话吩咐，无话吩咐，他回家了。

鸭毛伯伯去见五爷禀白："溪口的贵生已经看过了桐子，山向阳，今年霜降又早，桐子全熟了，要捡桐子差不多了。贵生看五爷还有什么话吩咐。"

五爷正同城里来的四爷谈卜术相术，说到城里中街一个杨半痴，如何用哲学眼光推人流年吉凶和命根贵贱，信口开河，连福音堂洋人也佩服得了不得。五爷说得眉飞色舞，听说贵生来了，就要鸭毛叫贵生进来有话说。

贵生进院子里时，担心把五爷地板弄脏，赶忙脱了草鞋，赤着脚去见五爷。

五爷说："贵生，你看过了我们南山桐子吗？今年桐子好得很，城里油行涨了价，挂牌二十二两三钱，上海汉口洋行都大进。报上说欧洲整顿海军，预备世界大战，买桐油大战舰，要的油多。洋毛子欢喜充面子，不管国家穷富，军备总不愿落人后。仗让他们打，我们中国可以大发洋财！"

鸭毛伯伯说："五爷，我们什么时候打桐子？"

五爷笑着："要发洋财得赶快，外国人既然等着我们中国桐油油船打仗，还不赶快一点？明天打后天打都好。我要自己去看看，就便和四爷打两只小毛兔玩。贵生，今年山上兔子多不多？趁天气好，明天去吧。"

贵生说："五爷，您老说明天就明天，我家里烧了茶水，等五爷、四爷累了歇个脚。没有事我就走了。"

五爷说："你回去吧。鸭毛，送他一斤盐、两斤片糖，让他回家。"

贵生谢了谢五爷，正转身想走出去，四爷忽插口说："贵生，你成了亲没有？"一句话把贵生问得不知如何回答，望着这退职军官私欲过度的瘦脸，把头摇着，只是好笑。他心中想起几句流行的话语："婆娘婆娘，磨人大王，磨到三年，嘴尖尾巴长。"

鸭毛接口说："我们劝他看一门亲事，他怕被人迷住了，不敢办这件事。"

四爷说："贵生，你怕什么？女人有什么可怕？你那样子也不是怕老婆的。我和你说，看中了什么人，尽管把她弄进屋里来。家里有个婆娘，对你有好处，你不明白？尽管试试看，不用怕。"

贵生因为记起刚才在厨房里几个人的谈话，所以轻轻地说："一个人有一个人的衣禄，勉强不来。"随即同鸭毛走了。

四爷向五爷笑着说："五爷，贵生相貌不错，你说是不是？"

五爷说："一个大憨子，讨老婆进屋，我恐怕他还不会和老婆做戏！"

贵生拿了糖和盐回家，绕了点路过桥头杂货铺去看看。到桥头才知道当家的已进城办货去了，只剩下金凤坐在酒坛边纳鞋底，见了贵生，很有情致地含着笑看了他一眼，表示欢迎。贵生有点不大自然，站在柜前摸出烟管打火镰吸烟，借此表示从容："当家的快回来了？"

金凤说："贵生，你也上城了吧，手里拿的是什么？"

"一斤盐，两斤糖，五老爷送我的。我到围子里去告他们打桐子。"

"你五老爷待人可好？"

"城里四老爷也来了，还说明天要来山上打兔子。"贵生想起四爷先前说的一番话，咭咭地笑将起来。

金凤不知什么好笑，问贵生："四爷是个什么样人物？"

"一个大军官，听说做过军长、司令官。一生就是欢喜玩，把官也玩掉了。"

"有钱的总是这样过日子，做官的和开铺子的都一样。我们浦市源昌老板，十个大木排从洪江放到桃源县，一个夜里这些木排就完了。"

贵生知道这是个老故事，所以说："都是女人。"

金凤脸绯红，向贵生瞅着，表示抗议："怎么，都是女人！你见过多少女人！女人也有好有坏，和你们男子一样，不可一概而论！"

"我不是说你！"

"你们男子才真坏！什么四老爷、五老爷，有钱就是大王，糟蹋人，不当数。……"

其时，正有三个过路人，过了桥头到铺子前草棚下，把担子从肩上卸下来，取火吸烟，看有什么东西可吃。买了一碗酒，三人共同用苞谷花下酒。贵生预备把话和金凤接下去，不知如何说好。三个人不即走路，他就到桥下去洗手洗脚。过一阵走上来时，见三人正预备动身，其中一个顶年轻的，打扮得像个玩家，很多情似的，向金凤瞟着个眼睛，只是笑。掏钱时故意露出衣下扣花抱肚上那条大银链子，并且自言自语说："银子千千万，难买一颗心。易求无价宝，难得有情郎。"话是有意说给金凤听的。三人走后，金凤低下头坐在酒坛上出神，一句话不说。贵生想把先前未完的话接续说下去，无从开口。

到后看天气很好，方说："金凤，你要栗子，这几天山上油板栗全爆了口。我前天装了个套机，早上去看，一只松鼠正弓起个身子，在那木板上嚼栗子吃，见我来了不慌不忙地一溜跑去，真好笑。你明天去捡栗子吧，地下多得是！"

金凤不搭理他，依然为刚才过路客人几句轻薄话生气。贵生不大明白，于是又说："你记不记得，有一年在我沙地上偷栗子，不是跑得快，我会打断你的手！"

金凤说："我记得我不跑。我不怕你！"

贵生说："你不怕我，我也不怕你！"

金凤笑着："现在你怕我……"

贵生好像懂得金凤话中的意思，向金凤眯眯笑，心里回答说："我一定不怕。"

毛伙割了一大担草回来了，一见贵生就叫唤："贵生，你不说上山割草吗？"

　　贵生不理会，却告给金凤，在山上找得一大堆八月瓜，她想要，明天自己到家去拿，因为明天打桐子，他得上山去帮忙，五爷、四爷又说要来赶兔子，恐怕没空闲。

　　贵生走后，毛伙说："金凤，这憨子，人大空心小，实在。"

　　金凤说："你莫乱说，他生气时会打扁你。"

　　毛伙说："这种人不会生气。我不是锡酒壶，打不扁。"

　　第二天，天一亮，贵生带了他的镰刀上山去。山脚雾气平铺，犹如展开一片白毯子，越拉越宽，也越拉越薄。远远地看到张家大围子嘉树成荫，几株老白果树向空挺立，更显得围子里正是家道兴旺。一切都像浮在云雾上头，缥缈而不固定。他想围子里的五爷、四爷，说不定还在睡觉做梦，梦里也是五魁八马、白板红中！

　　可是一会儿田塍上就有马项铃晃啷晃啷响，且闻人语嘈杂，原来五爷、四爷居然赶早都来了，贵生慌忙跑下坡去牵马。来的一共是十二个男女长工，四个跟随，还有几个围子里捡荒的小孩子。大家一到地，即刻就动起手来，从山顶上打起，有的爬树，有的在树下用竹竿巴巴地打，草里泥里到处滚着那种紫红果子。

　　四爷五爷看了一会儿，也各捞着一根竹竿子打了几下，一会会就厌烦了，要贵生引他们到家里去。家中灶头锅里的水已沸腾，鸭毛给四爷、五爷冲茶喝。四爷见屋角斗笠里那一堆八月瓜，拿起来只是笑。

"五爷，你瞧这像个什么东西？"

"四爷，你真是孤陋寡闻，八月瓜也不认识。"

"我怎么不认识？我说它简直像……"

贵生因为预备送八月瓜给金凤，耳听到四爷口中说了那么一句粗话，心里不自在，顺口说道：

"四爷、五爷欢喜，带回去吃吧。"

五爷取了一枚，放在热灰里煨了一会儿，捡出来剥去那层黑色硬壳，挖心吃了。四爷说那东西腻口甜不吃，却对于贵生家里一支钓鱼竿称赞不已。

四爷因此从钓鱼谈起，溪里、河里、江里、海里，以及北方芦田里钓鱼的方法如何不同，无不谈到。忽然一个年轻女人在篱笆边叫唤贵生，声音又清又脆。贵生赶忙跑出去，一会儿又进来，抱了那堆八月瓜走了。

四爷眼睛尖，从门边一眼瞥见了那女的白首帕，大而乌光的发辫，问鸭毛"女人是谁"。鸭毛说："是桥头上卖杂货浦市人的女儿。内老板去年热天回娘家吃喜酒，在席面上害蛇钻心病死掉了，就只剩下这个小毛头，今年满十六岁，名叫金凤。其实真名字倒应当是'观音'！卖杂货的早已看中了贵生，又愨又强一个好帮手，将来会承继他的家业。贵生倒还拿不定主意，等风向转。真是白等。"

四爷说："老五，你真是宣统皇帝，住在紫禁城里傻吃傻喝，围子外民间疾苦什么都不知道。山清水秀的地方一定地贵人贤，为什么不……"

　　鸭毛搭口说："算命的说女人八字重，克父母，压丈夫，所以人都不敢动她。贵生一定也怕克……"正说到这里，贵生回来了，脸庞红红的，想说一句话，可不知说什么好，只是搓手。

　　五爷说："贵生，你怕什么？"

　　贵生先不明白这句话意思所指，茫然答应说："我怕精怪。"

　　一句话引得大家笑将起来，贵生也不由得笑了。

　　几人带了两只瘦黄狗，去荒山上赶兔子，半天毫无所得。晌午时又回转贵生家过午。五爷问长工今年桐子收多少，知道比往年好，就告给鸭毛，分三担桐子给贵生酬劳，和四爷骑了马回围子去了。回去本不必从溪口过身，四爷却出主张，要五爷同他绕点路，到桥头去看看。在桥头杂货铺买了些吃食东西，和那生意人闲谈了好一阵。也好好地看了金凤几眼，才转回围子。

　　回到围子里，四爷又嘲笑五爷，以为"在围子里做皇帝，真正是不知民间疾苦"。话有所指，五爷明白意思。

　　五爷说："四爷你真是，说不得一个人还从狗嘴里抢肉吃！"

　　四爷在五爷肩头打了一掌说："老五，别说了。我若是你，我就不像你，把一块肥羊肉给狗吃。你不看见：眉毛长，眼睛光，一只画眉鸟，打雀儿！"

　　五爷只是笑，再不说话。一个人有一个人的分定：五爷欢喜玩牌，自己老以为输牌不输理，每次失败只是牌运差，并非功夫不高。五爷笑四爷见不得女人，城市里大鱼大肉吃厌了，注意野味。

这方面发生的事情贵生自然全不知道。

贵生只知道今年多得了三担桐子，捡荒还可得两三担。家里有几担桐子沤在床底下，一个冬天夜里够消磨了。

日月交替，屋前屋后狗尾巴草都白了头在风里摇。大路旁刺梨一球球黄得像金子，早退尽了涩味，由酸转甜。贵生上城卖了十多回草，且卖了几篮刺梨给官药铺。算算日子，已是小阳春的十月了。天气转暖了一点，溪边野桃树有开花的。杂货铺一到晚上，毛伙就地烧一个树根，火光熊熊，用意像在向邻近住户招手，欢迎到桥头来，大家向火谈天。在这时节畜生草料都上了垛，谷粮收了仓，红薯也落了窖，正好是大家休息休息的时候，所以日里晚上都有人在那里。天气好时晚上尤其热闹，因为间或还有告假回家的兵士，和猴子坪大桐岔贩朱砂的客人到杂货铺来述说省里新闻，天上地下摆龙门阵，说来无不令众人神往意移。

贵生到那里，照例坐在火旁不大说话，一面听他们说话，一面间或瞟金凤一眼。眼光和金凤眼光相接时，血行就似乎快了许多。他也帮杜老板做点小事，也帮金凤做点小事。落了雨，铺子里他是唯一客人时，就默默地坐在火旁吸旱烟，听杜老板在美孚灯下打算盘滚账，点数余存的货物。贵生心中的算盘珠也扒来扒去，且数点自己的家私。他知道城里的油价好，二十五斤油可换六斤棉花，两斤板盐。他今年有好几担桐子，真是一注小财富！

年底鱼呀肉呀全有了，就只差个人。有时候那老板把账结清后，无事可做，便从酒坛间找出一本红纸面的文明历书，来念那些附在历书下的"酬世大全""命相神数"。一排到金凤的八字，必说金凤八字怪，斤两重，不是"夫人"就是"犯人"，克了娘不算过关，后来事情多。金凤听来只是抿着嘴笑，完全不相信这些斯文胡说。

　　或者正说起这类事，那杂货铺老板会突然向客人发问："贵生，你想不想成家？你要讨老婆，我帮你忙。"

　　贵生瞅着面前向上的火焰说："老板，你说真话假话？谁肯嫁我！"

　　"你要就有人。"

　　"我不相信。"

　　"谁相信天狗咬月亮？你尽管不信，到时天狗还是把月亮咬了，不由人不信。我和你说，山上竹雀要母雀，还自己唱歌去找。你得留点心，学'归桂红，归桂红！''婆婆酒醉，婆婆酒醉归！'"

　　话把贵生引到路上来了，贵生心痒痒的，不知如何接口说下去，于是也学杜鹃叫了几声。

　　毛伙间或多插一句嘴，金凤必接口说："贵生，你莫听癞子的话，他乱说。他说会装套捉狸子，捉水獭，在屋后边装好套，反把我那只小花猫捉住了。"金凤说的虽是毛伙，事实却在用毛伙的话，岔开那杜掌柜提出的问题。

　　半夜后，贵生晃着个火把走回家去，一面走一面想：卖杂货的也在那里装套，捉女婿。不由得不咕咕笑将起来。一个存心装套，一个甘心上套，事情看来也就简单。困难不在人事在人心。贵生和一切乡下人差不多，心上多少也有那么一点儿迷信。女的脸儿红中带白，眉毛长，眼角向上飞，是个"克"相；不克别人得克自己，到十八岁才过关！金凤今年满十六岁。因这点迷信，他稍稍退后了一步，杂货商人装的套不灵，不成功了。可是一切风总不会老向南吹，终有个转向时。

有天落雨，贵生留在家里搓了几条草绳子，扒开床下沤的桐子看看，已发热变黑，就倒了半箩桐子剥，一面剥桐子，一面却想他的心事。不知哪一阵风吹换了方向，他忽然想起事情有点儿险。金凤长大了，心窍子开了，毛伙随时都可以变成金凤家的驸马。此外在官路上来往卖猪攀乡亲的浦市客人，上贵州省贩运黄牛收水银的辰州客人，都能言会说，又舍得花钱，在桥头过身，机会好，有个见花不采？闪不知把女人拐走了，那才真是一个"莫奈何"！人总是人，要有个靠背，事情办好，大的小的就都有了靠背了。他想得自然简单一点，粗俗一点，但结论却得到了，就是"热米打粑粑，一切得趁早"，再耽误不得。风向真是吹对了。

他预备第二天上城去同那舅舅商量商量。

贵生进城去找他的舅舅。恰好那大户人家正办席面请客，另外请得有大厨师掌锅，舅舅当了二把手，在砧板上切腰花。他见舅舅事忙，就留在厨房帮同理葱剥豆子。到了晚上，把席面撤下时，已经将近二更，吃了饭就睡了。第二天那家主人又要办什么公公婆婆粥，桂圆莲子、鱼呀肉呀煮了一大锅，又忙了一整天，还是不便谈他的事情。第三天舅舅可累病了。贵生到测字摊去测个字，为舅舅拈的是一个"爽"字，自己拈了一个"回"字。测字的杨半仙说："人逢喜事精神爽，若问病，有喜事病就会好。又说回字喜字一半，吉字一半，可是言字也是一半。口舌多，要办的事赶早办好，迟了恐不成。"他觉得这个杨半仙话蛮有道理。

回到舅舅病床边时，就说他想成亲了，溪口那个卖杂货的女儿身家正派，为人贤惠，可以做他的媳妇。她帮他喂猪割草好，他帮她推磨打豆腐也好。只要好意思开口，可拿定七八成。掌柜的答应了，有一点钱就可以趁年底圆亲。多一个人吃饭，也多一个人补衣捏脚，有坏处，有好处，特意来和舅舅商量商量。

那舅舅听说有这种好事，岂有不快乐道理。他连年积下了二十块钱，正拿不定主意，不知道把它预先买副棺木好，还是买几只小猪托人喂好。一听外甥有意接媳妇，且将和卖杂货的女儿成对，当然一下就决定了主意，把钱"投资"到这件事上来了。

"你接亲要钱用，不必邀会，我帮你一点钱。"厨子起身把存款全部从床脚下砖土里掏出来后，就放在贵生手里，"你要用，你拿去用。将来养了儿子，有一个算我的小孙子，逢年过节烧三百钱纸，就成了。"

贵生哧哧地说："舅舅，我不要那么些钱，开铺子的不会收我彩礼的！"

"怎么不要？他不要，你总得要。说不得一个穷光棍打虎吃风，没有吃时把裤带紧紧。你一个人草里泥里都过得去，两个人可不成！人都有个面子，讨老婆就得有本事养老婆，养孩子。不能靠桥头杜老板，让人说你吃裙带饭。钱拿去用，舅舅的就是你的！"

两人商量好了，贵生上街去办货物。买了两丈官青布、两丈白布、三斤粉条、一个猪头，又买了些香烛纸张，一共花了将近五块钱。东西办齐后，贵生高高兴兴带了东西回溪口。

出城时碰到两个围子里的长工，挑了箩筐进城，贵生问他们赶忙进城有什么要紧事。

一个长工说："五爷不知为什么心血来潮，派我们到城里'义胜和'去办货！好像接媳妇似的，开了好长一张单子，一来就是一大堆！"

贵生说："五爷也真是五爷，人好手松，做什么事都不想想。"

"真是的，好些事都不想想就做。"

"做好事就升天成佛，做坏事可教别人遭殃。"

长工见贵生办货不少，带笑说："贵生，你样子好像要还愿，莫非快要请我们吃喜酒了？"

另一个长工也说："贵生，你一定到城里发了洋财，买那么大一个猪头，会有十二斤吧？"

贵生知道两人是打趣他，半认真半说笑地回答道："不多不少，一个猪头三斤半，正预备焖好请哥们喝一杯！"

分手时一个长工又说："贵生，我看你脸上气色好，一定有喜事不说，瞒我们。这不成的！哥子兄弟在一起，不能瞒！"几句话把贵生说得心里轻轻松松的，只是笑嚷着："哪里，哪里，我才不会瞒人！"

贵生到晚上下了决心，去溪口桥头找杂货铺老板谈话。到那里才知道杜老板不在家，有事出门去了。问金凤父亲什么地方去了，什么时候回来，金凤却神气淡淡地说不知道。转问那毛伙，毛伙说老板到围子里去了，不知什么事情。贵生觉得情形有点怪，还以为也许两父女吵了嘴，老的斗气走了，所以金凤不大高兴。他依然坐在那条矮凳上，用脚去拨那地炕的热灰，取旱烟管吸烟。

毛伙忍不住忽然失口说："贵生，金凤快要坐花轿了！"

贵生以为是提到他的事情，眼瞅着金凤说："不是真事吧？"

金凤向毛伙盯了一眼："癫子，你胡言乱说，我缝你的嘴！"

毛伙萎了下来，向贵生憨笑着："当真缝了我的嘴，过几天要人吹唢呐可没人。"

贵生还以为金凤怕难为情，把话岔开说："金凤，我进城了，在我那舅舅处住了三天。"

金凤低着个头，神气索寞地说："城里可好玩！"

"我去城里有事情。我和我舅舅打商量，……"他不知怎么把话说下去好，于是转口向毛伙，"围子里五爷又办货要请客人，什么大事！"

"不只请客，……"

毛伙正想说下去，金凤却借故要毛伙去瞧瞧那鸭子栅门关好了没有。

坐下来，总像是冰锅冷灶似的。杜老板很久还不回来，金凤说话要理不理。贵生看风头不大对，话不接头。默默地吹了几筒烟，只好走了。

回到家里从屋后搬了一个树根，捞了一把草，堆地上烧起来，捡了半箩桐子，在火边用小剜刀剥桐子。剥到深夜，总好像有东西咬他的心，可说不清楚是什么。

第二天正想到桥头去找杂货商人谈话，一个从围子里来的人告他说，围子里有酒吃，五爷纳宠，是桥头浦市人的女儿。已看好了日子，今晚进门，要大家煞黑前去帮忙，抬轿子接人！听到这消息，贵生好像头上被一个人重重地打了一闷棍，呆了半天转不过气来。

那人走后，他还不大相信，一口气跑到桥头杂货铺去，只见杜老板正在柜台前低着头用红纸封赏号。

那杂货铺商人一眼见是贵生，笑眯眯地招呼他说："贵生，你到什么地方去了？好几天不见你，我们还以为你做薛仁贵当兵去了。"

贵生心想："我还要当土匪去！"

杂货铺商人又说："你进城好几天，看戏了吧？"

　　贵生站在外边大路上结结巴巴地说："大老板，大老板，我有句话和你说。听人说你家有喜事，是真的吧？"

　　杜老板举起那些小包封说："你看这个。"一面只是笑，事情不言而喻。

　　贵生听桥下有捶衣声，知道金凤在桥下洗衣，就走近桥栏杆边去，看见金凤头上孝已撤除，一条大而乌光辫子上簪了一朵小小红花，正低头捶衣。贵生说："金凤，你有大喜事，贺喜贺喜！"金凤头也不抬，停了捶衣，不声不响。贵生从神情上知道一切都是真的，自己的事情已完全吹了，完了。一切都完了。再说不出话。回到铺子里对那老板狠狠看了一眼，拔脚就走了。

　　晚半天，贵生依然到围子里去。

　　贵生到围子里时，见五老爷穿了件春绸薄棉袍子，外罩一件宝蓝缎子夹马褂，正在院子里督促工人扎喜轿，神气异常高兴。五爷一见贵生就说："贵生，你来了，很好。吃了没有？厨房里去喝酒吧。"又说："你生庚属什么？属龙晚上帮我抬轿子，过溪口桥头上去接新人。属虎属猫就不用去，到时避一避，不要冲犯！"

　　贵生呆呆怯怯地说："我属虎，八月十五寅时生，犯双虎。"说后依然如平常无话可说时那么笑着，手脚无放处。看五爷分派人做事，扎轿杆的不当行，就走过去帮了一手忙。到后五爷又问他喝了没有，他不作声。鸭毛伯伯已换了一件新毛蓝布短衣，跑出来看轿子，见到贵生，就拉着他向厨房走。

厨房里有五六个长工坐在火旁矮板凳上喝酒，一面喝一面说笑。因为都是派定过溪口接亲的人，其中有个吹唢呐的，脸喝得红嘟嘟的，信口胡说："杜老板平时为人慷慨大方，到那里时一定请我们吃城里带来的嘉湖细点，还有包封。"

另一个长工说："我还欠他二百钱，记在水牌上，真怕见他。"

鸭毛伯伯接口打趣他："欠的账那当然免了，你抬轿子小心点就成了。"

一个毛胡子长工说："你们抬轿子，看她哭多远，过了大坳还像猫儿那么哭，要她莫哭了，就和她说：'大姐，你再哭，我就抬你回去！'她一定不敢再哭。"

"她还是哭你怎么样？"

"我们当真抬她回去。"

"将来怎么办？"

"再把她抬进围子里，可是不许她哭，要她哈哈大笑！"

"她不笑？"

"她不笑？我敢赌个手指头，她会笑的。"所有人都哄然大笑起来。

吹唢呐的会说笑话，随即说了一个新娘子三天回门的粗糙笑话，装成女子的声音向母亲诉苦："娘，娘，我以为嫁过去只是服侍公婆，承宗接祖，你哪想到小伙子人小心子坏，夜里不许我撒尿！"大家更大笑不止。

贵生不作声，咬着下唇，把手指骨捏了又捏，看定那红脸长鼻子，心想打那家伙一拳。不过手伸出去时，却端了土碗，咕嘟嘟喝了大半碗烧酒。

几个长工打赌，有的以为金凤今天不会哭。有的又说会哭，还说看那一双水汪汪的眼睛，就是个会哭的相。正乱着，院中另外那几个扎轿子的也来到厨房，人一多话更乱了。

贵生见人多话多，独自走到仓库边小屋子里去。见有只草鞋还未完工，就坐下来搓草编草鞋。心里实在有点儿乱，不知道怎么好。身边还有十六块钱，紧紧地压在腰板上。他无头无绪想起一些事情。三斤粉条、两丈官青布、一个猪头，有什么用？五斛桐子送到姚家油坊去打油，外国人大船大炮到海里打大仗，要的是桐油。卖纸客人做眉弄眼，"易求无价宝，难得有情郎"，有情郎就来了。四老爷一个月玩八个辫子货，还说妇人身上白得像灰面，无一点意思。你们做官的，总是糟蹋人！

看看天已快夜了。

院子里人声嘈杂，吹唢呐的大约已经喝个六分醉，把唢呐从厨房吹起，一直吹到外边大院子里去。且听人喊燃火把放炮动身，两面铜锣铛铛地响着，好像在说："我们走，我们走，我们快走！"不一会儿，一队人马果然就出了围子向南走去了。去了许久还可听到一点接亲队伍在傍着小山坡边走去时，那唢呐呜咽声音。贵生过厨房去看看，只见几个佃户家临时找来帮忙的女人正在预备汤果，鸭毛伯伯见贵生就说："贵生，我还以为你也去了。帮我个忙，挑几担水吧。等会儿还要水用。"

　　贵生担起水桶一声不响走出去。院子里烧了几堆油柴，正屋里还点了蜡烛，挂了块红。住在围子里的佃户人家妇女小孩都站在院子里，等新人来看热闹。贵生挑水走捷径必从大门出进，却宁愿绕路，从后门走。到井边挑了七担水，看看水平了缸，才歇手过灶边去烘草鞋。

　　阴阳生排八字，女的属鼠，宜天断黑后进门。为免得和家中人冲犯，凡家中命分上属大猫小猫，到轿子进门时都得躲开。鸭毛伯伯本来应当去打发轿子接人的，既得回避，因此估计新人快要进围子时，就邀贵生往后面竹园子去看白菜萝卜，一面走一面谈话。

　　"贵生，一切真有个定数，勉强不来。看相的说邓通是饿死的相，皇帝不服气，送他一座铜山，让他自己造钱，到后还是饿死。城里王财主，原本挑担子卖饺饵营生，气运来了，住身在那个小土地庙里，落了半个月长雨，墙脚掏空了，墙倒塌了，两夫妇差点儿压死。待到两人从泥灰里爬出来一看，原来墙里有两坛银子，从此就起了家。……不是命是什么！桥头上那杂货铺小丫头，谁料到会做我们围子里的人？五爷是读书人，懂科学，平时什么都不相信，除了洋鬼子看病，照什么'挨挨试试'光，此外都不相信。上次进城一输又是两千，被四爷把心说活了。四爷说：五爷，你玩不得了，手气瘄，再玩还是输。找个'原汤货'来冲一冲运气看，保准好。城里那些毛母鸡，谁不知道用猪肠子灌鸡血，到时假充黄花女。横到长的眼睛只见钱，竖到长的眼睛只作伪，有什么用！

乡下有的是人，你想想看。五爷认真了，凑巧就看上了那杂货铺女儿，一说就成，不是命是什么！"

贵生一脚踹到一个烂笋瓜上头，滑了一下，轻轻地骂自己："鬼打岔，眼睛不认货！"

鸭毛伯伯以为话是骂杜老板女儿，就说："这倒是认货不认人！"

鸭毛伯伯接着又说："贵生，说真话，我看杂货铺杜老板和那丫头，先前对你倒很有心，旁观者清，当局者迷，你还不明白。其实只要你好意思亲口提一声，天大的事定了。天上野鸭子各处飞，捞到手的就是菜。二十八宿闹昆阳，阵势排好了，先下手为强，后下手遭殃。你不先下手，怪不得人！"

贵生说："鸭毛伯伯，你说的是笑话。"

鸭毛伯伯说："不是笑话！一切都是命，半点不由人。十天以前，我相信那小丫头还只打量你同她俩在桥头推磨打豆腐！你自己拿不定主意，这怪不得人！"说的当真不是笑话，不过说到这里，为了人事无常，鸭毛伯伯却不由得不笑起来了。

两人正向竹园坎上走去，上了坎，远远地已听到唢呐呜呜咽咽的声音，且听到爆竹声，就知道新人的轿子快来了。围子里也骤然显得热闹起来。火炬都点燃了，人声杂沓。一些应当避开的长工，都说说笑笑跑到后面竹园来，有的还毛猴一般爬到大南竹上去眺望，看人马进了围子没有。

唢呐越来越近，院子里人声杂乱起来了，大家知道花轿已进营盘大门，一些人先虽怕冲犯，这时也顾不得了，都赶过去看热闹。

三大炮放过后，唢呐吹"天地交泰"，拜天地祖宗，行见面礼，一会儿唢呐吹完了，火把陆续熄了，鸭毛伯伯知道人已进门，事已完毕，拉了贵生回厨房去，一面告那些拿火把的人小心火烛。厨房里许多人都在解包封，数红纸包封里的赏钱，争着倒热水到木盆里洗脚，一面说起先前一时过溪口接人，杜老板发亲时如何慌张的笑话。且说杜老板和癞子一定都醉倒了，免得想起女儿今晚上事情难受。鸭毛伯伯重新给年轻人倒酒，把桌面摆好，十几个年轻长工坐定时，才发现贵生早已溜了。

半夜里，五爷正在雕花板床上细麻布帐子里拥了新人做梦，忽然围子里所有的狗都狂叫起来。鸭毛伯伯起身一看，天角一片红，远处起了火。估计方向远近，当在溪口边上。一会儿有人急忙跑到围子里来报信，才知道桥头杂货铺烧了，同时贵生房子也走了水。一把火两处烧，十分蹊跷，详细情形一点不明白。

鸭毛伯伯匆匆忙忙跑去看火，先到桥头，火正壮旺，桥边大青树也着了火，人只能站在远处看。杜老板和癞子是在火里还是走开了，一时不能明白。于是又赶过贵生处去，到火场近边时，见有些人围着看火，谁也不见贵生。人是烧死了还是走开了，说不清楚。鸭毛伯伯用一根长竹子试向火里捣了一阵，鼻子尽嗅着，人在火里不在火里，还是弄不出所以然。他心中明白这件事。火究竟是怎么起的，一定有个原因。转围子时，半路上碰着五爷和新姨。五爷说："人烧坏了吗？"

　　鸭毛伯伯结结巴巴地说："这是命，五爷，这是命。"回头见金凤正哭着，心中却说："丫头，做小老婆不开心？回去一索子吊死了吧，哭什么！"

　　几人依然向起火处跑去。

　　　　　　　　　　　　一九三七年三月作，五月改作于北京

边城

/// 沈从文

一

由四川过湖南去，靠东有一条官路。这官路将近湘西边境到了一个地方名为"茶峒"的小山城时，有一小溪，溪边有座白色小塔，塔下住了一户单独的人家。这人家只一个老人，一个女孩子，一只黄狗。

小溪流下去，绕山岨流，约三里便汇入茶峒的大河。人若过溪越小山走去，则只一里路就到了茶峒城边。溪流如弓背，山路如弓弦，故远近有了小小差异。小溪宽约二十丈，河床为大片石头作成。静静的水即或深到一篙不能落底，却依然清澈透明，河中游鱼来去皆可以计数。小溪既为川、湘来往孔道，水常有涨落，限于财力不能搭桥，就安排了一只方头渡船。这渡船一次连人带马，约可以载二十位搭客过河，人数多时则反复来去。渡船头竖了一支小小竹竿，挂着一个可以活动的铁环，溪岸两端水槽牵了一段废缆，有人过渡时，把铁环挂在废缆上，船上人就引手攀缘那条缆索，慢慢地牵船过对岸去。船将拢岸了，管理这渡船的，一面口中嚷着"慢点慢点"，自己霍地跃上了岸，拉着铁环，于是人货牛马全上了岸，翻过小山不见了。渡头为公家所有，故过渡人不必出钱。有人心中不安，抓了一把钱掷到船板上时，管渡船的必为一一拾起，依然塞到那人手心里去，俨然吵嘴时的认真神气："我有了口粮，三斗米，七百钱，够了。谁要这个！"

但不成，凡事求个心安理得，出气力不受酬谁好意思，不管如何还是有人把钱的。管船人却情不过，也为了心安起见，便把这些钱托人到茶峒去买茶叶和草烟，将茶峒出产的上等草烟，一扎一扎挂在自己腰带边，过渡的谁需要这东西必慷慨奉赠。有时从神气上估计那远路人对于身边草烟引起了相当的注意时，便把一小束草烟扎到那人包袱上去，一面说："不吸这个吗，这好的，这妙的，味道蛮好，送人也合适！"茶叶则在六月里放进大缸里去，用开水泡好，给过路人解渴。

管理这渡船的，就是住在塔下的那个老人。活了七十年，从二十岁起便守在这小溪边，五十年来不知把船来去渡了若干人。年纪虽那么老了，骨头硬硬的，本来应当休息了，但天不许他休息，他仿佛便不能够同这一份生活离开。他从不思索自己的职务对于本人的意义，只是静静地很忠实地在那里活下去。代替了天，使他在日头升起时，感到生活的力量；当日头落下时，又不至于思量与日头同时死去的，是那个伴在他身旁的女孩子。他唯一的朋友为一只渡船与一只黄狗，唯一的亲人便只那个女孩子。

女孩子的母亲，老船夫的独生女，十五年前同一个茶峒屯防军人唱歌相熟后，很秘密地背着那忠厚爸爸发生了暧昧关系。有了小孩子后，结婚不成，这屯戍军士便想约了她一同向下游逃去。但从逃走的行为上看来，一个违背了军人的责任，一个却必得离开孤独的父亲。经过一番考虑后，军人见她无远走勇气自己也不便毁去做军人的名誉，就心想：一同去生既无法聚首，一同去死当无人可以阻拦，首先服了毒。女的却关心腹中的一块肉，不忍心，拿不出主张。事情业已为做渡船夫的父亲知道，父亲却不加上一个有分量的字眼儿，只作为并不听到过这事情一样，仍然把日子很平静地过下去。女儿一面怀了羞惭，一面却怀了怜悯，依旧守在父亲身边。待到腹中小孩生下后，却到溪边吃了许多冷水死去了。在一种近于奇迹中，这遗孤居然已长大成人，一转眼间便十三岁了。为了住处两山多竹篁，翠色逼人而来，老船夫随便为这可怜的孤雏，拾取了一个近身的名字，叫作翠翠。

翠翠在风日里长养着，把皮肤变得黑黑的，触目为青山绿水，一对眸子清明如水晶。自然既长养她且教育她，为人天真活泼，处处俨然如一只小兽物。人又那么乖，如山头黄麂一样，从不想到残忍事情，从不发愁，从不动气。平时在渡船上遇陌生人对她有所注意时，便把光光的眼睛瞅着那陌生人，做成随时皆可举步

逃入深山的神气，但明白了人无机心后，就又从从容容地在水边
玩耍了。

　　老船夫不论晴雨，必守在船头。有人过渡时，便略弯着腰，
两手援引了竹缆，把船横渡过小溪。有时疲倦了，躺在临溪大石
上睡着了，人在隔岸招手喊过渡，翠翠不让祖父起身，就跳下船去，
很敏捷地替祖父把路人渡过溪，一切皆溜刷在行，从不误事。有
时又和祖父黄狗一同在船上，过渡时与祖父一同动手牵缆索，船
将近岸边，祖父正向客人招呼"慢点，慢点"时，那只黄狗便口
衔绳子，最先一跃而上，且俨然懂得如何方为尽职似的，把船绳
紧衔着拖船拢岸。茶峒附近村子里人不仅认识弄渡船的祖孙二人，
也对这只狗充满好感。

　　风日清和的天气，无人过渡，镇日长闲，祖父同翠翠便坐在
门前大岩石上晒太阳。或把一段木头从高处向水中抛去，嗾使身
边黄狗自岩石高处跃下，把木头衔回来。或翠翠与黄狗皆张着耳
朵，听祖父说些城中多年以前的战争故事。或祖父同翠翠两人，
各把小竹做成的竖笛，逗在嘴边吹着迎亲送女的曲子。过渡人来
了，老船夫放下了竹管，独自跟到船边去，横溪渡人，在岩上的
一个，见船开动时，于是锐声喊着："爷爷，爷爷，你听我吹，
你唱！"

　　爷爷到溪中央便很快乐地唱起来，哑哑的声音同竹管声振荡
在寂静空气里，溪中仿佛也热闹了一些。（实则歌声的来复，反
而使一切更寂静一些了。）

有时过渡的是从川东过茶峒的小牛，是羊群，是新娘子的花轿，翠翠必争着做渡船夫，站在船头，懒懒地攀引缆索，让船缓缓地过去。牛羊花轿上岸后，翠翠必跟着走，站到小山头，目送这些东西走去很远了，方回转船上，把船牵靠近家的岸边。且独自低低地学小羊叫着，学母牛叫着，或采一把野花缚在头上，独自装扮新娘子。

茶峒山城只隔渡头一里路，买油买盐时，逢年过节祖父得喝一杯酒时，祖父不上城，黄狗就伴同翠翠入城里去备办节货。到了卖杂货的铺子里，有大把的粉条，大缸的白糖，有炮仗，有红蜡烛，莫不给翠翠很深的印象，回到祖父身边，总把这些东西说个半天。那里河边还有许多上行船，百十船夫忙着起卸百货。这种船只比起渡船来全大得多，有趣味得多，翠翠也不容易忘记。

二

茶峒地方凭水依山筑城，近山的一面，城墙如一条长蛇，缘山爬去。临水一面则在城外河边留出余地设码头，湾泊小小篷船。船下行时运桐油、青盐、染色的栀子。上行则运棉花、棉纱，以及布匹、杂货同海味。贯穿各个码头有一条河街，人家房子多一半着陆，一半在水，因为余地有限，那些房子莫不设有吊脚楼。河中涨了春水，到水逐渐进街后，河街上人家，便各用长长的梯子，一端搭在屋檐口，一端搭在城墙上，人人皆骂着嚷着，带了包袱、铺盖、米缸，从梯子上进城里去，等待水退时方又从城门口出城。某一年水若来得特别猛一些，沿河吊脚楼必有一处两处为大水冲去，大家皆在城上头呆望，受损失的也同样呆望着，对于所受的损失仿佛无话可说，与在自然安排下，眼见其他无可挽救的不幸来时相似。涨水时，在城上还可望着骤然展宽的河面，流水浩浩荡荡，随同山水从上流浮沉而来的有房子、牛、羊、大树。于是在水势较缓处，税关趸船前面，便常常有人驾了小舢板，一见河心浮沉而来的是一匹牲畜、一段小木或一只空船，船上有一个妇人或一个小孩哭喊的声音，便急急地把船桨去，在下游一些迎着了那个目的物，把它用长绳系定，再向岸边桨去。这些诚实勇敢的人，也爱利，也仗义，同一般当地人相似。不拘救人救物，却同样在一种愉快冒险行为中，做得十分敏捷勇敢，使人见及不能不为之喝彩。

那条河水便是历史上知名的酉水，新名字叫作白河。白河下游到辰州与沅水汇流后，便略显浑浊，有出山泉水的意思。若溯流而上，则三丈五丈的深潭皆清澈见底。深潭为白日所映照，河底小小白石子、有花纹的玛瑙石子，全看得明明白白。水中游鱼来去，全如浮在空气里。两岸多高山，山中多可以造纸的细竹，长年作深翠颜色，逼人眼目。近水人家多在桃杏花里，春天时只需注意，凡有桃花处必有人家，凡有人家处必可沽酒。夏天则晒晾在日光下耀目的紫花布衣裤，可以作为人家所在的旗帜。秋冬来时，人家房屋在悬崖上的，滨水的，无不朗然入目。黄泥的墙，乌黑的瓦，位置则永远那么妥帖，且与四围环境极其调和，使人迎面得到的印象，实在非常愉快。一个对于诗歌、图画稍有兴味的旅客，在这小河中，蜷伏于一只小船上，做三十天的旅行，必不至于感到厌烦。正因为处处有奇迹可以发现，自然的大胆处与精巧处，无一处不使人神往倾心。

白河的源流，从四川边境而来，从白河上行的小船，春水发时可以直达川属的秀山。但属于湖南境界的，茶峒算是最后一个水码头。这条河水的河面，在茶峒时虽宽约半里，当秋冬之际水落时，河床流水处还不到二十丈，其余只是一滩青石。小船到此后，既无从上行，故凡川东的进出口货物，得从这地方落水起岸。出口货物俱由脚夫用杉木扁担压在肩膊上挑抬而来，入口货物也莫不从这地方成束成担地用人力搬去。

这地方城中只驻扎一营由昔年绿营屯丁改编而成的戍兵，及五百家左右的住户。（这些住户中，除了一部分拥有了些山田同油坊，或放账囤油、囤米、囤棉纱的小资本家外，其余多数皆为当年屯戍来此有军籍的人家。）地方还有个厘金局，办事机关在城外河街下面小庙里，经常挂着一面长长的幡信。局长则住在城中。一营兵士驻扎老参将衙门，除了号兵每天上城吹号玩，使人知道这里还驻有军队以外，其余兵士皆仿佛并不存在。冬天的白日里，到城里去，便只见各处人家门前皆晾晒有衣服同青菜；红薯多带藤悬挂在屋檐下；用棕衣做成的口袋，装满了栗子、榛子和其他硬壳果，也多悬挂在檐口下。屋角隅各处有大小鸡叫着玩着。间或有什么男子，占据在自己屋前门限上锯木，或用斧头劈树，把劈好的柴堆到敞坪里去，一座一座如宝塔。又或可以见到几个中年妇人，穿了浆洗得极硬的蓝布衣裳，胸前挂有白布扣花围裙，弓着腰在日光下一面说话一面做事。一切总永远那么静寂，所有人民每个日子皆在这种单纯寂寞里过去。一份安静增加了人对于"人事"的思索力，增加了梦。在这小城中生存的，各人也一定皆各在分定一份日子里，怀了对于人事爱憎必然的期待。但这些人想些什么？谁知道。住在城中较高处，门前一站便可以眺望对河以及河中的景致，船来时，远远地就从对河滩上看着无数纤夫。那些纤夫也有从下游地方，带了细点心、洋糖之类，拢岸时却拿进城中来换钱的。船来时，小孩子的想象，应当在那些拉船人一方面。大人呢，孵一巢小鸡，养两只猪，托下行船夫打副金耳环，带两丈官青布，或一坛好酱油，一个双料的美孚灯罩回来，便占去了大部分做主妇的心了。

这小城里虽那么安静和平，但地方既为川东商业交易接头处，因此城外小小河街，情形却不同了一点。也有商人落脚的客店，坐镇不动的理发馆。此外饭店、杂货铺、油行、盐栈、花衣庄，莫不各有一种地位，装点了这条小河街。还有卖船上用的檀木活车、竹缆与罐锅铺子，介绍水手职业吃码头饭的人家。小饭店门前长案上，常有煎得焦黄的鲤鱼豆腐，身上装饰了红辣椒丝，卧在浅口钵头里，钵旁大竹筒中插着大把红筷子，不拘谁个愿意花点钱，这人就可以傍了门前长案坐下来，抽出一双筷子到手上，那边一个眉毛扯得极细、脸上擦了白粉的妇人就走过来问："大哥，副爷，要甜酒？要烧酒？"男子火焰高一点的，谐趣的，对内掌柜有点意思的，必装成生气似的说："吃甜酒？又不是小孩，还问人吃甜酒！"那么，酽冽的烧酒，从大瓮里用木滤子舀出，倒进土碗里，即刻就来到身边案桌上了。这烧酒自然是浓而且香的，能醉倒一个汉子的，所以照例也不会多吃。杂货铺卖美孚油及点美孚油的洋灯与香烛纸张、油行囤桐油、盐栈堆火井出的青盐。花衣庄则有白棉纱、大布、棉花以及包头的黑绉绸出卖。卖船上用物的，百物罗列，无所不备，且间或有重至百斤以外的铁锚，搁在门外路旁，等候主顾问价的。专以介绍水手为事业，吃水码头饭的，在河街的家中，终日大门必敞开着，常有穿青羽缎马褂的船主与毛手毛脚的水手进出，地方像茶馆却不卖茶，不是烟馆又可以抽烟。来到这里的，虽说所谈的是船上生意经，然而船只的上下，划船拉纤人大都有一定规矩，不必作数目上的讨论。他们来到这里大多数倒是在"联欢"。以"龙头管事"作中心，谈论点本地时事，两省商务上情形，以及下游的"新闻"。邀会的，集款时大多数皆在此地，扒骰子看点数多少轮做会首时，也常常在此举行。真真成为他们生意经的，有两件事：买卖船只，买卖媳妇。

大都市随了商务发达而产生的某种寄食者，因为商人的需要，水手的需要，这小小边城的河街，也居然有那么一群人，聚集在一些有吊脚楼的人家。这种妇人不是从附近乡下弄来，便是随同川军来湘流落后的妇人,穿了假洋绸的衣服,印花标布的裤子,把眉毛扯得成一条细线,大大的发髻上敷了香味极浓俗的油类,白日里无事,就坐在门口做鞋子,在鞋尖上用红绿丝线挑绣双凤,或为情人水手挑绣花抱兜,一面看过往行人,消磨长日。或靠在临河窗口上看水手起货,听水手爬桅子唱歌。到了晚间,却轮流地接待商人同水手,切切实实尽一个妓女应尽的义务。

　　由于边地的风俗淳朴,便是做妓女,也永远那么浑厚,遇不相熟的人,做生意时得先交钱,再关门撒野,人既相熟后,钱便在可有可无之间了。妓女多靠四川商人维持生活,但恩情所结,则多在水手方面。感情好的,别离时互相咬着嘴唇咬着颈脖发了誓,约好了“分手后各人皆不许胡闹”;四十天或五十天,在船上浮着的那一个,同留在岸上的这一个,便皆待着打发这一堆日子,尽把自己的心紧紧缚定远远的一个人。尤其是妇人,感情真挚,痴到无可形容,男子过了约定时间不回来,做梦时,就总常常梦船拢了岸,那一个人摇摇荡荡地从船跳板到了岸上,直向身边跑来。或日中有了疑心,则梦里必见男子在桅上向另一方面唱歌,却不理会自己。性格弱一点儿的,接着就在梦里投河、吞鸦片烟,性格强一点儿的便手执菜刀,直向那水手奔去。他们生活虽那么同一般社会疏远,但是眼泪与欢乐,在一种爱憎得失间,揉进了这些人生活里时,也便同另外一片土地另外一些年轻生命相似,全个身心为那点爱憎所浸透,见寒作热,忘了一切。若有多少不同处,不过是这些人更真切一点,也更近于糊涂一点罢了。

短期的包定，长期的嫁娶，一时间的关门，这些关于一个女人身体上的交易，由于民情的淳朴，身当其事地不觉得如何下流可耻，旁观者也就从不用读书人的观念，加以指摘与轻视。这些人既重义轻利，又能守信自约，即便是娼妓，也常常较之讲道德知羞耻的城市中人还更可信任。

掌水码头的名叫顺顺，一个前清时便在营伍中混过日子来的人物，辛亥革命时在著名的陆军四十九标做个什长。同样做什长的，有因革命成了伟人名人的，有杀头碎尸的，他却带少年喜事得来的脚疯痛，回到了家乡，把所积蓄的一点钱，买了一条六桨白木船，租给一个穷船主，代人装货在茶峒与辰州之间来往。气运好，半年之内船不坏事，于是他从所赚的钱上，又讨了一个略有产业的白脸黑发小寡妇。因此一来，数年后，在这条河上，他就有了大小四只船，一个铺子，两个儿子了。

但这个大方洒脱的人，事业虽十分顺手，却因欢喜交朋结友，慷慨而又能济人之急，便不能同贩油商人一样大大发作起来。自己既在粮子里混过日子，明白出门人的甘苦，理解失意人的心情，故凡因船只失事破产的船家，过路的退伍兵士，游学文墨人，凡到了这个地方闻名求助的，莫不尽力帮助。一面从水上赚来钱，一面就这样洒脱散去。这人虽然脚上有点小毛病，还能泅水；走路难得其平，为人却那么公正无私。水面上各事原本极其简单，一切皆为一个习惯所支配，谁个船碰了头，谁个船妨害了别一个人别一只船的利益，皆照例有习惯方法来解决。唯运用这种习惯规矩排调一切的，必需一个高年硕德的中心人物。某年秋天，那原来执事人死去了，顺顺做了这样一个代替者。那时他还只五十岁，为人既明事明理，正直和平，又不爱财，因此无人对他年龄怀疑。

到如今，他的儿子大的已十八岁，小的已十六岁。两个年轻人都结实如小公牛，能驾船，能泅水，能走长路。凡从小乡城里出身的年轻人所能够做的事，他们无一不做，做去无一不精。年纪较长的，性情如他们爸爸一样，豪放豁达，不拘常套小节。年幼的则气质近于那个白脸黑发的母亲，不爱说话，眼眉却秀拔出群，一望即知其为人聪明而又富于感情。

两兄弟既年已长大，必须在各种生活上来训练他们的人格，做父亲的就轮流派遣两个小孩子各处旅行。向下行船时，多随了自己的船只充当伙计，甘苦与人相共。荡桨时选最重的一把，背纤时拉头纤二纤，吃的是干鱼、辣子、臭酸菜，睡的是硬邦邦的舱板。向上行从旱路走去，则跟了川东客货，过秀山、龙潭、酉阳做生意，不论寒暑雨雪，必穿了草鞋按站赶路。且佩了短刀，遇不得已必须动手，便霍地把刀抽出，站到空阔处去，等候对面的一个，接着就同这个人用肉搏来解决。地方的风气，既为"对付仇敌必须用刀，联结朋友也必须用刀"，到需要刀时，他们也就从不让它失去那点机会。学贸易，学应酬，学习到一个新地方去生活，且学习用刀保护身体同名誉，教育的目的，似乎在使两个孩子学得做人的勇气与义气。一份教育的结果，弄得两个人皆结实如老虎，却又和气亲人，不骄惰，不浮华，不倚势凌人，故父子三人在茶峒边境上为人所提及时，人人对这个名姓无不加以一种尊敬。

做父亲的当两个儿子很小时，就明白大儿子一切与自己相似，能成家立业，却稍稍见得溺爱那第二个儿子。由于这点不自觉的私心，他把长子取名天保，次子取名傩送。意思是天保佑的在人事上或不免有龃龉处，至于傩神所送来的，照当地习气，人便不能稍加轻视了。傩送美丽得很，茶峒船家人拙于赞扬这种美丽，只知道为他取出一个诨名为"岳云"。虽无什么人亲眼看到过岳云，一般的印象，却从戏台上小生岳云，得来一个相近的神气。

三

两省接壤处，十余年来主持地方军事的，注重在安辑保守，处置还得法，并无变故发生。水陆商务既不至于受战争停顿，也不至于为土匪影响，一切莫不极有秩序，人民也莫不安分乐生。这些人，除了家中死了牛，翻了船，或发生别的死亡大变，为一种不幸所绊倒，觉得十分伤心外，中国其他地方正在如何不幸挣扎中的情形，似乎就永远不会为这边城人民所感到。

边城所在一年中最热闹的日子，是端午、中秋和过年。三个节日过去三五十年前如何兴奋了这地方人，直到现在，还毫无什么变化，仍能成为那地方居民最有意义的几个日子。

　　端午日，当地妇女小孩子，莫不穿了新衣，额角上用雄黄蘸酒画了个"王"字。任何人家到了这天必可以吃鱼吃肉。大约上午十一点钟，全茶峒人就吃了午饭，把饭吃过后，在城里住家的，莫不倒锁了门，全家出城到河边看划船。河街有熟人的，可到河街吊脚楼门口边看，不然就站在税关门口与各个码头上看。河中龙船以长潭某处作起点，税关前作终点，做比赛竞争。因为这一天军官税官以及当地有身份的人，莫不在税关前看热闹。划船的事各人在数天以前就早有了准备，分组分帮，各自选出了若干身体结实、手脚伶俐的小伙子，在潭中练习进退。船只的形式，和平常木船大不相同，形体一律又长又狭，两头高高翘起，船身绘着朱红颜色长线，平常时节多搁在河边干燥洞穴里，要用它时，才拖下水去。每只船可坐十二个到十八个桨手，一个带头的，一个鼓手，一个锣手。桨手每人持一支短桨，随了鼓声缓促为节拍，把船向前划去。坐在船头上，头上缠裹着红布包头，手上拿两支小令旗，左右挥动，指挥船只的进退。擂鼓打锣的，多坐在船只的中部，船一划动便即刻砰砰铛铛把锣鼓很单纯地敲打起来，为划桨水手调理下桨节拍。一船快慢既不得不靠鼓声，故每当两船竞赛到剧烈时，鼓声如雷鸣，加上两岸人呐喊助威，便使人想起小说故事上梁红玉老鹳河时水战擂鼓种种情形。凡把船划到前面一点的，必可在税关前领赏。一匹红，一块小银牌，不拘缠挂到船上某一个人头上去，都显出这一船合作努力的光荣。好事的军人，且当每次某一只船胜利时，必在水边放些表示胜利庆祝的五百响鞭炮。

赛船过后，城中的戍军长官，为了与民同乐，增加这节日的愉快起见，便派兵士把三十只绿头长颈大雄鸭，颈脖上缚了红布条子，放入河中，尽善于泅水的军民人等，下水追赶鸭子。不拘谁把鸭子捉到，谁就成为这鸭子的主人。于是长潭换了新的花样，水面各处是鸭子，同时各处有追赶鸭子的人。

船与船的竞赛，人与鸭子的竞赛，直到天晚方能完事。

掌水码头的龙头大哥顺顺，年轻时节便是一个泅水的高手，入水中去追逐鸭子，在任何情形下总不落空。但一到次子傩送年过十岁时，已能入水闭气氽着到鸭子身边，再忽然冒水而出，把鸭子捉到，这做爸爸的便解嘲似的说："好，这种事有你们来做，我不必再下水和你们争显本领了。"于是当真就不下水与人来竞争捉鸭子。但下水救人呢，当作别论。凡帮助人远离患难，便是入火，人到八十岁，也还是成为这个人一种不可逃避的责任！

天保、傩送两人皆是当地泅水划船好选手。

端午又快来了，初五划船，河街上初一开会，就决定了属于河街的那只船当天入水。天保恰好在那天应向上行，随了陆路商人过川东龙潭送节货，故参加的就只傩送。十六个结实如牛犊的小伙子，带了香烛鞭炮，同一个用生牛皮蒙好、绘有朱红太极图的高脚鼓，到了搁船的河上游山洞边，烧了香烛，把船拖入水后，各人上了船，燃着鞭炮，擂着鼓，这船便如一支没羽箭似的，很迅速地向下游长潭射去。

那时节还是上午，到了午后，对河渔人的龙船也下了水，两只龙船就开始预习种种竞赛的方法。水面上第一次听到了鼓声，许多人从这鼓声中，感到了节日临近的欢悦。住临河吊脚楼对远方人有所等待的，有所盼望的，也莫不因鼓声想到远人。在这个节日里，必然有许多船只可以赶回，也有许多船只只合在半路过节，这之间，便有些眼目所难见的人事哀乐，在这小山城河街间，让一些人嬉喜，也让一些人皱眉。

砰砰鼓声掠水越山到了渡船头那里时，最先注意到的是那只黄狗。那黄狗汪汪地吠着，受了惊似的绕屋乱走；有人过渡时，便随船渡过河东岸去，且跑到那小山头向城里一方面大吠。

翠翠正坐在门外大石上用棕叶编蚱蜢、蜈蚣玩，见黄狗先在太阳下睡着，忽然醒来便发疯似的乱跑，过了河又回来，就问它骂它：

"狗，狗，你做什么！不许这样子！"

可是一会儿那声音被她发现了，她于是也绕屋跑着，且同黄狗一块儿渡过了小溪，站在小山头听了许久，让那点迷人的鼓声，把自己带到一个过去的节日里去。

四

还是两年前的事。五月端阳，渡船头祖父找人做了代替，便带了黄狗同翠翠进城，过大河边去看划船。河边站满了人，四只朱色长船在潭中滑着，龙船水刚刚涨过，河中水皆泛着豆绿色，天气又那么明朗，鼓声砰砰响着，翠翠抿着嘴一句话不说，心中充满了不可言说的快乐。河边人太多了一点，各人皆尽张着眼睛望河中，不多久，黄狗还在身边，祖父却挤得不见了。

翠翠一面注意划船，一面心想"过不久爷爷总会找来的"。但过了许久，祖父还不来，翠翠便稍稍有点儿着慌了。先是两人同黄狗进城前一天，祖父就问翠翠："明天城里划船，倘若一个人去看，人多怕不怕？"翠翠就说："人多我不怕，但自己只是一个人可不好玩。"于是祖父想了半天，方想起一个住在城中的老熟人，赶夜里到城里去商量，请那老人来看一天渡船，自己却陪翠翠进城玩一天。且因为那人比渡船老人更孤单，身边无一个亲人，也无一只狗，因此便约好了那人早上过家中来吃饭，喝一杯雄黄酒。第二天那人来了，吃了饭，把职务委托那人以后，翠翠等便进了城。到路上时，祖父想起什么似的，又问翠翠："翠翠，翠翠，人那么多，好热闹，你一个人敢到河边看龙船吗？"翠翠说："怎么不敢？可是一个人有什么意思。"到了河边后，长潭里的四只红船，把翠翠的注意力完全占去了，身边祖父似乎也可有可无了。祖父心想："时间还早，到收场时，至少还得三个时刻。溪边的那个朋友，也应当来看看年轻人的热闹，回去一趟，换换地位还赶得及。"因此就问翠翠："人太多了，站在这里看，不要动，我到别处去有事情，无论如何总赶得回来伴你回家。"翠翠正为两只竞速并进的船迷着，祖父说的话毫不思索就答应了。

祖父知道黄狗在翠翠身边，也许比他自己在她身边还稳当，于是便回家看船去了。

祖父到了那渡船处时，见代替他的老朋文，正站在白塔下注意听远处鼓声。

祖父喊他，请他把船拉过来，两人渡过小溪仍然站到白塔下去。那人问老船夫为什么又跑回来，祖父就说想替他一会儿，故把翠翠留在河边，自己赶回来，好让他也过河边去看看热闹，且说："看得好，就不必再回来，只需见了翠翠问她一声，翠翠到时自会回家的。小丫头不敢回家，你就伴她走走！"但那替手对于看龙船已无什么兴味，却愿意同老船夫在这溪边大石上各自再喝两杯烧酒。老船夫十分高兴，把酒葫芦取出，推给城中来的那一个。两人一面谈些端午旧事，一面喝酒，不到一会，那人却在岩石上为烧酒醉倒了。

人既醉倒了，无从入城，祖父为了责任又不便与渡船离开，留在河边的翠翠，便不能不着急了。

河中划船的决了最后胜负后，城里军官已派人驾小船在潭中放了一群鸭子，祖父还不见来。翠翠恐怕祖父也正在什么地方等着她，因此带了黄狗各处人丛中挤着去找寻祖父，结果还是不得祖父的踪迹。后来看看天快要黑了，军人扛了长凳出城看热闹的，皆已陆续扛了那凳子回家。潭中的鸭子只剩下三五只，捉鸭人也渐渐地少了。落日向上游翠翠家中那一方落去，黄昏把河面装饰了一层薄雾。翠翠望到这个景致，忽然起了一个怕人的想头，她想："假若爷爷死了？"

她记起祖父嘱咐她不要离开原来地方那一句话，便又为自己解释这想头的错误，以为祖父不来必是进城去或到什么熟人处去，被人拉着喝酒，故一时不能来的。正因为这也是可能的事，她又不愿在天未断黑以前，同黄狗赶回家去，只好站在那石码头边等候祖父。

再过一会，对河那两只长船已泊到对河小溪里去不见了，看龙船的人也差不多全散了。吊脚楼有娼妓的人家，已上了灯，且有人敲小鼙鼓弹月琴唱曲子。另外一些人家，又有划拳行酒的吵嚷声音。同时停泊在吊脚楼下的一些船只，上面也有人在摆酒炒菜，把青菜萝卜之类，倒进滚热油锅里去时发出沙沙的声音。河面已朦朦胧胧，看去好像只有一只白鸭在潭中浮着，也只剩一个人追着这只鸭子。

翠翠还是不离开码头，总相信祖父会来找她，同她一起回家。

吊脚楼上唱曲子声音热闹了一些，只听到下面船上有人说话，一个水手说："金亭，你听你那铺子陪川东庄客喝酒唱曲子，我赌个手指，说这是她的声音！"另一个水手就说："她陪他们喝酒唱曲子，心里可想我。她知道我在船上！"先前那一个又说："身体让别人玩着，心还想着你，你有什么凭据？"另一个说："有凭据。"于是这水手吹着呼哨，做出一个古怪的记号，一会儿，楼上歌声便停止了。歌声停止后，两个水手皆笑了。两人接着便说了些关于那个女人的一切，使用了不少粗鄙字眼，翠翠很不习惯把这种话听下去，但又不能走开。且听水手之一说，楼上妇人的爸爸是在棉花坡被人杀死的，一共杀了十七刀。翠翠心中那个古怪的想头，"爷爷死了呢？"便仍然占据到心里有一会儿。

两个水手还正在谈话，潭中那只白鸭慢慢地向翠翠所在的码头边游来，翠翠想："再过来些，我就捉住你！"于是静静地等着，但那鸭子将近岸边三丈远近时，却有个人笑着，喊那船上水手。原来水中还有个人，那人已把鸭子捉到手，却慢慢地踹水游近岸边的。船上人听到水面的喊声，在隐约里也喊道："二老，二老，你真干，你今天得了五只吧。"那水上人说："这家伙狡猾得很，现在可归我了。""你这时捉鸭子，将来捉女人，一定有同样的本领。"水上那一个不再说什么，手脚并用地拍着水傍了码头。湿淋淋地爬上岸时，翠翠身旁的黄狗，仿佛警告水中人似的，汪汪地叫了几声，表示这里有人，那人方注意到翠翠。码头上已无别的人，那人问："是谁人？"

"我是翠翠！"

"翠翠又是谁？"

"是碧溪岨撑渡船的孙女。"

"你在这儿做什么？"

"我等我爷爷。我等他来。"

"等他来他可不会来，你爷爷一定到城里军营里喝了酒，醉倒后被人抬回去了！"

"他不会。他答应来找我，他就一定会来的。"

"这里等也不成。到我家里去，到那边点了灯的楼上去，等爷爷来找你好不好？"

翠翠误会了邀她进屋里去那个人的好意，正记着水手说的妇人丑事，她以为那男子就是要她上有女人唱歌的楼上去，本来从不骂人，这时正因等候祖父太久了，心中焦急得很，听人要她上去，以为欺侮了她，就轻轻地说：

"你个悖时砍脑壳的！"

话虽轻轻的，那男的却听得出，且从声音上听得出翠翠年纪，便带笑说："怎么，你骂人！你不愿意上去，要待在这儿，回头水里大鱼来咬了你，可不要叫喊救命！"

翠翠说："鱼咬了我，也不关你的事。"

那黄狗好像明白翠翠被人欺侮了，又汪汪地吠起来。那男子把手中白鸭举起，向黄狗吓了一下，便走上河街去了。黄狗为了自己被欺侮还想追过去，翠翠便喊："狗，狗，你叫人也看人叫！"翠翠意思仿佛只在告给狗"那轻薄男子还不值得叫"，但男子听去的却是另外一种好意，男的以为是她要狗莫向好人叫，放肆地笑着，不见了。

又过了一阵，有人从河街拿了一个废缆做成的火炬，喊叫着翠翠的名字来找寻她，到身边时翠翠却不认识那个人。那人说：老船夫回到家中，不能来接她，故搭了过渡人口信来告翠翠，要她即刻就回去。翠翠听说是祖父派来的，就同那人一起回家，让打火把的在前引路，黄狗时前时后，一同沿了城墙向渡口走去。翠翠一面走一面问那拿火把的人，是谁告他就知道她在河边。那人说是二老问他的，他是二老家里的伙计，送翠翠回家后还得回转河街。

　　翠翠说："二老他怎么知道我在河边？"

　　那人便笑着说："他从河里捉鸭子回来，在码头上见你，他说好意请你上家里坐坐，等候你爷爷，你还骂过他！你那只狗不识吕洞宾，只是叫！"

　　翠翠带了点儿惊讶轻轻地问："二老是谁？"

　　那人也带了点儿惊讶说："二老你都不知道？就是我们河街上的傩送二老！就是岳云！他要我送你回去！"

　　傩送二老在茶峒地方不是一个生疏的名字！

　　翠翠想起自己先前骂人那句话，心里又吃惊又害羞，再也不说什么，默默地随了那火把走去。

　　翻过了小山岨，望得见对溪家中火光时，那一方面也看见了翠翠方面的火把，老船夫即刻把船拉过来，一面拉船一面哑声儿喊问："翠翠，翠翠，是不是你？"翠翠不理会祖父，口中却轻轻地说："不是翠翠，不是翠翠，翠翠早被大河里鲤鱼吃去了。"翠翠上了船，二老派来的人，打着火把走了，祖父牵着船问："翠翠，你怎么不答应我，生我的气了吗？"

　　翠翠站在船头还是不作声。翠翠对祖父那一点儿埋怨，等到把船拉过了溪，一到了家中，看明白了醉倒的另一个老人后，就完事了。但另一件事，属于自己不关祖父的，却使翠翠沉默了一个夜晚。

五

两年日子过去了。

这两年来两个中秋节，恰好都无月亮可看，凡在这边城地方，因看月而起整夜男女唱歌的故事，统统不能如期举行，因此两个中秋留给翠翠的印象，极其平淡无奇。两个新年虽照例可以看到军营里与各乡来的狮子龙灯，在小教场迎春，锣鼓喧阗大热闹。到了十五夜晚，城中舞龙耍狮子的镇兵士，还各自赤裸着肩膊，往各处去欢迎炮仗烟火。城中军营里，税关局长公馆，河街上一些大字号，莫不预先截老毛竹筒，或镂空棕榈树根株，用洞硝拌和磺炭钢砂，一千槌八百槌把烟火做好。好勇取乐的军士，光赤着个上身，玩着灯打着鼓来了。小鞭炮如落雨的样子，从悬到长竿尖端的空中落到玩灯的光赤赤肩背上，锣鼓催动急促的拍子，大家情绪都为这事情十分兴奋。鞭炮放过一阵后，用长凳绑着的大筒灯火，在敞坪一端燃起了引线，先是咝咝的流泻白光，慢慢地这白光便吼啸起来，作出如雷如虎惊人的声音，白光向上空冲去，高至二十丈，下落时便洒散着满天花雨。人人把颈脖缩着，又怕又欢喜。玩灯的兵士，在火花中绕着圈子，俨然毫不在意的样子。翠翠同他的祖父，也看过这样的热闹，留下一个热闹的印象，但这印象不知为什么原因，总不如那个端午所经过的事情甜而美。

　　翠翠为了不能忘记那件事，上年一个端午又同祖父到城边河街去看了半天船，一切玩得正好时，忽然落了行雨，无人衣衫不被雨湿透。为了避雨，祖孙二人同那只黄狗，走到顺顺吊脚楼上去，挤在一个角隅里。有人扛凳子从身边过去，翠翠认得那人是去年打了火把送她回家的人，就告给祖父：

　　"爷爷，那个人去年送我回家，他拿了火把走路时，真像个喽啰！"

　　祖父当时不作声，等到那人回头又走过面前时，就一把抓住那个人，笑嘻嘻说：

　　"嘿嘿，你这个喽啰！要你到我家喝一杯也不成，还怕酒里有毒，把你这个真命天子毒死！"

　　那人一看是守渡船的，且看到了翠翠，就笑了："翠翠，你长大了！二老说你在河边大鱼会吃你，我们这里河中的鱼，现在可吞不下你了。"

　　翠翠一句话不说，只是抿起嘴唇笑着。

　　这一次虽在这喽啰长年口中听到个"二老"名字，却不曾见及这个人。从祖父与那长年谈话里，翠翠听明白了二老是在下游六百里外青浪滩过端午的。但这次不见二老却认识了大老，且见着了那个一地出名的顺顺。大老把河中的鸭子提回家里后，因为守渡船的老家伙称赞了那只肥鸭两次，顺顺就要大老把鸭子给翠翠。且知道祖孙二人所过的日子，十分拮据，节日里自己不能包粽子，又送了许多尖角粽子。

那水上名人同祖父谈话时，翠翠虽装作眺望河中景致，耳朵却把每一句话听得清清楚楚。那人向祖父说，翠翠长得很美，问过翠翠年纪，又问有不有了人家。祖父则很快乐地夸奖了翠翠不少，且似乎不许别人来关心翠翠的婚事，故一到这件事便闭口不谈。

回家时，祖父抱了那只白鸭子同别的东西，翠翠打火把引路。两人沿城墙走去，一面是城，一面是水。祖父说："顺顺真是个好人，大方得很。大老也很好。这一家人都好！"翠翠说："一家人都好，你认识他们一家人吗？"祖父不明白这句话的意思所在，因为今天太高兴一点，便不加检点笑着说："翠翠，假若大老要你做媳妇，请人来做媒，你答应不答应？"翠翠就说："爷爷，你疯了！再说我就生你的气！"

祖父话虽不说了，心中却很显然地还转着这些可笑的不好的念头。翠翠着了恼，把火炬向路两旁乱晃着，向前快快地走去了。

"翠翠，莫闹，我摔到河里去，鸭子会走脱的！"

"谁也不稀罕那只鸭子！"

祖父明白翠翠为什么事不高兴，祖父便唱起摇橹人驶船下滩时催橹的歌声，声音虽然哑沙沙的，字眼儿却稳稳当当毫不含糊。翠翠一面听着一面向前走去，忽然停住了发问：

"爷爷，你的船是不是正在下青浪滩呢？"

祖父不说什么，还是唱着，两人皆记顺顺家二老的船正在青浪滩过节，但谁也不明白另外一个人的记忆所止处。祖孙二人便沉默地一直走还家中。到了渡口，那另一个代理看船的，正把船泊在岸边等候他们。几人渡过溪到了家中，剥粽子吃。到后那人要进城去，翠翠赶即为那人点上火把，让他有火把照路。人过了小溪上小山时，翠翠同祖父在船上望着，翠翠说：

"爷爷，看喽啰上山了啊！"

祖父把手攀引着横缆，注目溪面的薄雾，仿佛看到了什么东西，轻轻地吁了一口气。祖父静静地拉船过对岸家边时，要翠翠先上岸去，自己却守在船边，因为过节，明白一定有乡下人上城里看龙船，还得乘黑赶回家去。

六

白日里，老船夫正在渡船上，同个卖皮纸的过渡人有所争持。一个不能接受所给的钱，一个却非把钱送给老人不可。正似乎因为那个过渡人送钱气派有些强横，使老船夫受了点压迫，这撑渡船人就俨然生气似的，迫着那人把钱收回，使这人不得不把钱捏在手里。但船拢岸时，那人跳上了码头，一手铜钱向船舱里一撒，却笑眯眯地匆匆忙忙走了。老船夫手还得拉着船让别人上岸，无法去追赶那个人，就喊小山头的孙女：

"翠翠，翠翠，帮我拉着那个卖皮纸的小伙子，不许他走！"

翠翠不知道是怎么回事，当真便同黄狗去拦那第一个下山人。

那人笑着说：

"不要拦我！……"

"不成，你不能走！"

正说着，第二个商人赶来了，就告给翠翠是什么事情。翠翠明白了，更拉着卖纸人衣服不放，只说："不许走！不许走！"黄狗为了表示同主人的意见一致，也便在翠翠身边汪汪汪地吠着。其余商人皆笑着，一时不能走路。祖父气吁吁地赶来了，把钱强迫塞到那人手心里，且搭了一大束草烟到那商人担子上去，搓着两手笑着说："走呀！你们上路走！"那些人于是全笑着走了。

翠翠说："爷爷，我还以为那人偷你东西同你打架！"

祖父就说：

"嗨，他送我好些钱。我才不要这些钱！告他不要钱，他还同我吵，不讲道理！"

翠翠说："全还给他了吗？"

祖父抿着嘴把头摇摇，装成狡猾得意神气笑着，把扎在腰带上留下的那枚单铜子取出，送给翠翠，且说："礼轻仁义重，我留下一个。他得了我们那把烟叶，可以吃到镇城！"

远处鼓声又砰砰地响起来了，黄狗张着两个耳朵听着。翠翠问祖父听不听到什么声音。祖父一注意，知道是什么声音了，便说：

"翠翠，端午又来了。你记不记得去年天保大老送你那只肥鸭子? 早上大老同一群人上川东去, 过渡时还问你。你一定忘记那次落的行雨。我们这次若去, 又得打火把回家。你记不记得我们两人用火把照路回家?"

翠翠还正想起两年前的端午一切事情哪。但祖父一问, 翠翠却微带点儿恼着的神气, 把头摇摇, 故意说: "我记不得, 我记不得。"其实她那意思就是: "你这个人! 我怎么记不得?"

祖父明白那话里意思, 又说: "前年还更有趣, 你一个人在河边等我, 差点儿不知道回来, 我还以为大鱼会吃掉你!"

提起旧事, 翠翠嗤地笑了。

"爷爷, 你还以为大鱼会吃掉我? 是别人家说我, 我告给你的! 你那天只是恨不得让城中的那个爷爷把装酒的葫芦吃掉! 你这种人, 你这种记性!"

"我人老了, 记性也坏透了。翠翠, 现在你人长大了, 一个人一定敢上城看船, 不怕鱼吃掉你了。"

"人大了就应当守船呢。"

"人老了才当守船。"

"人老了应当歇憩!"

"你爷爷还可以打老虎, 人不老!"祖父说着, 于是, 把手膀子弯曲起来, 努力使筋肉在拘束中显得又有力又年轻, 且说: "翠翠, 你不信, 你咬。"

翠翠睨着腰背微驼白发满头的祖父, 不说什么话。远处有吹唢呐的声音, 她知道那是什么事情, 且知道唢呐方向, 要祖父同她下了船，把船拉过家中那边岸旁去。为了想早早地看到那迎婚送亲的喜轿，翠翠还爬到屋后塔下去眺望。过不久，那一伙人来了，两个吹唢呐的，四个强壮乡下汉子，一顶空花轿，一个穿新衣的团总儿子模样的青年。另外还有两只羊，一个牵羊的孩子，一坛酒，一盒糍粑，一个担礼物的人。一伙人上了渡船后，翠翠同祖父也上了渡船，祖父拉船，翠翠却傍花轿站定，去欣赏每一个人的脸色与花轿上的流苏。拢岸后，团总儿子模样的人，从扣花抱肚里掏出了一个小红纸包封，递给老船夫。这是规矩，祖父再不能说不接收了。但得了钱祖父却说话了，问那个人，新娘是什么地方人，明白了，又问姓什么，明白了，又问多大年纪，一起弄明白了。吹唢呐的一上岸后，又把唢呐呜呜啦啦吹起来，一行人便翻山走了。祖父同翠翠留在船上，感情仿佛皆追着那唢呐声音走去，走了很远的路方回到自己身边来。

祖父掂着那红纸包封的分量说："翠翠，宋家堡子里新嫁娘还只十五岁。"

翠翠明白祖父这句话的意思所在，不作理会，静静地把船拉动起来。

到了家边，翠翠跑回家去取小小竹子做的双管唢呐，请祖父坐在船头吹《娘送女》曲子给她听，她却同黄狗躺到门前大岩石上阴处看天上的云。白日渐长，不知什么时节，守在船头的祖父睡着了，躺在岸上的翠翠同黄狗也睡着了。

七

　　到了端午，祖父同翠翠在三天前业已预先约好，祖父守船，翠翠同黄狗过顺顺吊脚楼去看热闹。翠翠先不答应，后来答应了。但过了一天，翠翠又翻悔回来，以为要看两人去看，要守船两人守船。祖父明白那个意思，是翠翠玩心与爱心相战争的结果。为了祖父的牵绊，应当玩的也无法去玩，这不成！祖父含笑说："翠翠，你这是为什么？说定了的又翻悔，同茶峒人平素品德不相称。我们应当说一是一，不许三心二意。我记性并不坏到这样子，把你答应了我的即刻忘掉！"祖父虽那么说，很显然的事，祖父对于翠翠的打算是同意的。但人太乖了，祖父有点愀然不乐了。见祖父不再说话，翠翠就说："我走了，谁陪你？"

　　祖父说："你走了，船陪我。"

　　翠翠把眉毛皱拢去苦笑着："船陪你，嘿，嘿，船陪你。爷爷，你真是，只有这只宝贝船！"

　　祖父心想："你总有一天会要走的。"但不敢提这件事。祖父一时无话可说，于是走过屋后塔下小圃里去看葱，翠翠跟了过去。

　　"爷爷，我决定不去，要去让船去，我替船陪你！"

　　"好，翠翠，你不去我去，我还得戴了朵红花，装刘姥姥进城去见世面！"

　　两人都为这句话笑了许久。所争持的事，不求结论了。

祖父理葱，翠翠却摘了一根大葱呜呜吹着。有人隔溪喊过渡，翠翠不让祖父占先，便忙着跑下溪边，跳上了渡船，援着横溪缆子拉船过溪去接人。一面拉船一面喊祖父：

"爷爷，你唱，你唱！"

祖父不唱，却只站在高岩上望翠翠，把手摇着，一句话不说。

祖父有点心事，心事重重的，翠翠长大了。

翠翠一天比一天大了，无意中提到什么时，会红脸了。时间在成长她，似乎正催促她，使她在另外一件事情上负点儿责。她欢喜看扑粉满脸的新嫁娘，欢喜述说到关于新嫁娘的故事，欢喜把野花戴到头上去，还欢喜听人唱歌。茶峒人的歌声，缠绵处她已领略得出。她有时仿佛孤独了一点，爱坐在岩石上去，向天空一片云一颗星凝眸。祖父若问："翠翠，你在想什么？"她便带着点儿害羞情绪，轻轻地说："在看水鸭子打架！"照当地习惯意思就是"翠翠不想什么"。但在心里却同时又自问："翠翠，你真在想什么？"同时自己也在心里答着："我想得很远，很多。可是我不知想些什么。"她的确在想，又的确连自己也不知在想些什么。这女孩子身体既发育得很完全，在本身上因年龄自然而来的一件"奇事"，到月就来，也使她多了些思索，多了些梦。

祖父明白这类事情对于一个女子的影响，祖父心情也变了些。祖父是一个在自然里活了七十年的人，但在人事上的自然现象，就有了些不能安排处。因为翠翠的长成，使祖父记起了些旧事，从掩埋在一大堆时间里的故事中，重新找回了些东西。这些东西压到心上很显然是有个分量的。

翠翠的母亲，某一时节原同翠翠一个样子。眉毛长，眼睛大，皮肤红红的，也乖得使人怜爱——也照例在一些小处，起眼动眉毛，机灵懂事，使家中长辈快乐。也仿佛永远不会同家中这一个分开。但一点不幸来了，她认识了那个兵。到末了丢开老的和小的，却陪那个兵死了。这些事从老船夫说来谁也无罪过，只应天去负责。翠翠的祖父口中不怨天，不尤人，心却不能完全同意这种不幸的安排。到底还像年轻人，说是放下了，也正是不能放下的莫可奈何容忍的一件事。摊派到本身的一份，说来实在不公平！

可是终究还有个翠翠。如今假若翠翠又同妈妈一样，老船夫的年龄，还能把再下一代小雏儿再育下去吗？人愿意神却不同意！人太老了，应当休息了，凡是一个良善的中国乡下人，一生中活下来所应得到的劳苦与不幸，业已全得到了。假若另外高处有一个上帝，这上帝且有一双手支配一切，很明显的事，十分公道的办法，是应把祖父先收回去，再来让那个年轻的在新的生活上得到应分接受那幸或不幸，才合道理。

可是祖父并不那么想。他为翠翠担心。他有时便躺到门外岩石上，对着星子想他的心事。他以为死是应当快到了的，正因为翠翠人已长大了，证明自己也真正老了。可是无论如何，得让翠翠有个着落。翠翠既是她那可怜母亲交把他的，翠翠大了，他也得把翠翠交给一个人，他的事才算完结！交给谁？必须什么样的人方不委屈她？

前几天顺顺家天保大老过溪时，同祖父谈话，这心直口快的青年人，第一句话就说：

"老伯伯，你翠翠长得真标致，像个观音样子。再过两年，若我有闲空能留在茶峒照料事情，不必像老鸦成天到处飞，我一定每夜到这溪边来为翠翠唱歌。"

祖父用微笑奖励这种自白，一面把船拉动，一面把那双小眼睛瞅着大老。意思好像说：好小子，你的傻话我全明白，我不生气。你尽管说下去，看你还有什么要说。

于是大老又说：

"翠翠太娇了，我担心她只宜于听点茶峒人的歌声，不能做茶峒女子做媳妇的一切正经事。我要个能听我唱歌的情人，却更不能缺少个照料家务的媳妇。我这人就是这么一个打算，'又要马儿不吃草，又要马儿走得好'，唉，这两句话恰是古人为我说的！"

祖父慢条斯理把船掉了头，让船尾傍岸，就说：

"大老，也有这种事儿！你瞧着吧。"究竟是什么事，祖父可并不明白说下去。

那青年走去后，祖父温习着那些出于一个年轻男子口中的，真话，实在又愁又喜。翠翠若应当交把一个人，这个人是不是适宜于照料翠翠？当真交把了他，翠翠是不是愿意？

八

初五大清早落了点毛毛雨，上游且涨了点"龙船水"，河水全变作豆绿色。祖父上城买办过节的东西，戴了个粽粑叶"斗篷"，携带了一个篮子，一个装酒的大葫芦，肩头上挂了个褡裢，内中放了一吊六百制钱，就走了。因为是节日，这一天从小村小寨带了铜钱担了货物，上城去办货掉货的极多，这些人起身也极早，故祖父走后，黄狗就伴同翠翠守船。翠翠头上戴了一个崭新的斗篷，把过渡人一趟一趟地送来送去。黄狗坐在船头，每当船拢岸时必先跳上岸边去衔绳头，引起每个过渡人的兴味。有些过渡乡下人也携了狗上城。照例如俗话说的，"狗离不得屋"，一离了自己的家，即或傍着主人，也变得非常老实了。到过渡时，翠翠的狗必走过去嗅嗅，从翠翠方面讨取了一个眼色，似乎明白翠翠的意思，就不敢有什么举动。直到上岸后，把拉绳子的事情做完，眼见到那只陌生的狗上小山去了，也必跟着追去。或者向狗主人轻轻吠着，或者逐着那陌生的狗，必得翠翠带点儿嗔恼地跺脚嚷着："狗，狗，你狂什么？还有事情做，你就跑呀！"于是这黄狗赶快跑回船上来，且依然满船闻嗅不已。翠翠说："这算什么轻狂举动！跟谁学得的！还不好好蹲到那边去！"狗俨然极其懂事，便即刻到它自己原来地方去，只间或又像想起什么似的，轻轻地吠几声。

雨落个不止，溪面一起烟。翠翠在船上无事可做时，便算着老船夫的行程。她知道他这一去应到什么地方碰到什么人，谈些什么话，这一天城门边应当是些什么情形，河街上应当是些什么情形，"心中一本册"，她完全如同眼见到的那么明明白白。她又知道祖父的脾气，一见城中相熟粮子上人物，不管是马夫伙夫，总会把过节时应有的颂祝说出。这边说："副爷，你过节吃饱喝饱！"那一个便也将说："划船的，你吃饱喝饱！"这边若说着如上的话，那边人说："有什么可以吃饱喝饱？四两肉，两碗酒，既不会饱也不会醉！"那么，祖父必很诚实邀请这熟人过碧溪岨喝个够量。倘若有人当时就想喝一口祖父葫芦中的酒，这老船夫也从不吝啬，必很快地就把葫芦递过去。酒喝过后，那兵营中人卷舌子舔着嘴唇，称赞酒好，于是又必被勒迫着喝第二口。酒在这种情形下少起来了，就又跑到原来铺上去，加满为止。翠翠且知道祖父还会到码头上去同刚拢岸一天两天的上水船水手谈谈话，问问下河的米价盐价，有时且弯着腰钻进那带有海带鱿鱼味，以及其他油味、醋味、柴烟味的船舱里去，水手们从小坛中抓出一把红枣，递给老船夫，过一阵，等到祖父回家被翠翠埋怨时，这红枣便成为祖父与翠翠和解的东西。祖父一到河街上，且一定有许多铺子上商人送他粽子与其他东西，作为对这个忠于职守的划船人一点敬意。祖父虽嚷着"我带了那么一大堆，回去会把老骨头压断"，可是不管如何，这些东西多少总得领点情。走到卖肉案桌边去，他想买肉，人家却不愿接钱，屠户若不接钱，他却宁可到另外一家去，绝不想占那点便宜。那屠户说："爷爷，你为人那么硬算什么？又不是要你去做犁口耕田！"但不行，他以为这是血钱，不比别的事情，你不收钱他会把钱预先算好，猛地把钱掷到大而长的钱筒里去，攫了肉就走去的。卖肉的明白他那种性情，到他称肉时总选取最好的一处，且把分量故意加多，他见及时却将说："喂喂，大老板，凡事公平，我不要你那些好处！腿上的肉是城里斯文人炒鱿鱼肉丝用的肉，莫同我开玩笑！我要夹项刀头肉，我要浓的，糯的，我是个划船人，我要拿去炖胡萝卜喝酒的！"得了肉，把钱交过手时，自己先数一次，又嘱咐屠户再数，屠户却照例不理会他，把一手钱哗地向长竹筒口丢去，他于是简直是妩媚地微笑着走了。屠户与其他买肉人，见到他这种神气，必笑个不止……

　　翠翠还知道祖父必到河街上顺顺家里去。

　　翠翠温习着两次过节两个日子所见所闻的一切，心中很快乐，好像目前有一个东西，同早间在床上闭了眼睛所看到那种捉摸不定的黄葵花一样，这东西仿佛很明朗地在眼前，却看不准，抓不住，想放又放不下。

　　翠翠想："白鸡关真出老虎吗？"她不知道为什么忽然想起白鸡关。白鸡关是酉水中部一个地名，离茶峒两百多里路！

　　于是又想："三十二个人摇六匹橹，一面跺脚一面唱歌，上水走风时张起个大篷，一百幅白布铺成的一片东西，坐在这样大船上过洞庭湖，多可笑……"她不明白洞庭湖有多大，也就从没见过这种大船；更可笑的，还是她自己也不知道为什么却想到这个问题!

　　一群过渡人来了，有担子，有送公事跑差模样的人物，另外还有母女二人。母亲穿了新浆洗得硬朗的蓝布衣服，女孩子脸上涂着两饼红色，穿了不甚称身的新衣，上城到亲戚家中去拜节看龙船的。等待众人上船稳定后，翠翠一面望着那小女孩，一面把船拉过溪去。那小孩从翠翠估来年纪也将十三四岁了，神气却很娇，似乎从不曾离开过母亲。脚下穿的是一双尖尖头新油过的皮钉鞋，上面沾污了些黄泥。裤子是那种泛紫的葱绿布做的，滚了一道花边。见翠翠尽是望她，她也便看着翠翠，眼睛光光的如同两粒水晶球，神气中有点害羞，有点不自在，同时也有点不可言说的爱娇。那母亲模样的妇人便问翠翠年纪有几岁。翠翠笑着，不高兴答应，却反问小女孩今年几岁。听那母亲说十三岁时，翠翠忍不住笑了。那母女显然是财主人家的妻女，从神气上就可看出的。翠翠注视那女孩，发现了女孩子手上还戴得有一副麻花绞的银手镯，闪着白白的亮光，心中有点儿歆羡。船傍岸后，人陆续上了岸，妇人从身上摸出一铜子，塞到翠翠手中，就走了。翠翠当时竟忘了祖父的规矩，也不说道谢，也不把钱退还，只望着这一行人中那个女孩子身后发痴。一行人正将翻过小山时，翠翠忽又忙匆匆地追上去，在山头上把钱还给那妇人。那妇人说："这是送你的！"翠翠不说什么，只微笑把头尽摇，表示不能接受，且不等妇人来得及说第二句话，就很快地向自己渡船边跑去了。

　　到了渡船上，溪那边又有人喊过渡，翠翠把船又拉回去。第二次过渡是七个人，又有两个女孩子，也同样因为看龙船特意换了干净衣服，相貌却并不如何美观，因此使翠翠更不能忘记先前那一个。

　　今天过渡的人特别多，其中女孩子比平时更多，翠翠既在船上拉缆子摆渡，故见到什么好看的，极古怪的，人乖的，眼睛眶子红红的，莫不在记忆中留下个印象。无人过渡时，等着祖父，祖父又不来，便尽只反复温习这些女孩子的神气，且轻轻地无所谓地唱着：

> 白鸡关出老虎咬人，
> 不咬别人，
> 团总的小姐派第一。
> ……
> 大姐戴副金簪子，
> 二姐戴副银钏子，
> 只有我三妹没得什么戴，
> 耳朵上长年戴条豆芽菜。

　　城中有人下乡的，在河街上一个酒店前面，曾见及那个撑渡船的老头子，把葫芦嘴推让给一个年轻水手，请水手喝他新买的白烧酒，翠翠问及时，那城中人就告给她所见到的事情。翠翠笑

祖父的慷慨不是时候，不是地方。过渡人走了，翠翠就在船上又
轻轻地哼着巫师十二月里为人还愿迎神的歌玩——

你大仙，你大神，睁眼看看我们这里人！
他们既诚实，又年轻，又身无疾病。
他们大人会喝酒，会做事，会睡觉；
他们孩子能长大，能耐饥，能耐冷；
他们牯牛肯耕田，山羊肯生仔，鸡鸭肯孵卵；
他们女人会养儿子，会唱歌，会找她心中欢喜的情人！

你大神，你大仙，排驾前来站两边。
关夫子身跨赤兔马，
尉迟公手拿大铁鞭！

你大仙，你大神，云端下降慢慢行！
张果老驴得坐稳，
铁拐李脚下要小心！

福禄绵绵是神恩，
和风和雨神好心，
好酒好饭当前阵，
肥猪肥羊火上烹！

洪秀全，李鸿章，

你们在生是霸王，

杀人放火尽节全忠各有道，

今来坐席又何妨！

慢慢吃，慢慢喝，

月白风清好过河。

醉时携手同归去，

我当为你再唱歌！

那首歌声音既极柔和，快乐中又微带忧郁。唱完了这个歌，翠翠觉得心上有一丝儿凄凉。她想起秋末酬神还愿时田坪中的火燎同鼓角。

远处鼓声已起来了，她知道绘有朱红长线的龙船这时节已下河了，细雨还依然落个不止，溪面一片烟。

九

祖父回家时，大约已将近平常吃早饭时节了，肩上手上全是东西，一上小山头便喊翠翠，要翠翠拉船过小溪来迎接他。翠翠眼看到多少人皆进了城，正在船上急得莫可奈何，听到祖父的声音，精神旺了，锐声答着："爷爷，爷爷，我来了！"老船夫从码头边上了渡船后，把肩上手上的东西搁到船头上，一面帮着翠翠拉船，一面向翠翠笑着，如同一个小孩子，神气充满了谦虚与羞怯。"翠翠，你急坏了，是不是？"翠翠本应埋怨祖父的，但她却回答说："爷爷，我知道你在河街上劝人喝酒，好玩得很。"翠翠还知道祖父极高兴到河街上去玩，但如此说来，将更使祖父害羞乱嚷了，因此话到口边却不提出。

翠翠把搁在船头的东西一一估记在眼里，不见了酒葫芦。翠翠哧地笑了。

"爷爷，你倒慷慨大方，请副爷和船上人吃酒，连葫芦也吃到肚里去了！"

祖父笑着忙做说明：

"哪里，哪里，我那葫芦被顺顺大伯扣下了，他见我在河街上请人喝酒，就说：'喂，喂，摆渡的张横，这不成的。你不开槽坊，如何这样子！把你那个放下来，请我全喝了吧。'他当真那么说：'请我全喝了吧。'我把葫芦放下了。但我猜想他是同我闹着玩的。他家里还少烧酒吗？翠翠，你说，是不是？……"

"爷爷，你以为人家真想喝你的酒，便是同你开玩笑吗？"

"那是怎么的？"

"你放心，人家一定因为你请客不是地方，所以扣下你的葫芦，不让你请人把酒喝完。等等就会派毛伙为你送来的，你还不明白，真是！——"

"唉，当真会是这样的！"

说着船已拢了岸，翠翠抢先帮祖父搬东西回家，但结果却只拿了那尾鱼，那个花褡裢；褡裢中钱已用光了，却有一包白糖，一包小芝麻饼子。

两人刚把新买的东西搬运到家中，对溪就有人喊过渡，祖父要翠翠看着肉菜免得被野猫拖去，争着下溪去做事。一会儿，便同那个过渡人嚷着到家中来了。原来这人便是送酒葫芦的。只听到祖父说："翠翠，你猜对了。人家当真把酒葫芦送来了！"

翠翠来不及向灶边走去，祖父同一个年纪轻轻的脸黑肩宽的人物，便进到屋里了。

翠翠同客人皆笑着，让祖父把话说下去。客人又望着翠翠笑，翠翠仿佛明白为什么被人望着，有点不好意思起来，走到灶边烧火去了。溪边又有人喊过渡，翠翠赶忙跑出门外船上去，把人渡过了溪。恰好又有人过溪。天虽落小雨，过渡人却分外多，一连三次。翠翠在船上一面做事，一面想起祖父的趣处。不知怎么地，从城里被人打发来送酒葫芦的，她觉得好像是个熟人。可是眼睛里像是熟人，却不明白在什么地方见过面。但也正像是不肯把这人想到某方面去，方猜不着这来人的身份。

祖父在岩坎上边喊："翠翠，翠翠，你上来歇歇，陪陪客！"本来无人过渡便想上岸去烧火，但经祖父一喊，反而有意装听不到，不上岸了。

来客问祖父"进不进城看船"，老渡船夫就说："今天来往人多，应当看守渡船。"两人又谈了些别的话。到后来客方言归正传：

"伯伯，你翠翠像个大人了，长得很好看！"

撑渡船的笑了。"口气同哥哥一样，倒爽快呢。"这样想着，却那么说："二老，这地方配受人称赞的只有你，人家都说你好看！'八面山的豹子，地地溪的锦鸡'，全是特为颂扬你这个人好处的警句！"

"但是，这很不公平。"

"很公平的！我听船上人说，你上次押船，船到三门下面白鸡关滩出了事，从急浪中你援救过三个人。你们在滩上过夜，被村子里女人见着了，人家在你棚子边唱歌一整夜，是不是真有其事？"

"不是女人唱歌一夜，是狼嗥。那地方著名多狼，只想得机会吃我们！我们烧了一大堆火，吓住了它们，才不被吃掉！"

老船夫笑了："那更妙！人家说的话还是很对的。狼是只吃姑娘，吃小孩，吃十八岁标致青年。像我这种老骨头，它不要吃的，只嗅一嗅就会走开的！"

那二老说："伯伯，你到这里见过两万个日头，别人家全说我们这个地方风水好，出大人，不知为什么原因，如今还不出大人？"

"你是不是说风水好应出有大名头的人？我以为，这种人不生在我们这个小地方也不碍事。我们有聪明、正直、勇敢、耐劳的年轻人，就够了。像你们父子兄弟，为本地也增光彩已经很多很多！"

"伯伯，你说得好，我也是那么想。地方不出坏人出好人，如伯伯那么样子，人虽老了，还硬朗得同棵楠木树一样，稳稳当当地活到这块地面，又正经，又大方，难得的咧。"

"我是老骨头了，还说什么。日头，雨水，走长路，挑分量沉重的担子，大吃大喝，挨饿受寒，自己分上的都拿过了，不久就会躺到这冰凉土地上喂蛆吃的。这世界有的是你们小伙子分上的一切，好好地干，日头不辜负你们，你们也莫辜负日头！"

"伯伯，看你那么勤快，我们年轻人不敢辜负日头！"

说了一阵，二老想走了，老船夫便站到门口去喊叫翠翠，要她到屋里来烧水煮饭，调换他自己看船。翠翠不肯上岸，客人却已下船了。翠翠把船拉动时，祖父故意装作埋怨神气说：

"翠翠，你不上来，难道要我在家里做媳妇煮饭吗？这个我可做不来！"

翠翠斜睨了客人一眼，见客人正盯着她，便把脸背过去，抿着嘴儿，很自负地拉着那条横缆，船慢慢拉过对岸了。客人站在船头同翠翠说话：

"翠翠，吃了饭，和你爷爷到我家吊脚楼上去看划船吧？"

翠翠不好意思不说话，便说："爷爷说不去，去了无人守这个船！"

"你呢？"

"爷爷不去我也不去。"

"你也守船吗？"

"我陪我爷爷。"

"我要一个人来替你们守渡船，好不好？"

砰的一下船头已撞到岸边土坎上了，船拢岸了。二老向岸上一跃，站在斜坡上说：

"翠翠，难为你！……我回去就要人来替你们，你们快吃饭，一同到我家里去看船，今天人多咧，热闹咧！"

翠翠不明白这陌生人的好意，不懂得为什么一定要到他家中去看船，抿着小嘴笑笑，就把船拉回去了。到了家中一边溪岸后，只见那个人还正在对溪小山上，好像等待什么，不即走开。翠翠回转家中，到灶口边去烧火，一面把带点湿气的草塞进灶里去，一面向正在把客人带回的那一葫芦酒试着的祖父询问：

"爷爷，那人说回去就要人来替你，要我们两人去看船，你去不去？"

"你高兴去吗？"

"两人同去我高兴。那个人很好，我像认得他，他是姓什么？"

祖父心想："这倒对了，人家也觉得你好！"祖父笑着说："翠翠，你不记得你前年在大河边时，有个人说大鱼咬你吗？"

翠翠明白了，却仍然装不明白问："他是谁？"

"你想想看，猜猜看。"

"一本百家姓好多人，我猜不着他是张三李四。"

"顺顺船总家的二老，他认识你你不认识他啊！"他呷了一口酒，像赞美这个酒，又像赞美另一个人，低低地说："好的，妙的，这是难得的。"

过渡的人在门外坎下叫唤着，老祖父口中还是"好的，妙的"，匆匆下船做事去了。

十

吃饭时，隔溪有人喊过渡，翠翠抢着下船，到了那边，方知道原来过渡的人，便是船总顺顺家派来作替手的水手。这人一见翠翠就说道："二老要你们一吃了饭就去，他已下河了。"见了祖父又说："二老要你们吃了饭就去，他已下河了。"

张耳听听，便可听出远处鼓声已较繁密，从鼓声里使人想到那些极狭的船，在长潭中笔直前进时，水面上画着如何美丽的长长的线路，真是有意思的一个节日！

新来的人茶也不吃，便在船头站稳了。翠翠同祖父吃饭时，邀他喝一杯，只是摇头推辞。祖父说：

"翠翠，我不去，你同小狗去好不好？"

"要不去，我也不想去！"

"我去呢？"

"我本来也不想去，但我愿意陪你去。"

祖父微笑着: "翠翠,翠翠,你陪我去,好的,你陪我去。可不要离开爷爷!"

祖父同翠翠到城里大河边时,河岸边早站满了人。细雨已经停止,地面还是湿湿的。祖父要翠翠过河街船总家吊脚楼上去看船,翠翠却似乎有心事怕到那边去,以为站在河边较好。两人虽在河边站定,不多久,顺顺便派人把他们请去了。吊脚楼上已有了很多的人。早上过渡时为翠翠所注意的乡绅妻女,受顺顺家的款待,占据了两个最好窗口。一见到翠翠,那女孩子就说:"你来,你来!"翠翠带着点儿羞怯走去,坐在他们身后条凳上,祖父便走开了。

祖父并不看龙船竞渡,却为一个熟人杨马兵拉到河上游半里路远近,到一个新碾坊看水碾子去了。老船夫对于水碾子原来就极有兴味的。倚山滨水来一座小小茅屋,屋中有那么一个圆石片子,固定在一个横轴上,斜斜地搁在石槽里。当水闸门抽去时,流水冲击地下的暗轮,上面的石片便飞转起来。做主人的管理这个东西,把毛谷倒进石槽中去,把碾好的米弄出,放在屋角隅长方罗筛里,再筛去糠灰。地上全是糠灰,主人头上包着块白布帕子,头上肩上也全是糠灰。天气好时就在碾坊前后隙地里种些萝卜、青菜、大蒜、四季葱。水沟坏了,就把裤子脱去,到河里去堆砌石头修理泄水处。水碾坝若修筑得好,还可装个小小鱼梁,涨小水时就自会有鱼上梁来,不劳而获。在河边管理一个碾坊比管理一只渡船多变化,有趣味,情形一看也就明白了。但一个撑渡船的若想有座碾坊，那简直是不可能的妄想。凡碾坊照例是属于当地小财主的产业。杨马兵把老船夫带到碾坊边时，就告给他这碾坊业主为谁。两人一面各处视察，一面说话。

那熟人用脚踢着新碾盘说：

"中寨人自己坐在高山寨子上，却欢喜来到这大河边置产业。这是中寨王团总的，值大钱七百吊！"

老船夫转着那双小眼睛，很羡慕地去欣赏一切，估计一切，把头点着，且对于碾坊中物件——加以很得体的批评。后来两人就坐到那还未完工的白木条凳上去。熟人又说到这碾坊的将来，似乎是团总女儿陪嫁的妆奁。那人于是想起了翠翠，且记起大老托过他的事情来了，便问道：

"伯伯，你翠翠今年十几岁？"

"满十四进十五岁。"老船夫说过这句话后，便接着在心中计算过去的年月。

"十四岁姑娘多能干，将来谁得她真有福气！"

"有什么福气？又无碾坊陪嫁，一个光人。"

"别说一个光人，一个有用的人，两只手抵得五座碾坊！洛阳桥也是鲁班两只手造的！……"这样那样地说着，表示对老船夫的抗议。说到后来那人笑了。

老船夫也笑了，心想："翠翠有两只手，将来也去造洛阳桥吧，新鲜事呢！"

杨马兵过了一会又说：

"茶峒人年轻男子眼睛光，选媳妇也极在行。伯伯，你若不多我的心时，我就说个笑话给你听。"

老船夫问："是什么笑话？"

杨马兵说："伯伯你若不多心时，这笑话也可以当真话去听咧。"

老船夫心想："原来是要做说客，想说就说吧。"

接着说的下去就是顺顺家大老如何在人家赞美翠翠，且如何托他来探听老船夫口气那么一件事。末了同老船夫来转述另一回会话的情形。"我问他：'大老，大老，你是说真话还是说笑话？'他就说：'你为我去探听探听那老的，我欢喜翠翠，想要翠翠，是真话！'我说：'我这人口钝得很，话说出了口收不回，万一说错了，老的一巴掌打来呢？'他说：'你怕打，你先当笑话去说，不会挨打的！'所以，伯伯，我就把这件真事情当笑话来同你说了。你试想想，他初九从川东回来见我时，我应当如何回答他？"

老船夫记前一次大老亲口所说的话，知道大老的意思很真，且知道顺顺也欢喜翠翠，心里很高兴。但这件事照规矩，得这个人带封点心亲自到碧溪岨家中去说，方见得慎重其事，老船夫就说："等他来时你说：老家伙听过了笑话后，自己也说了个笑话，他说：'车是车路，马是马路，各有走法。大老若走的是车路，应当由大老爹爹作主，请了媒人来正正经经同我说。走的是马路，应当自己做主，站在渡口对溪高崖上，为翠翠唱三年六个月的歌。'

一切由翠翠自己做主！”

“伯伯，若唱三年六个月的歌动得了翠翠的心，我赶明天就自己来唱歌了。”

“你以为翠翠肯了我还会不肯吗？”

“不咧，人家以为这件事你老人家肯了，翠翠便无有不肯呢。”

“不能那么说，这是她的事呵！”

“便是她的事，可是必须老的作主，人家也仍然以为在日头月光下唱三年六个月的歌，还不如得伯伯说一句话好！”

“那么，我说，我们就这样办，等他从川东回来时，要他同顺顺去说明白。我呢，我也先问问翠翠。若以为听了三年六个月的歌再跟那唱歌人走去有意思些，我就请你劝大老走他那弯弯曲曲的马路。”

“那好的。见了他，我就说：‘大老，笑话吗，我已说过了，没有挨打。真话呢，看你自己的命运去了。’当真看他的命运去了，不过我明白他的命运，还是在你老人家手上捏着紧紧的。”

“老兄弟，不是那么说！我若捏得定这件事，我马上就答应了。”

这里两人把话说完后，就过另一处看一只顺顺新近买来的三舱船去了。河街上顺顺吊脚楼方面，却发生了如下事情。

翠翠虽被那乡绅女孩喊到身边去坐，地位非常之好，从窗口望出去，河中一切朗然在望，然而心中可不安宁。挤在其他几个窗口看热闹的人，似乎皆常常把眼光从河中景物挪到这边几个人身上来。还有些人故意装成有别的事情样子，从楼这边走过那一边，事实上却全为得是好仔细看看翠翠这方面几个人。翠翠心中老不自在，只想借故跑去。一会儿河下的炮声响了，几只从对河取齐的船只，直向这方面划来。先是四条船相去不远，如四支箭在水面射着。到了一半，已有两只船占先了些，再过一会子，那两只船中间便又有一只超过了并进的船只而前，看看船到了税局门前时，第二次炮声又响，那船便胜利了。这时节胜利的已判明属于河街人所划的一只，各处便响着庆祝的小鞭炮。那船于是沿了河街吊脚楼划去，鼓声砰砰作响，河边与吊脚楼各处，都同时呐喊表示快乐的祝贺。翠翠眼见在船头站定，摇动小旗指挥进退，头上包着红布的那个年轻人，便是送酒葫芦到碧溪岨的二老，心中便印着三年前的旧事："大鱼吃掉你！""吃掉不吃掉，不用你管！""狗，狗，你也看人叫！"想起狗，翠翠才注意到自己身边那只黄狗，早已不知跑到什么地方去，便离了座位，在楼上各处找寻她的黄狗，把船头人忘掉了。

她一面在人丛里找寻黄狗，一面听人家正说些什么话。

一个大脸妇人问："是谁家的人，坐到顺顺家当中窗口前的那块好地方？"

一个妇人就说："是寨子上王乡绅家大姑娘，今天说是来看船，其实来看人，同时也让人看！人家命好，有福分坐那好地方！"

"看什么人？被谁看？"

"嘿，你还不明白，那乡绅想同顺顺打亲家呢。"

"那姑娘配什么人？是大老，还是二老？"

"说是二老呀，等等你们看这岳云，就会上楼来拜他丈母娘的！"

另一个女人便插嘴说："事弄妥了，好得很呢。人家在大河边有一座崭新碾坊陪嫁，比陪十个长年还得力一些。"

有人问："二老怎么样？可乐意？"

有人就轻轻地可是极肯定地说："二老已说过了——这不必看，第一件事我就不想做那个碾坊的主人！"

"你听岳云二老亲口说吗？"

"我听别人说的。还说二老欢喜一个撑渡船的。"

"他又不是傻小二，不要碾坊，要渡船吗？"

"那谁知道。横顺人是'牛肉炒韭菜，各人心里爱'，只看各人心里爱什么就吃什么。渡船不会不如碾坊！"

当时各人眼睛对着河里，信口说着这些闲话，却无一个人回头来注意到身后边的翠翠。

翠翠脸发火发烧走到另外一处去，又听有两个人提到这件事。且说："一切早安排好了，只需要二老一句话。"又说："只看二老今天那么一股劲儿，就可以猜想得出这劲儿是岸上一个黄花姑娘给他的！"

谁是激动二老的黄花姑娘？听到这个，翠翠心中不免有点儿乱。

　　翠翠人矮了些，在人背后已望不见河中情形，只听到擂鼓声渐近渐激越，岸上呐喊声自远而近，便知道二老的船恰恰经过楼下。楼上人也大喊着，杂夹叫着二老的名字。乡绅太太那方面，且有人放小百子鞭炮。忽然又用另外一种惊讶声音喊着，且同时便见许多人出门向河下走去。翠翠不知出了什么事，心中有点迷乱，正不知走回原来座位边去好，还是依然站在人背后好，只见那边正有人拿了个托盘，装了一大盘粽子同细点心，在请乡绅太太小姐用点心，不好意思再过那边去，便想也挤出大门外到河下去看看。从河街一个盐店旁边甬道下河时，正在一排吊脚楼的梁柱间，迎面碰头一群人，拥着那个头包红布的二老来了。原来二老因失足落水，已从水中爬起来了。路太窄了一些，翠翠虽闪过一旁，与迎面来的人仍然得肘子触着肘子。二老一见翠翠就说：

　　"翠翠，你来了，爷爷也来了吗？"

　　翠翠脸还发着烧不便作声，心想："黄狗跑到什么地方去了呢？"

　　二老又说："怎不到我家楼上去看呢？我已要人替你弄了个好位子。"

　　翠翠心想："碾坊陪嫁，稀奇事情咧。"

　　二老不能逼迫翠翠回去，到后便各自走开了。翠翠到河下时，小小心腔中充满了一种说不分明的东西。是烦恼吧，不是！是忧愁吧，不是！是快乐吧，不！有什么事情使这个女孩子快乐呢？是生气了吧——是的，她当真仿佛觉得自己是在生一个人的气，又像是在生自己的气。河边人太多了，码头边浅水中，船桅船篷上，以至于吊脚楼的柱子上，无不挤满了人。翠翠自言自语说："人那么多，有什么三脚猫好看？"先还以为可以在什么船上发现她的祖父，但搜寻了一阵，却无祖父的影子。她挤到水边去，一眼便看到了自己家中那条黄狗，同顺顺家一个长年，正在去岸数丈一只空船上看热闹。翠翠锐声叫喊了两声，黄狗张着耳叶昂头四面一望，便猛地扑下水中，向翠翠方面泅来了。到了身边时狗身上已全是水，把水抖着且跳跃不已，翠翠便说："得了，装什么疯。你又不翻船，谁要你落水呢？"

翠翠同黄狗找祖父去，在河街上一个木行前恰好遇着了祖父。

老船夫说："翠翠，我看了个好碾坊，碾盘是新的，水车是新的，屋上稻草也是新的！水坝管着一绺水，急溜溜的，抽水闸时水车转得如陀螺。"

翠翠带着点做作问："是什么人的？"

"是什么人的？住在山上的王团总的。我听人说是那中寨人为女儿作嫁妆的东西，好不阔气，包工就是七百吊大钱，还不管风车，不管家什！"

"是什么人讨那个人家的女儿？"

祖父望着翠翠干笑着："翠翠，大鱼咬你，大鱼咬你。"

翠翠因为对于这件事心中有了个数目，便仍然装着全不明白，只询问祖父："爷爷，什么人得到那个碾坊？"

　　"岳云二老！"祖父说了，又自言自语地说，"有人羡慕二老得到碾坊，也有人羡慕碾坊得到二老！"

　　"谁羡慕呢，爷爷？"

　　"我羡慕。"祖父说着便又笑了。

　　翠翠说："爷爷，你今天又喝醉了。"

　　"可是二老还称赞你长得美呢。"

　　翠翠说："爷爷，你醉疯了。"

　　祖父说："爷爷不醉不疯……去，我们到河边看他们放鸭子去。可惜我老了，不能下水里去捉只鸭子回家焖姜吃。"他还想说："二老捉得鸭子，一定又会送给我们的。"话不及说，二老来了，站在翠翠面前微笑着。翠翠也不由不抿着嘴微笑着。

　　于是三个人回到吊脚楼上去。

<h1 style="text-align:center">十一</h1>

　　有人带了礼物到碧溪岨，掌水码头的顺顺，当真请了媒人为儿子向渡船的攀亲戚起来了。老船夫看见杨马兵手中提了红纸封的点心，慌慌张张把这个人渡过溪口，一同到家里去。翠翠正在屋门前剥豌豆，来了客并不如何注意。但一听到客人进门说"贺喜贺喜"，心中有事，不敢再蹲在屋门边，就装作追赶菜园地的鸡，拿了竹响篙刷刷地摇着，一面口中轻轻喝着，向屋后白塔跑去了。

　　来人说了些闲话，言归正传转述到顺顺的意见时，老船夫不

知如何回答，只是很惊惶地搓着两只茧结的大手，好像这不会真
有其事，而且神气中只像在说："那好，那妙的。"其实这老头
子却不曾说过一句话。

　　来人把话说完后，就问作祖父的意见怎么样。老船夫笑着
把头点着说："大老想走车路，这个很好。可是我得问问翠翠，
看她自己主意怎么样。"来人走后，祖父在船头叫翠翠下河边
来说话。

　　翠翠拿了一簸箕豌豆下到溪边，上了船，娇娇地问他的祖父：
"爷爷，你有什么事？"祖父笑着不说什么，只偏着个白发盈颠
的头看着翠翠，看了许久。翠翠坐到船头，低下头去剥豌豆，
耳中听着远处竹篁里的黄鸟叫。翠翠想："日子长咧，爷爷话也
长了。"翠翠心轻轻地跳着。

　　过了一会祖父说："翠翠，翠翠，先前来的那杨伯伯来作
什么，你知道不知道？"

　　翠翠说："我不知道。"说后脸同颈脖全红了。

　　祖父看看那种情景，明白翠翠的心事了，便把眼睛向远处望
去，在空雾里望见了十五年前翠翠的母亲，老船夫心中异常柔和
了，轻轻地自言自语说："每一只船总要有个码头，每一只雀儿
得有个巢。"他同时想起那个可怜的母亲过去的事情，心中有了
一点隐痛，却勉强笑着。

　　翠翠呢，正从山中黄鸟、杜鹃叫声里，以及山谷中伐竹人一
下一下地砍伐竹子声音里，想到许多事情。老虎咬人的故事，和

人对骂时四句头的山歌，造纸作坊中的方坑，铁工厂熔铁炉里泄出的铁汁……耳朵听来的，眼睛看到的，她似乎都要去温习温习。她其所以这样作，又似乎全只为了希望忘掉眼前的一桩事而起。但她实在有点误会了。

祖父说："翠翠，船总顺顺家里请人来做媒，想讨你作媳妇，问我愿不愿。我呢，人老了，再过三年两载会过去的，我没有不愿的事情。这是你自己的事，你自己想想，自己来说。愿意，就成了；不愿意，也好。"

翠翠不知如何处理这个崭新问题，装作从容，怯怯地望着老祖父。又不便问什么，当然也不好回答。

祖父又说："大老是个有出息的人，为人又正直，又慷慨，你嫁了他，算是命好！"

翠翠明白了，人来做媒的大老！不曾把头抬起，心忡忡地跳着，脸烧得厉害，仍然剥她的豌豆，且随手把空豆菜抛到水中去，望着它们在流水中从从容容地流去，自己也俨然从容了许多。

见翠翠总不作声，祖父于是笑了，且说："翠翠，想几天不碍事。洛阳桥并不是一个晚上造得好的，要日子咧。前次那人来的就向我说到这件事，我已经就告过他：车是车路，马是马路，各有规矩。想爸爸做主，请媒人正正经经来说是车路；要自己做主，站到对溪高崖竹林里为你唱三年六个月的歌是马路——你若欢喜走马路，我相信人家会为你在日头下唱热情的歌，在月光下唱温柔的歌，一直唱到吐血喉咙烂！"

　　翠翠不作声，心中只想哭，可是也无理由可哭。祖父再说下去，便引到死去了的母亲来了。老人说了一阵，沉默了。翠翠悄悄把头摞过一些，祖父眼中业已酿了一汪眼泪。翠翠又惊又怕，怯生生地说："爷爷，你怎么的？"祖父不作声，用大手掌擦着眼睛，小孩子似的咕咕笑着，跳上岸跑回家中去了。

　　翠翠心中乱乱的，想赶去却不敢去。

　　雨后放晴的天气，日头炙到人肩上背上，已有了点儿力量。溪边芦苇水杨柳，菜园中菜蔬，莫不繁荣滋茂，带着一分有野性的生气。草丛里绿色蚱蜢各处飞着，翅膀搏动空气时窸窣作声。枝头新蝉声音虽不成腔，却已渐渐洪大。两山深翠逼人竹篁中，有黄鸟与竹雀、杜鹃鸣叫。翠翠感觉着，望着，听着，同时也思索着：

　　"爷爷今年七十岁……三年六个月的歌——谁送那只白鸭子呢？……得碾子的好运气，碾子得谁更是好运气？……"

　　痴着，忽地站运气，半簸箕豌豆便倾倒到水中去了。伸手把那簸箕从水中捞运气时，隔溪有人喊过渡。

十二

　　翠翠第二天第二次在白塔下菜园地里，第二次被祖父询问到自己主张时，仍然心儿忡忡地跳着，把头低下不作理会，只顾用手去掐葱。祖父笑着，心想："还是等等看，再说下去这一畦葱会全掐掉了。"同时似乎又觉得这其间有点古怪处，不好再说下去，便自己按捺到言语，用一个做作的笑话，把问题引到另外一件事情上去了。

天气渐渐地越来越热了。近六月时，天气热了些，老船夫把一个满是灰尘的黑陶缸子，从屋角隅里搬出，自己还匀出闲工夫，拼了几方木板，做成一个圆盖。又锯木头做成一个三脚架子，且削刮了个大竹筒，用葛藤系定，放在缸边作为舀茶的家具。自从这茶缸移到屋门溪边后，每早上翠翠就烧一大锅开水，倒进那缸子里去。有时缸里加些茶叶，有时却只放下一些用火烧焦的锅巴，趁那东西还燃着时便抛进缸里去。老船夫且照例准备了些发痧肚痛、治疱疮疡子的草根木皮，把这些药搁在家中当眼处，一见过渡人神气不对，就忙匆匆地把药取来，善意地勒迫这过路人使用他的药方，且告人这许多救急丹方的来源（这些丹方自然全是他从城中军医同巫师学来的）。他终日裸着两只膀子，在溪中方头船上站定，头上还常常是光光的，一头短短白发，在日光下如银子。翠翠依然是个快乐人，屋前屋后跑着唱着，不走动时就坐在门前高崖树荫下吹小竹管儿玩。爷爷仿佛把大老提婚的事早已忘掉，翠翠自然也早忘掉这件事情了。

可是那做媒的不久又来探口气了，依然是同从前一样，祖父把事情成否全推到翠翠身上去，打发了媒人上路。回头又同翠翠谈了一次，也依然不得结果。

老船夫猜不透这事情在这什么方面有个疙瘩，解除不去，夜里躺在床上便常常陷入一种沉思里去，隐隐约约体会到一件事情——翠翠爱二老不爱大老，想到了这里时，他笑了，为了害怕而勉强笑了。其实他有点忧愁，因为他忽然觉得翠翠一切全像那个母亲，而且隐隐约约便感觉到这母女二人共同的命运。一堆过去的事情蜂拥而来，不能再睡下去了，一个人便跑出门外，到那临溪高崖上去，望天上的星辰，听河边纺织娘以及一切虫类如雨的声音，许久许久还不睡觉。

这件事翠翠自然是注意不及。这女孩子日里尽管玩着，工作着，也同时为一些很神秘不易具体明白的东西驰骋她那颗小小的心，但一到夜里，却依旧甜甜地睡眠了。

不过一切都得在一份时间中变化。这一家安静平凡的生活，也因了一堆接连而来的日子，在人事上把那安静空气完全打破了。

船总顺顺家中一方面，则天保大老的事已被二老知道了，傩送二老同时也让他哥哥知道了弟弟的心事。这一对难兄难弟原来同时爱上了那个撑渡船的外孙女。这事情在本地人说来并不稀奇，边地俗话说："火是各处可烧的，水是各处可流的，日月是各处可照的，爱情是各处可到的。"有钱船总儿子，爱上一个弄渡船的穷人家女儿，不能成为稀罕的新闻，有一点困难处，只是这两兄弟到了谁应取得这个女人作媳妇时，是不是也还得照茶峒人规矩，来一次流血的挣扎？

兄弟两人在这方面是不至于动刀的，但也不作兴有"情人奉让"，如大都市懦怯男子爱与仇对面时作出的可笑行为。

那哥哥同弟弟在河上游一个造船的地方，看他家中那一只新船，在新船旁把一切心事全告给了弟弟，且附带说明，这点爱还是两年前植下根基的。弟弟微笑着，把话听下去。两人从造船处沿了河岸又走到王乡绅新碾坊去，那大哥就说：

"二老，你运气倒好，做了团总女婿，有座碾坊。我呢，若把事情弄好了，我应当接那个老的手来划渡船了。我欢喜这个事情，我还想把碧溪岨两个山头买过来，在界线上种一片大楠竹，围着这一条小溪作为我的寨子！"

那二老仍然默默地听着，把手中拿的一把弯月形镰刀随意斫削路旁的草木，到了碾坊时，却站住了向他哥哥说：

"大老，你信不信这女子心上早已有了个人？"

"我不信。"

"大老，你信不信这碾坊将来归我？"

"我不信。"

两人于是进了碾坊。

二老说："你不必——大老，我再问你，假若我不想得这座碾坊，却打量要那只渡船，而且这念头也是两年前的事，你信不信呢？"

那大哥听来真着了一惊，望了一下坐在碾盘横轴上的傩送二老，知道二老不是说谎，于是站近了一点，伸手在二老肩上拍打了一下，且想把二老拉下来。他明白了这件事，他笑了。他说："我相信的，你说的是真话！"

二老把眼睛望着他的哥哥，很诚实地说：

"大老，相信我，这是真事。我早就那么打算到了。家中不答应，那边若答应了，我当真预备去弄渡船的！——你告我，你呢？"

"爸爸已听了我的话，为我要城里的杨马兵做保山，向划渡船说亲去了！"大老说到这个求亲手续时，好像知道二老要笑他，又解释要保山去的用意，只是"因为老的说车有车路，马有马路，我就走了车路"。

"结果呢？"

"得不到什么结果。老的口上含李子，说不明白。"

"马路呢？"

"马路呢，那老的说若走马路，得在碧溪岨对溪高崖上唱三年六个月的歌。把翠翠心唱软，翠翠就归我了。"

"这并不是个坏主张！"

"是呀，一个结巴人话说不出还唱得出。可是这件事轮不到我了。我不是竹雀，不会唱歌。鬼知道那老的存心是要把孙女儿嫁个会唱歌的水车，还是预备规规矩矩嫁个人！"

"那你怎么样？"

"我想告那老的，要他说句实在话。只一句话。不成，我跟船下桃源去了；成呢，便是要我撑渡船，我也答应了他。"

"唱歌呢？"

"这是你的拿手好戏，你要去做竹雀，你就赶快去吧，我不会捡马粪塞你嘴巴的。"

二老看到哥哥那种样子，便知道为这件事哥哥感到的是一种如何烦恼了。他明白他哥哥的性情，代表了茶峒人粗鲁爽直一面，弄得好，掏出心子来给人也很慷慨作去；弄不好，亲舅舅也必一是一，二是二。大老何尝不想在车路上失败时走马路；但他一听到二老的坦白陈述后，他就知道马路只二老有份，自己的事不能提了。因此他有点气恼，有点愤慨，自然是无从掩饰的。

二老想出了个主意，就是两兄弟月夜里同到碧溪岨去唱歌，莫让人知道是弟兄两个，两人轮流唱下去，谁得到回答，谁便继续用那张唱歌胜利的嘴唇，服侍那划渡船的外孙女。大老不善于唱歌，轮到大老时也仍然由二老代替。两人运气命运来决定自己的幸福，这么办可说是极公平了。提议时，那大老还以为他自己不会唱，也不想请二老替他作竹雀。但二老那种诗人性格，却使他很固持的要哥哥实行这个办法。二老说必须这样作，一切才公平一点。

大老把弟弟提议想想，做了一个苦笑。"×娘的，自己不是竹雀，还请老弟做竹雀！好，就是这样子，我们各人轮流唱，我也不要你帮忙，一切我自己来吧。树林子里的猫头鹰，声音不动听，要老运气时，要老婆也仍然是自己叫下去，不请人帮忙的！"

两人把事情说妥当后，算算日子，今天十四，明天十五，后天十六，接连而来的三个日子，正是有大月亮天气。气候既到了仲夏，半夜里不冷不热，穿了白家机布汗褂，到那些月光照及的高崖上去，遵照当地的习惯，很诚实与坦白去为一个"初生之犊"
的黄花女唱歌。露水降了，歌声涩了，到应当回家了时，就趁残
月赶回家去。或过那些熟识的整夜工作不息的碾坊里去，躺到温
暖的谷仓里小睡，等候天明。一切安排皆极其自然，结果是什么，
两人虽不明白，但也看得极运气自然。两人便决定了从当夜运气
始，来做这种为当地习惯所认可的竞争。

十三

　　黄昏来时翠翠坐在家中屋后白塔下，看天空为夕阳烘成桃
花色的薄云。十四中寨逢场，城中生意人过中寨收买山货的很多，
过渡人也特别多，祖父在渡船上，忙个不息。天已快夜，别的
雀子似乎都在休息了，只杜鹃叫个不息。石头泥土为白日晒了
一整天，草木为白日晒了一整天，到这时节皆放散一种热气。
空气中有泥土气味，有草木气味，还有各种甲虫类气味。翠翠
看着天上的红云，听着渡口飘乡生意人的杂乱声音，心中有些
儿薄薄的凄凉。

　　黄昏照样地温柔，美丽和平静。但一个人若体念到这个当前
一切时，也就照样地在这黄昏中会有点儿薄薄的凄凉。于是，这
日子成为痛苦的东西了。翠翠觉得好像缺少了什么。好像眼见到
这个日子过去了，想在一件新的人事上攀住它，但不成。好像生
活太平凡了，忍受不住。于是胡思乱想：

　　"我要坐船下桃源县过洞庭湖，让爷爷满城打锣去叫我，点

了灯笼火把去找我。"

她便同祖父故意生气似的，很放肆地去想到这样一件事，她且想象她出走后，祖父用各种方法寻觅她都无结果，到后无可奈何躺在渡船上。

"人家喊：'过渡，过渡，老伯伯，你怎么的！不管事！''怎么的！翠翠走了，下桃源县了！''那你怎么办？''怎么办吗？拿把刀，放在包袱里，搭下水船去杀了她！'……"

翠翠仿佛当真听着这种对话，吓怕起来了，一面锐声喊着她的祖父，一面从坎上跑向溪边渡口去。见到了祖父正把船拉在溪中心，船上人喁喁说着话，小小心子还依然跳跃不已。

"爷爷，爷爷，你把船拉回来呀！"

那老船夫不明白她的意思，还以为是翠翠要为他代劳了，就说：

"翠翠，等一等，我就回来！"

"你不拉回来了吗？"

"我就回来！"

翠翠坐在溪边，望着溪面为暮色所笼罩的一切，且望到那只渡船上一群过渡人，其中有个吸旱烟的打着火镰吸烟，把烟杆在船边剥剥地敲着烟灰，就忽然哭起来了。

祖父把船拉回来时，见翠翠痴痴地坐在岸边，问她是什么事，翠翠不作声。祖父要她去烧火煮饭，想了一会儿，觉得自己哭得可笑，一个人便回到屋中去．坐在黑黝黝的灶边把火烧燃后，她又走到门外高崖上去，喊叫她的祖父，要他回家里来，在职务上毫不儿戏的老船夫，因为明白过渡人皆是赶回城中吃晚饭的人，来一个就渡一个，不便要人站在那岸边呆等，故不上岸来。只站在船头告翠翠，不要叫他，且让他做点事，把人渡完事后，就回家里来吃饭。

翠翠第二次请求祖父，祖父不理会，她坐在悬崖上，很觉得悲伤。

天夜了，有一匹大萤火虫尾上闪着蓝光，很迅速地从翠翠身旁飞过去，翠翠想："看你飞得多远！"便把眼睛随着那萤火虫的明光追去。杜鹃又叫了。

"爷爷，为什么不上来？我要你！"

在船上的祖父听到这种带着娇、有点儿埋怨的声音，一面粗声粗气地答道："翠翠，我就来，我就来！"一面心中却自言自语："翠翠，爷爷不在了，你将怎么样？"

老船夫回到家中时，见家中还黑黝黝的，只灶间有火光；见翠翠坐在灶边矮条凳上，用手蒙着眼睛。

走过去才晓得翠翠已哭了许久。祖父一个下半天来，都弯着个腰在船上拉来拉去，歇歇时手也酸了，腰也酸了，照规矩，一到家里就会嗅到锅中所焖瓜菜的味道，且可见到翠翠安排晚饭在灯光下跑来跑去的影子。今天情形竟不同了一点。

祖父说："翠翠，我来慢了，你就哭，这还成吗？我死了呢？"

翠翠不作声。

祖父又说："不许哭，做一个大人，不管有什么事都不许哭。要硬扎一点，结实一点，才配活到这块土地上！"

翠翠把手从眼睛边移开，靠近了祖父身边去："我不哭了。"

两人吃饭时，祖父为翠翠说到一些有趣味的故事。因此提到了死去了的翠翠的母亲。两人在豆油灯下把饭吃过后，老船夫因为工作疲倦，喝了半碗白酒，因此饭后兴致极好，又同翠翠到门外高崖上月光下去说故事。说了些那个可怜母亲的乖巧处，同时且说到那可怜母亲性格强硬处，使翠翠听来神往倾心。

翠翠抱膝坐在月光下，傍着祖父身边，问了许多关于那个可怜母亲的故事。间或吁一口气，似乎心中压上了些分量沉重的东西，想挪移得远一点，才吁着这种气，可是却无从把那种东西挪开。

月光如银子，无处不可照及，山上篁竹在月光下变成一片黑色。身边草丛中虫声繁密如落雨。间或不知道从什么地方，忽然会有一只草莺"嗷嗷嗷嗷嘘！"唛着它的喉咙，不久之间，这小鸟儿又好像明白这是半夜，不应当那么吵闹，便仍然闭着那小小眼儿安睡了。

祖父夜来兴致很好，为翠翠把故事说下去，就提到了本城人二十年前唱歌的风气，如何驰名于川黔边地。翠翠的父亲，便是唱歌的第一手，能用各种比喻解释爱与憎的结子，这些事也说到了。翠翠母亲如何爱唱歌，且如何同父亲在未认识以前在白日里对歌，一个在半山上竹篁里砍竹子，一个在溪面渡船上拉船，这些事也说到了。

翠翠问："后来怎么样？"

祖父说："后来的事长得很，最重要的事情，就是这种歌唱出了你。"

十四

老船夫做事累了睡了，翠翠哭倦了也睡了。翠翠不能忘记祖父所说的事情，梦中灵魂为一种美妙歌声浮起来了，仿佛轻轻地各处飘着，上了白塔，下了菜园，到了船上，又复飞窜过悬崖半腰——去做什么呢？摘虎耳草！白日里拉船时，她仰头望着崖上那些肥大虎耳草已极熟悉。崖壁三五丈高，平时攀折不到手，这时节却可以选顶大的叶子作伞。

一切全像是祖父说的故事，翠翠只迷迷糊糊地躺在粗麻布帐子里草荐上，以为这梦做得顶美顶甜。祖父却在床上醒着，张起个耳朵听对溪高崖上的人唱了半夜的歌。他知道那是谁唱的，他知道是河街上天保大老走马路的第一着，因此又忧愁又快乐地听下去。翠翠因为日里哭倦了，睡得正好，他就不去惊动她。

第二天，天一亮，翠翠就同祖父起身了，用溪水洗了脸，把早上说梦的忌讳去掉了，翠翠赶忙同祖父去说昨晚上所梦的事情。

"爷爷，你说唱歌，我昨天就在梦里听到一种顶好听的歌声，又软又缠绵，我像跟了这声音各处飞，飞到对溪悬崖半腰，摘了一大把虎耳草，得到了虎耳草，我可不知道把这个东西交给谁去了。我睡得真好，梦得真有趣！"

祖父温和悲悯地笑着，并不告给翠翠昨晚上的事实。

祖父心里想："做梦一辈子更好，还有人在梦里做宰相中状元咧。"

昨晚上唱歌的，老船夫还以为是天保大老，日来便要翠翠守船，借故到城里去送药，探探情形。在河街见到了大老，就一把拉住那小伙子，很快乐地说：

"大老，你这个人，又走车路又走马路，是怎样一个狡猾东西！"

但老船夫却做错了一件事情，把昨晚唱歌人"张冠李戴"了。这两弟兄昨晚上同时到碧溪岨去，为了作哥哥的走车路占了先，无论如何也不肯先开腔唱歌，一定得让那弟弟先唱。弟弟一开口，哥哥却因为明知不是敌手，更不能开口了。翠翠同她祖父晚上听到的歌声，便全是那个傩送二老所唱的。大老伴弟弟回家时，就决定了同茶峒地方离开，驾家中那只新油船下驶，好忘却了上面的一切。这时正想下河去看新船装货。老船夫见他神情冷冷的，不明白他的意思，就用眉眼做了一个可笑的记号，表示他明白大老的冷淡是装成的，表示他有消息可以奉告。他拍了大老一下，轻轻地说："你唱得很好，别人在梦里听着你那个歌，为那个歌带得很远，走了不少的路！你是第一号，是我们地方唱歌第一号。"

大老望着弄渡船的老船夫涎皮的老脸，轻轻地说：

"算了吧，你把宝贝女儿送给了会唱歌的竹雀吧。"

这句话使老船夫完全弄不明白它的意思。大老从一个吊脚楼甬道走下河去了，老船夫也跟着下去。到了河边，见那只新船正在装货，许多油篓子搁到岸边。一个水手正在用茅草扎成长束，备作船舷上挡浪用的茅把。还有人在河边石头上，用脂油擦桨板。老船夫问那个水手，这船什么日子下行，谁押船。那水手把手指着大老。老船夫搓着手说："大老，听我说句正经话，你那件事走车路，不对；走马路，你有份的！"

那大老把手指着窗口说："伯伯，你看那边，你要竹雀做孙女婿，竹雀在那里啊！"

老船夫抬头望到二老，正在窗口整理一个渔网。

回碧溪岨到渡船上时，翠翠问：

"爷爷，你同谁吵了架，面色那样难看！"

祖父莞尔而笑，他到城里的事情，不告给翠翠一个字。

十五

大老坐了那只新油船向下河走去了，留下傩送二老在家。老船夫方面还以为上次歌声既归二老唱的，在此后几个日子里，自然还会听到那种歌声。一到了晚间就故意从别样事情上，促翠翠注意夜晚的歌声。两人吃完饭坐在屋里，因屋前滨水，长脚蚊子一到黄昏就嗡嗡地叫着，翠翠便把蒿艾束成的烟包点燃，向屋中角隅各处晃着驱逐蚊子。晃了一阵，估计全屋子里已为蒿艾烟气熏透了，方把烟包搁到床前地上去，再坐在小板凳上来听祖父说话。从一些故事上慢慢地谈到了唱歌，祖父话说得很妙。祖父到后发问道："翠翠，梦里的歌可以使你爬上高崖去摘那虎耳草，若当真有谁来在对溪高崖上为你唱歌，你怎么样？"祖父把话当笑话说着的。

翠翠便也当笑话答道："有人唱歌我就听下去，他唱多久我也听多久！"

"唱三年六个月呢？"

"唱得好听，我听三年六个月。"

"这不大公平吧。"

"怎么不公平？为我唱歌的人，不是极愿意我长远听他的歌吗？"

"照理说：'炒菜要人吃，唱歌要人听。'可是人家为你唱，是要你懂他歌里的意思！"

"爷爷，懂歌里什么意思？"

"自然是他那颗想同你要好的真心！不懂那点心事，不是同听竹雀唱歌一样了吗？"

"我懂了他的心又怎么样？"

祖父用拳头把自己腿重重地捶着，且笑着："翠翠，你人乖，爷爷笨得很，话也不说得温柔，莫生气。我信口开河，说个笑话给你听。你应当当笑话听。河街天保大老走车路，请保山来提亲，我告给过你这件事了，你那神气不愿意，是不是？可是，假若那个人还有个兄弟，走马路，为你来唱歌，向你攀交情，你将怎么说？"

翠翠吃了一惊，低下头去。因为她不明白这笑话究竟有几分真，又不清楚这笑话是谁诌的。

祖父说："你试告我，愿意哪一个？"

翠翠便微笑着轻轻地带点儿恳求的神气说：

"爷爷莫说这个笑话吧。"翠翠站起身了。

"我说的若是真话呢？"

"爷爷你真是个……"翠翠说着走出去了。

祖父说："我说的是笑话，你生我的气吗？"

翠翠不敢生祖父的气，走近门限边时，就把话引到另外一件事情上去："爷爷看天上的月亮，那么大！"说着，出了屋外，便在那一派清光的露天中站定。站了一会儿，祖父也从屋中出到外边来了。翠翠于是坐到那白日里为强烈阳光晒热的岩石上去，石头正散发日间所储的余热。祖父就说：

"翠翠，莫坐热石头，免得生坐板疮。"

但自己用手摸摸后，自己便也坐到那岩石上了。

月光极其柔和，溪面浮着一层薄薄白雾，这时节对溪若有人唱歌，隔溪应和，实在太美丽了。翠翠还记着先前祖父说的笑话。耳朵又不聋，祖父的话说得极分明，一个兄弟走马路，唱歌来打发这样的晚上，算是怎么回事？她似乎为了等着这样的歌声，沉默了许久。

她在月光下坐了一阵，心里却当真愿意听一个人来唱歌。久之，对溪除了一片草虫的清音复奏以外，别无所有。翠翠走回家里去，在房门边摸着了那个芦管，拿出来在月光下自己吹着。觉吹得不好，又递给祖父要祖父吹。老船夫把那个芦管竖在嘴边，吹了个长长的曲子，翠翠的心被吹柔软了。

翠翠依傍祖父坐着，问祖父：

"爷爷，谁是第一个做这个小管子的人？"

"一定是个最快乐的人，因为他分给人的也是许多快乐；可又像是个最不快乐的人做的，因为他同时也可以引起人不快乐！"

"爷爷，你不快乐了吗？生我的气了吗？"

"我不生你的气。你在我身边，我很快乐。"

"我万一跑了呢？"

"你不会离开爷爷的。"

"万一有这种事，爷爷你怎么样？"

"万一有这种事，我就驾了这只渡船去找你。"

翠翠吓地笑了："'凤滩茨滩不为凶，下面还有绕鸡笼。绕鸡笼也容易下，青浪滩浪如屋大。'爷爷，你渡船也能下凤滩茨滩青浪滩吗？那些地方的水，你不说过全像疯子毫不讲道理？"

祖父说："翠翠，我到那时可真像疯子，还怕大水大浪？"

　　翠翠俨然极认真地想了一下，就说："爷爷，我一定不走。可是，你会不会走？你会不会被一个人抓到别处去？"

　　祖父不作声了，他想到被死亡抓走那一类事情。

　　老船夫打量着自己被死亡抓走以后的情形，痴痴地看望天南角上一颗星子，心想："七月八月天上方有流星，人也会在七月八月死去吧？"又想起白日在河街上同大老谈话的经过，想起中寨人陪嫁的那座碾坊，想起二老！想起一大堆事情，心中不免有点儿乱。

　　翠翠忽然说："爷爷，你唱个歌给我听听，好不好？"

　　祖父唱了十个歌，翠翠傍在祖父身边，闭着眼睛听下去，等到祖父不作声时，翠翠自言自语说："我又摘了一把虎耳草了。"

　　祖父所唱的歌便是那晚上听来的歌。

十六

　　二老有机会唱歌却从此不再到碧溪岨唱歌。十五过去了，十六也过去了，到了十七，老船夫忍不住了，进城往河街去找寻那个年轻小伙子，到城门边正预备入河街时，就遇着上次为大老做保山的杨马兵，正牵了一匹骡马预备出城，一见老船夫，就拉住了他：

　　"伯伯，我正有事情告你，碰巧你就来城里！"

　　"什么事情？"

"你听我说：天保大老坐下水船到茨滩出了事，闪不知这个人掉到滩下漩水里就淹坏了。早上顺顺家里得到这个信，听说二老一早就赶去了。"

这不吉消息同有力巴掌一样，重重地捆了他那么一下，他不相信这是当真的消息。他故作从容地说：

"天保大老淹坏了吗？从不闻有水鸭子被水淹坏的！"

"可是那只水鸭子仍然有那么一次被淹坏了。我赞成你的卓见，不让那小子走车路十分顺手。"

从马兵言语上，老船夫还十分怀疑这个新闻，但从马兵神气上注意，老船夫却看清楚这是个真的消息了。他惨惨地说：

"我有什么卓见可言？这是天意！一切都有天意……"老船夫说时心中充满了感情。

特为证明那马兵所说的话有多少可靠处，老船夫同马兵分手后，于是匆匆赶到河街上去。到了顺顺家门前，正有人烧纸钱，许多人围在一处说话。走近去听听，所说的便是杨马兵提到的那件事。但一到有人发现了身后的老船夫时，大家便把话语转了方向，故意来谈下河油价涨落情形了。老船夫心中很不安，正想找一个比较要好的水手谈谈。

一会船总顺顺从外面回来了，样子沉沉的，这豪爽正直的中年人，正似乎为不幸打倒，努力想挣扎爬起的神气，一见到老船夫就说：

"老伯伯，我们谈的那件事情吹了吧。天保大老已经坏了，你知道了吧？"

老船夫两只眼睛红红的，把手搓着："怎么的，这是真事？这不会是真事！是昨天，是前天？"

另一个像是赶路同来报信的，插嘴说道："十六中上，船搁到石包子上，船头进了水，大老想把篙撑着，人就弹到水中去了。"

老船夫说："你眼见他下水吗？"

"我还与他同时下水！"

"他说什么？"

"什么都来不及说！这几天来他都不说话！"

老船夫把头摇摇，向顺顺那么怯怯地溜了一眼。船总顺顺像知道他心中不安处，就说："伯伯，一切是天，算了吧。我这里有大兴场人送来的好烧酒，你拿一点去喝吧。"一个伙计用竹筒上了一筒酒，用新桐木叶蒙着筒口，交给了老船夫。

老船夫把酒拿走，到了河街后，低头向河码头走去，到河边天保大前天上船处去看看。杨马兵还在那里放马到沙地上打滚，自己坐在柳树荫下乘凉。老船夫就走过去请马兵试试那大兴场的烧酒。两人喝了点酒后，兴致似乎好些了，老船夫就告给杨马兵，十四夜里二老过碧溪岨唱歌那件事情。

那马兵听到后便说：

"伯伯，你是不是以为翠翠愿意二老，应该派归二老……"

话没说完，傩送二老却从河街下来了。这年轻人正像要远行的样子，一见了老船夫就回头走去。杨马兵就喊他说："二老，二老，你来，我有话同你说呀！"

二老站定了，很不高兴神气，问马兵有什么话说。马兵望望老船夫，就向二老说："你来，有话说！"

"什么话？"

"我听人说你已经走了——你过来我同你说，我不会吃掉你！"

那黑脸宽肩膊、样子虎虎有生气的傩送二老，勉强笑着，到了柳荫下时，老船夫想把空气缓和下来，指着河上游远处那座新碾坊说："二老，听人说那碾坊将来是归你的！归了你，派我来守碾子，行不行？"

二老仿佛听不惯这个询问的用意，便不作声。杨马兵看风头有点儿僵，便说："二老，你怎么的，预备下去吗？"那年轻人把头点点，不再说什么，就走开了。

老船夫讨了个没趣，很懊恼地赶回碧溪岨去，到了渡船上时，就装作把事情看得极随便似的，告给翠翠：

"翠翠，今天城里出了件新鲜事情，天保大老驾油船下辰州，运气不好，掉到茨滩淹坏了。"

翠翠因为听不懂，对于这个报告最先好像全不在意。祖父又说："翠翠，这是真事。上次来到这里做保山的杨马兵，还说我早不答应亲事，极有见识！"

翠翠瞥了祖父一眼，见他眼睛红红的，知道他喝了酒，且有了点事情不高兴，心中想："谁撩你生气？"船到家边时，祖父不自然地笑着向家中走去。翠翠守船，半天不闻祖父声息，赶回家去看看，见祖父正坐在门槛上编草鞋耳子。

　　翠翠见祖父神气极不对，就蹲到他身前去。

　　"爷爷，你怎么啦？"

　　"天保当真死了！二老生了我们的气，以为他家中出这件事情，是我们分派的！"

　　有人在溪边大声喊渡船过渡，祖父匆匆出去了。翠翠坐在那屋角隅稻草上，心中极乱，等等还不见祖父回来，就哭起来了。

十七

　　祖父似乎生谁的气，脸上笑容减少了，对于翠翠方面也不大注意了。翠翠像知道祖父已不很疼她，但又像不明白它的原因。但这并不是很久的事，日子一过去，也就好了。两人仍然划船过日子，一切依旧，唯对于生活，却仿佛什么地方有了个看不见的缺口，始终无法填补起来。祖父过河街去仍然可以得到船总顺顺的款待，但很明显的是，那船总却并不忘掉死去者死亡的原因。二老出北河下辰州走了六百里，沿河找寻那个可怜哥哥的尸骸，毫无结果，在各处税关上贴下招字，返回茶峒来了。过不久，他又过川东去办货，过渡时见到老船夫。老船夫看看那小伙子，好像已完全忘掉了从前的事情，就同他说话。

　　"二老，大六月日头毒人，你又上川东去，不怕辛苦？"

"要饭吃，头上是火也得上路！"

"要吃饭！二老家还少饭吃！"

"有饭吃，爹爹说年轻人也不应该在家中白吃不做事！"

"你爹爹好吗？"

"吃得做得，有什么不好。"

"你哥哥坏了，我看你爹爹为这件事情也好像萎悴多了！"二老听到这句话，不作声了，眼睛望着老船夫屋后那个白塔。他似乎想起了过去那个晚上那件旧事，心中十分惆怅。

老船夫怯怯地望了年轻人一眼，一个微笑在脸上漾开。

"二老，我家翠翠说，五月里有天晚上，做了个梦……"说时他又望望二老，见二老并不惊讶，也不厌烦，于是又接着说，"她梦得古怪，说在梦中被一个人的歌声浮起来，上悬岩摘了一把虎耳草！"

二老把头偏过一旁去做了一个苦笑，心中想到"老头子倒会做作"。这点意思在那个苦笑上，仿佛同样泄露出来，仍然被老船夫看到了，老船夫显得有点慌张，就说："二老，你不信吗？"

那年轻人说："我怎么不相信？因为我做傻子在那边岩上唱过一晚的歌！"

老船夫被一句料想不到的老实话窘住了，口中结结巴巴地说："这是真的……这是假的……"

"怎么不是真的？天保大老的死，难道不是真的！"

"可是，可是……"

老船夫的做作处，原意只是想把事情弄明白一点，但一起始自己叙述这段事情时，方法上就有了错处，故而反被二老误会了。他这时正想把那夜的情形好好说出来，船已到了岸边。二老一跃上了岸，就想走去。老船夫在船上显得更加忙乱的样子说：

"二老，二老，你等等，我有话同你说，你先前不是说到那个——你做傻子的事情吗？你并不傻，别人才当真叫你那歌弄成傻相！"

那年轻人虽站定了，口中却轻轻地说："得了够了，不要说了。"

老船夫说："二老，我听人说你不要碾子要渡船，这是杨马兵说的，不是真的打算吧？"

那年轻人说："要渡船又怎样？"

老船夫看看二老的神气，心中忽然高兴起来了，就情不自禁地高声叫着翠翠，要她下溪边来。可是事不凑巧，不知翠翠是故意不从屋里出来，还是到别处去了，许久还不见到翠翠的影子，也不闻这个女孩子的声音。二老等了一会，看看老船夫那副神气，一句话不说，便微笑着，大踏步同一个挑担粉条、白糖货物的脚夫走去了。

过了碧溪岨小山，两人应沿着一条曲曲折折的竹林走去，那个脚夫这时节开了口：

"傩送二老，看那弄渡船的神气，很欢喜你！"

二老不作声，那人就又说道：

"二老，他问你要碾坊还是要渡船，你当真预备做他的孙女婿，接替他那只渡船吗？"

二老笑了，那人又说："二老，若这件事派给我，我要那座碾坊。一座碾坊的出息，每天可收七升米，三斗糠。"

二老说："我回来时向我爹爹去说，为你向中寨人做媒，让你得到那座碾坊吧。至于我呢，我想弄渡船是很好的。只是老家伙为人弯弯曲曲，不利索，大老是他弄死的。"

老船夫见二老那么走去了，翠翠还不出来，心中很不快乐。走回家去看看，原来翠翠并不在家。过一会，翠翠提了个篮子从小山后回来了，方知道大清早翠翠已出门掘竹鞭笋去了。

"翠翠，我喊了你好久，你不听到！"

"喊我做什么？"

"一个过渡……一个熟人，我们谈起你……我喊你，你可不答应！"

"是谁？"

"你猜，翠翠。不是陌生人……你认识他！"

翠翠想起适间从竹林里无意中听来的话，脸红了，半天不说话。

老船夫问："翠翠，你得了多少鞭笋？"

翠翠把竹篮向地下一倒，除了十来根小小鞭笋外，只是一大把虎耳草。

老船夫望了翠翠一眼，翠翠两颊绯红，跑了。

十八

日子平平地过了一个月，一切人心上的病痛，似乎皆在那份长长的白日下医治好了。天气特别热，各人只忙着流汗，用凉水淘江米酒吃，不用什么心事，心事在人生活中，也就留不住了。翠翠每天皆到白塔下背太阳的一面去午睡，高处既极凉快，两山竹篁里叫得使人发松的竹雀和其他鸟类又如此之多，致使她在睡梦里尽为山鸟歌声所浮着，做的梦也便常是顶荒唐的梦。

这并不是人的罪过。诗人们会在一件小事上写出整本整部的诗；雕刻家在一块石头上雕得出骨血如生的人像；画家一撇儿绿，一撇儿红，一撇儿灰，画得出一幅一幅带有魔力的彩画，谁不是为了恁着一个微笑的影子，或是一个皱眉的记号，方弄出那么些古怪成绩？翠翠不能用文字，不能用石头，不能用颜色把那点心头上的爱憎移到别一件东西上去，却只让她的心，在一切顶荒唐事情上驰骋。她从这份隐秘里，常常得到又惊又喜的兴奋。一点儿不可知的未来，摇撼她的情感极厉害，她无从完全把那种痴处不让祖父知道。

祖父呢，可以说一切都知道了的。但事实上他又却是个一无所知的人。他明白翠翠不讨厌那个二老，却不明白那小伙子二老怎么样。他从船总处与二老处，已碰过了钉子，但他并不灰心。

"要安排得对一点，方合道理，一切有个命！"他那么想着，就更显得好事多磨起来了。睁着眼睛时，他做的梦比那个外孙女翠翠便更荒唐更寥廓。他向各个过渡本地人打听二老父子的生活，关切他们如同自己家中人一样。但也古怪，因此他却怕见到那个船总同二老了。一见他们他就不知说些什么，只是老脾气把两只手搓来搓去，从容处完全失去了。二老父子方面皆明白他的意思，但那个死去的人，却用一个凄凉的印象，镶嵌到父子心中，两人便对于老船夫的意思，俨然全不明白似的，一同把日子打发下去。

明明白白夜来并不做梦，早晨同翠翠说话时，那作祖父的会说：

"翠翠，翠翠，我昨晚上做了个好不怕人的梦！"

翠翠问："什么怕人的梦？"

就装作思索梦境似的，一面细看翠翠小脸长眉毛，一面说出他另一时张着眼睛所做的好梦。不消说，那些梦原来都并不是当真怎样使人吓怕的。

一切河流皆得归海，话起始说得纵极远，到头来总仍然是归到使翠翠红脸那件事情上去。待到翠翠显得不大高兴，神气上露出受了点小窘时，这老船夫又才像有了一点儿吓怕，忙着解释，用闲话来遮掩自己所说到那问题的原意。

"翠翠，我不是那么说，我不是那么说。爷爷老了，糊涂了，笑话多咧。"

但有时翠翠却静静地把祖父那些笑话、糊涂话听下去，一直听到后来还抿着嘴儿微笑。

翠翠也会忽然说道：

"爷爷，你真是有一点儿糊涂！"

祖父听过了不再作声，他将说"我有一大堆心事"，但来不及说，就被过渡人喊走了。

天气热了，过渡人从远处走来，肩上挑的是七十斤担子，到了溪边，贪凉快不即走路，必蹲在岩石下茶缸边喝凉茶，与同伴交换"吹吹棒"烟管，且一面与弄渡船的攀谈。许多天上地下子虚乌有的话皆从此说出口来，给老船夫听到了。过渡人有时还因溪水清洁，就溪边洗脚抹澡的，坐得更久话也就更多。祖父把些话转说给翠翠，翠翠也就学懂了许多事情。货物的价钱涨落呀，坐轿搭船的用费呀，放木筏的人把他那个木筏从滩上流下时，十来把大桡子如何活动呀，在小烟船上吃荤烟，大脚娘如何烧烟呀……无一不备。

傩送二老从川东押物回到了茶峒。时间已近黄昏了，溪面很寂静，祖父同翠翠在菜园地里看萝卜秧子。翠翠白日中觉睡久了些，觉得有点寂寞，好像听人嘶声喊过渡，就争先走下溪边去。下坎时，见两个人站在码头边，斜阳影里背身看得极分明，正是傩送二老同他家中的长年！翠翠大吃一惊，同小兽物见到猎人一样，回头便向山竹林里跑掉了。但那两个在溪边的人，听到脚步响时，一转身，也就看明白这件事情了。等了一下再也不见人来，那长年又嘶声音喊叫过渡。

老船夫听得清清楚楚，却仍然蹲在萝卜秧地上数菜，心里觉得好笑。他已见到翠翠走去，他知道必是翠翠看明白了过渡人是谁，故意蹲在那高岩上不理会。翠翠人小不管事，过渡人求她不干，奈何她不得，故只好嘶着个喉咙叫过渡了。那长年叫了几声，见无人来，同二老说："这是什么玩意儿，难道老的害病弄翻了，只剩下翠翠一个人了吗？"二老说："等等看，不算什么！"就等了一阵。因为这边在静静地等着，园地上老船夫却在心里想："难道是二老吗？"他仿佛担心搅恼了翠翠似的，就仍然蹲着不动。

但再过一阵，溪边又喊起过渡来了，声音不同了一点，这才真是二老的声音。生气了吧？等久了吧？吵嘴了吧？老船夫一面胡乱估着，一面跑到溪边去。到了溪边，见两个人业已上了船，其中之一正是二老。老船夫惊讶地喊叫：

"呀，二老，你回来了！"

年轻人很不高兴似的："回来了——你们这渡船是怎么的，等了半天也不来个人！"

"我以为——"老船夫四处一望，并不见翠翠的影子，只见黄狗从山上竹林里跑来，知道翠翠上山了，便改口说，"我以为你们过了渡。"

"过了渡！不得你上船，谁敢开船？"那长年说着，一只水鸟掠着水面飞去，"翠鸟儿归窠了，我们还得赶回家去吃夜饭！"

　　"早咧，到河街早咧。"说着，老船夫已跳上了船，且在心中一面说着，"你不是想承继这只渡船吗！"一面把船索拉动，船便离岸了。

　　"二老，路上累得很！……"

　　老船夫说着，二老不置可否不动感情听下去。船拢了岸，那年轻小伙子同家中长年话也不说，挑担子翻山走了。那点淡漠印象留在老船夫心上，老船夫于是在两个人身后，捏紧拳头威吓了三下，轻轻地吼着，把船拉回去了。

十九

　　翠翠向竹林里跑去，老船夫半天还不下船，这件事从傩送二老看来，前途显然有点不利。虽老船夫言辞之间，无一句话不在说明"这事有边"，但那畏畏缩缩的说明，极不得体。二老想起他的哥哥，便把这件事曲解了。他有一点愤愤不平，有一点儿气恼，回到家里第三天，中寨有人来探口风，在河街顺顺家中住下，把话问及顺顺，想明白二老是不是还有意接受那座新碾坊。顺顺就转问二老自己意见怎么样。

　　二老说："爸爸，你以为这事为你，家中多座碾坊多个人，你可以快活，你就答应了。若果为的是我，我要好好去想一下，过些日子再说它吧。我还不知道我应当得座碾坊，还是应当得一只渡船，我命里或只许我撑个渡船！"

　　探口风的人把话记住，回中寨去报命，到碧溪岨过渡时，到了老船夫，想起二老说的话，不由得不眯眯地笑着。老船夫问明白了他是中寨人，就又问他上城做什么事。

那心中有分寸的中寨人说：

"什么事也不做，只是过河街船总顺顺家里坐了一会儿。"

"无事不登三宝殿，坐了一定就有话说！"

"话倒说了几句。"

"说了些什么话？"那人不再说了，老船夫却问道，"听说你们中寨人想把大河边一座碾坊连同家中闺女送给河街上顺顺，这事情有不有了点眉目？"

那中寨人笑了："事情成了。我问过顺顺，顺顺很愿意同中寨人结亲家，又问过那小伙子……"

"小伙子意思怎么样？"

"他说：我眼前有座碾坊，有条渡船，我本想要渡船，现在就决定要碾坊吧。渡船是活动的，不如碾坊固定。这小子会打算盘呢。"

中寨人是个米场经纪人，话说得极有斤两，他明知道"渡船"指的是什么，但他可并不说穿。他看到老船夫口唇蠕动，想要说话，中寨人便又抢着说道：

"一切皆是命，半点不由人。可怜顺顺家那个大老，相貌一表堂堂，会淹死在水里！"

老船夫被这句话在心上扎实地戳了一下，把想问的话咽住了。中寨人上岸走去后，老船夫闷闷地立在船头，痴了许久。又把二老日前过渡时落寞神气温习一番，心中大不快乐。

翠翠在塔下玩得极高兴，走到溪边高岩上想要祖父唱唱歌，见祖父不理会她，一路埋怨赶下溪边去，到了溪边方见到祖父神气十分沮丧，不明白为什么原因。翠翠来了，祖父看看翠翠的快活黑脸儿，粗鲁地笑笑。对溪有扛货物过渡的，便不说什么，沉默地把船拉过溪，到了中心却大声唱起歌来了。把人渡了过溪，祖父跳上码头走近翠翠身边来，还是那么粗鲁地笑着，把手抚着头额。

翠翠说："爷爷怎么的，你发痧了？你躺到荫下去歇歇，我来管船！"

"你来管船，好，这只船归你管！"

老船夫似乎当真发了痧，心头发闷，虽当着翠翠还显出硬扎样子，独自走回屋里后，找寻得到一些碎瓷片，在自己臂上腿上扎了几下，放出了些乌血，就躺到床上睡了。

翠翠自己守船，心中却古怪地快乐，心想："爷爷不为我唱歌，我自己会唱！"

她唱了许多歌，老船夫躺在床上闭着眼睛，一句一句听下去，心中极乱。但他知道这不是能够把他打倒的大病，到明天就仍然会爬起来的。他想明天进城，到河街去看看，又想起另外许多旁的事情。

但到了第二天，人虽起了床，头还沉沉的。祖父当真已病了。翠翠显得懂事了些，为祖父煎了一罐大发药，逼着祖父喝，又在屋后菜园地里摘取蒜苗泡在米汤里做酸蒜苗。一面照料船只，一面还时时刻刻抽空赶回家里来看祖父，问这样那样。祖父可不说什么，只是为一个秘密痛苦着。躺了三天，人居然好了。屋前屋后走动了一下，骨头还硬硬的，心中惦念到一件事情，便预备进城过河街去。翠翠看不出祖父有什么要紧事情必须当天进城，请求他莫去。

老船夫把手搓着，估量到是不是应说出那个理由。翠翠一张黑黑的瓜子脸，一双水汪汪的眼睛，使他吁了一口气。

他说："我有要紧事情，得今天去！"

翠翠苦笑着说："有多大要紧事情，还不是……"

老船夫知道翠翠脾气，听翠翠口气已有点不高兴，不再说要走了，把预备带走的竹筒，同扣花褡裢搁到长几上后，带点儿谄媚笑着说："不去吧，你担心我会摔死，我就不去吧。我以为早上天气不很热，到城里把事办完了就回来。……不去也得，我明天去！"

翠翠轻声地温柔地说："你明天去也好，你腿还软！好好地躺一天再起来！"

老船夫似乎心中还不甘服，撒着两手走出去，门限边一个打草鞋的棒槌，差点儿把他绊了一大跤。稳住了时，翠翠苦笑着说："爷爷，你瞧，还不服气！"老船夫拾起那棒槌，向屋角隅摔去，说道："爷爷老了！过几天打豹子给你看！"

到了午后，落了一阵行雨，老船夫却同翠翠好好商量，仍然进了城。翠翠不能陪祖父进城，就要黄狗跟去。老船夫在城里被一个熟人拉着谈了许久的盐价米价，又过守备衙门看了一会厘金局长新买的骡马，才到河街顺顺家里去。到了那里，见到顺顺正同三个人打纸牌，不便谈话，就站在身后看了一阵牌，后来顺顺请他喝酒，借口病刚好点不敢喝酒，推辞了。牌既不散场，老船夫又不想即走，顺顺似乎并不明白他等着有何话说，却只注意手中的牌。后来老船夫的神气倒为另外一个人看出了，就问他是不是有什么事情。老船夫方忸忸怩怩照老方子搓着他那两只大手，说别的事没有，只想同船总说两句话。

那船总方明白在看牌半天的理由，回头对老船夫笑将起来。

"怎不早说？你不说，我还以为你在看我牌学张子！"

"没有什么，只是三五句话，我不便扫兴，不敢说出。"

船总把牌向桌上一撒，笑着向后房走去了，老船夫跟在身后。

"什么事？"船总问着，神气似乎先就明白了他来此要说的话，显得略微有点儿怜悯的样子。

"我听一个中寨人说，你预备同中寨团总打亲家，是不是真事？"

船总见老船夫的眼睛盯着他的脸，想得一个满意的回答，就说："有这事情。"那么答应，意思却是："有了你怎么样？"

老船夫说："真的吗？"

那一个又很自然地说："真的。"意思却依旧包含了"真的又怎么样？"

老船夫装得很从容地问："二老呢？"

船总说："二老坐船下桃源好些日子了！"

二老下桃源的事，原来还同他爸爸吵了一阵才走的。船总性情虽异常豪爽，可不愿意间接把第一个儿子弄死的女孩子，又来做第二个儿子的媳妇，这是很明白的事情。若照当地风气，这些事认为只是小孩子的事，大人管不着；二老当真欢喜翠翠，翠翠又爱二老，他也并不反对这种爱怨纠缠的婚姻。但不知怎么的，老船夫对于这件事的关心外，使二老父子对于老船夫反而有了一点误会。船总想起家庭间的近事，以为全与这老而好事的船夫有关，虽不见诸形色，心中却有个疙瘩。

船总不让老船夫再开口了，就语气略粗地说道：

"伯伯，算了吧，我们的口只应当喝酒了，莫再只想替儿女唱歌！你的意思我全明白，你是好意。可是我也求你明白我的意思，我以为我们只应当谈点自己分上的事情，不适宜于想那些年青人的门路了。"

老船夫被一个闷拳打倒后，还想说两句话，但船总却不让他再有说话机会，把他拉出到牌桌边去。

老船夫无话可说，看看船总时，船总虽还笑着谈到许多笑话，心中却似乎很沉郁，把牌用力掷到桌上去。老船夫不说什么，戴起他那个斗笠，自己走了。

天气还早，老船夫心中很不高兴，又进城去找杨马兵。那马兵正在喝酒，老船夫虽推病，也免不了喝个三五杯。回到碧溪岨，走得热了一点，又用溪水去抹身子。觉得很疲倦，就要翠翠守船，自己回家睡去了。

黄昏时天气十分郁闷，溪面各处飞着红蜻蜓。天上已起了云，热风把两山竹篁吹得声音极大，看样子到晚上必落大雨。翠翠守在渡船上，看着那些溪面飞来飞去的蜻蜓，心也极乱。看祖父脸上颜色惨惨的，放心不下，便又赶回家中去。先以为祖父一定早睡了，谁知还坐在门限上打草鞋！

"爷爷，你要多少双草鞋，床头上不是还有十四双吗？怎么不好好地躺一躺？"

老船夫不作声，却站起身来昂头向天空望着，轻轻地说："翠翠，今晚上要落大雨响大雷的！回头把我们的船系到岩下去，这雨大哩。"

翠翠说："爷爷，我真吓怕！"翠翠怕的似乎并不是晚上要来的雷雨。

老船夫似乎也懂得那个意思，就说："怕什么？一切要来的都得来，不必怕！"

二十

夜间果然落了大雨，夹以吓人的雷声。电光从屋脊上掠过时，接着就是訇的一个炸电。翠翠在暗中抖着。祖父也醒了，知道她害怕，且担心她着凉，还起身来把一条布单搭到她身上去。祖父说："翠翠，打雷不要怕！"

翠翠说："我不怕！"说了还想说："爷爷你在这里我不怕！"

訇的一个大雷，接着是一种超越雨声而上的洪大闷重倾圮声。两人都以为一定是溪岸悬崖崩塌了，担心到那只渡船会压在崖石下面去了。

祖孙两人便默默地躺在床上听雨声雷声。

但无论如何大雨，过不久，翠翠却依然睡着了。醒来时天已亮了，雨不知在何时业已止息，只听到溪两岸山沟里注水入溪的声音。翠翠爬起身来，看看祖父还似乎睡得很好，开了门走出去。门前已成为一个水沟，一股水便从塔后哗哗地流来，从前面悬崖直堕而下。并且各处都是那么一种临时的水道。屋旁菜园地已为山水冲乱了，菜秧皆掩在粗砂泥里了。再走过前面去看看溪里一切，才知道溪中也涨了大水，已漫过了码头，水脚快到茶缸边了。下到码头去的那条路，正同一条小河一样，哗哗地泻着黄泥水。过渡的那一条横溪牵定的缆绳，也被水淹没了，泊在崖下的渡船，已不见了。

翠翠看看屋前悬崖并不崩坍，故当时还不注意渡船的失去。但再过一阵，她上下搜索不到这东西，无意中回头一看，屋后白塔已不见了，一惊非同小可，赶忙向屋后跑去，才知道白塔业已坍倒，大堆砖石极凌乱地摊在那儿，翠翠吓慌得不知所措，只锐声叫她的祖父。祖父不起身，也不答应，就赶回家里去，到得祖父床边摇了祖父许久，祖父还不作声。原来这个老年人在雷雨将息时已死去了。

翠翠于是大哭起来。

过一阵，有从茶峒过川东跑差事的人，到了溪边，隔溪喊过渡。翠翠正在灶边一面哭着，一面烧水预备为死去的祖父抹澡。

那人以为老船夫一家还不醒，急于过河，喊叫不应，就抛掷小石头过溪，打到屋顶上。翠翠鼻涕眼泪成一片地走出来，跑到溪边高崖前站定。

"喂，不早了！把船划过来！"

"船跑了！"

"你爷爷做什么事情去了呢？他管船，有责任！"

"他管船，管五十年的船，尽过了责任——他死了啊！"

翠翠一面向隔溪人说着，一面大哭起来。那人知道老船夫死了，得进城去报信，就说：

"真死了吗？不要哭吧，我回去通知他们，要他们弄条船带东西来！"

那人回到茶峒城边时，一见熟人就报告这件新闻。不多久，全茶峒城里外都知道这个消息了。河街上船总顺顺，派人找了一只空船，带了副白木匣子，即刻向碧溪岨撑去。城中杨马兵却同一个老军人，赶到碧溪岨去，砍了几十根大毛竹，用葛藤编作筏子，作为来往过渡的临时渡船。筏子编好后，撑了那个东西，到翠翠家中那一边岸下，留老兵守竹筏来往渡人，自己跑到翠翠家去看那个死者，眼泪湿莹莹的，摸了一会躺在床上硬僵僵的老友，又赶忙着做些应做的事情。到后帮忙的人来了，从大河船上运来棺木也来了，住在城中的老道士，还带了许多法宝，一件旧麻布道袍，并提了一只大公鸡，来尽义务办理念经起水招魂绕棺诸事，也从筏上渡过来了。家中人出出进进，翠翠只坐在灶边矮凳上呜呜地哭着。

到了中午，船总顺顺也来了，还跟着一个人扛了一口袋米，一坛酒，一大腿猪肉。见了翠翠就说："翠翠，爷爷死了我知道了，老年人是必须死的。劳苦了一辈子，也应当休息了。不要发愁，一切有我！"

各方面看看，就回去了。到了下午入了殓，一些帮忙的回的回家去了，晚上便只剩下了那老道士、杨马兵、箍桶匠秃头陈四四同顺顺家派来的两个年轻长年。黄昏以前老道士用红绿纸剪了一些花朵，用黄泥做了一些烛台。天断黑后，棺木前小桌上点起黄色九品蜡，燃了香，棺木周围也点了小蜡烛，老道士披上那件蓝麻布道袍，开始了丧事中绕棺仪式。老道士在前拿着小小纸幡引路，孝子第二，马兵殿后，绕着那寂寞棺木慢慢转着圈子。两个长年则站在灶边空处，胡乱地打着锣钹。老道士一面闭了眼睛走去，一面且唱且哼，安慰亡灵。提到关于亡魂所到西方极乐世界花香四季时，老马兵就把木盘里的杂色纸花，向棺木上高高撒去，象征西方极乐世界情形。

到了半夜，事情办完了，放过爆竹，蜡烛也快熄灭了。翠翠泪眼婆娑的，赶忙又到灶边去烧火，为帮忙的人办消夜。吃了消夜，老道士歪到死人床上睡着了。剩下几个人还得照规矩在棺木前守灵过夜。老马兵为大家唱丧堂歌取乐，用个空的量米木升子，当作小鼓，把手剥剥剥地一面敲着一面唱下去——唱二十四孝中"王祥卧冰"的事情，唱"黄香扇枕"的事情。

翠翠哭了一整天，同时也忙累了一整天，到这时已倦极，把头靠在棺前眯着了。两长年同马兵等既吃了消夜，喝过两杯酒，精神还虎虎的，便轮流把丧堂歌唱下去。但只一会儿，翠翠又醒了，仿佛梦到什么，惊醒后看到棺木，明白祖父已死，于是又幽幽地哭起来。

"翠翠，翠翠，不要哭啦，人死了哭不回来的！"

秃头陈四四接着就说了一个做新嫁娘的人哭泣的笑话，话语中夹杂了三五个粗野字眼儿，因此引起两个长年咕咕地笑了许久。黄狗在屋外吠着，翠翠开了大门，到外面去站了一下，耳听到各处是虫声，天上月色极好，大星子嵌进透蓝天空里，非常沉静温柔。翠翠想：

"这是真事吗？爷爷当真死了吗？"

老马兵原来跟在她的后边，因为他知道女孩子心门儿窄，说不定一炉火闷在灰里，痕迹不露，见祖父去了，自己一切无望，跳崖悬梁，想跟着祖父一块儿去，也说不定！故随时小心监视到翠翠。

老马兵见翠翠痴痴地站着，时间过了许久还不回头，就打着咳叫翠翠说：

"翠翠，露水落了，不冷么？"

"不冷。"

"天气好得很！"

"呀……"一颗大流星使翠翠轻轻地喊了一声。

接着南方又是一颗流星划空而下。对溪有猫头鹰叫。

"翠翠，"老马兵业已同翠翠并排一块儿站定了，很温和地说，"你进屋里睡去吧，不要胡思乱想！老人是入土为安，不要让他挂牵你！"

翠翠默默地回到祖父棺木前面，坐在地上又呜咽起来。守在屋中两个长年已睡着了。

杨马兵便幽幽地说道："不要哭了！不要哭了！你爷爷也难过咧。眼睛哭胀，喉咙哭嘶，有什么好处？听我说，爷爷的心事我全都知道，一切有我。我会把一切安排得好好的，对得起你爷爷。我会安排，什么事都会。我要一个爷爷欢喜你也欢喜的人来接收这渡船。不能如我们的意，我老虽老，还能拿镰刀同他们拼命。翠翠，你放心，一切有我！……"

远处不知什么地方鸡叫了，老道士原是个老童生，辛亥后才改业，在那边床上糊糊涂涂地自言自语："天子重英豪，文章教尔曹。万般皆下品，唯有读书高……天亮了吗？早咧！"

二十一

大清早，帮忙的人从城里拿了绳索杠子赶来了。

　　老船夫的白木小棺材，为六个人抬着到那个倾圮了的塔后山岨上去埋葬时，船总顺顺、马兵、翠翠、老道士、黄狗都默默跟在后面。到了预先掘就的方井边，老道士照规矩先跳下去，把一点朱砂颗粒同白米安置到阱中四隅及中央，又烧了一点纸钱，爬出井时就要抬棺木的人动手下窆。翠翠哑着喉咙干号，伏在棺木上不起身。经马兵用力把她拉开，方能移动棺木。一会儿，那棺木便下了井，调整了方向，拉去绳子，被新土掩盖了。翠翠还坐在地上鸣咽。老道士要赶早回城，去替人做斋，过渡走了。船总事务多，把这方面一切事托给老马兵，也赶回城去了。帮忙的皆到溪边去洗手，家中各人还有各人的事，且知道这家人的情形，不便再叨扰，也不再惊动主人，过渡回家去了。于是碧溪岨便只剩下三个人，一个是翠翠，一个是老马兵，一个是由船总家派来暂时帮忙照料渡船的秃头陈四四。黄狗因被那秃头打了一石头，怀恨在心，对于那秃头仿佛很不高兴，尽是轻轻地吠着，意思好像说："你来干什么？这里用不着你这个人！"

　　到了下午，翠翠同老马兵商量，要老马兵回城，去把马托给营里人照料，再回碧溪岨来陪她。老马兵回转碧溪岨时，秃头陈四四被打发回城去了。

　　翠翠仍然自己同黄狗来弄渡船，让老马兵坐在溪岸高崖上玩，或嘶着个老喉咙唱歌给她听。

　　过三天后，船总顺顺来商量接翠翠过家里去住，翠翠却想看守祖父的坟山，不愿即刻进城。只请船总过城里衙门去为说句话，许杨马兵暂时同她住住，船总顺顺答应了这件事，送了几斤片糖，就走了。

　　杨马兵既是个上五十岁了的人，原来和翠翠的父亲同营当差，说故事的本领比翠翠祖父高一筹，加之凡事特别热忱，做事又勤快又干净，因此同翠翠住下来，使翠翠仿佛去了一个祖父，却新得了一个伯父。过渡时有人问及可怜的祖父，黄昏时想起祖父，皆使翠翠心酸，觉得十分凄凉。但这份凄凉日子过久一点，也就渐渐淡薄些了。两人每日在黄昏中同晚上，坐在门前溪边高崖上，谈点那个躺在湿土里可怜祖父的旧事，有许多是翠翠先前所不知道的，说来便更使翠翠心中柔和。又说到翠翠的父亲，那个又要爱情又惜名誉的军人，在当时按照绿营军勇的装束，穿起绿盘云得胜褂，包青绉绸包头，如何使女孩子动心。又说到翠翠的母亲，年纪轻轻时就如何善于唱歌，而且所唱的那些歌在当时如何流行。

　　时候变了，一切也自然不同了，皇帝已被掀下了金銮宝殿，不再坐江山，平常人还消说！杨马兵想起自己年轻做马夫时，打扮得索索利利，牵了马匹到碧溪岨来对翠翠母亲唱歌，翠翠母亲总不理会，到如今这自己却成为这孤雏的唯一靠山，唯一信托人，不由得不苦笑。

　　因为两人每个黄昏必谈祖父以及这一家有关系的问题，后来便说到了老船夫死前的一切，翠翠因此明白了祖父活时所不提到的许多事。二老的唱歌，顺顺大儿子的死，顺顺父子对于祖父的冷淡，中寨人用碾坊作陪嫁妆奁，诱惑傩送二老，二老既记忆着哥哥的死亡，且因得不到翠翠理会，又被逼着接受那座碾坊，意思还在渡船，因此赌气下行，祖父的死因，又如何与翠翠有关⋯⋯凡是翠翠不明白的事，如今可全明白了。翠翠把事弄明白后，哭了一个夜晚。

过了四七，船总顺顺派人来请马兵进城去，商量把翠翠接到他家中去。马兵以为这件事得问翠翠。回来时，把顺顺的意思向翠翠说过后，见翠翠还不肯和祖父的坟墓离开，又为翠翠出主张，以为名分既不定妥，到一个生人家里去不方便，还是不如在碧溪岨等，等到二老驾船回来时，再看二老意思，说不定要来碧溪岨驾渡船！

这办法决定后，老马兵以为二老不久必可回来的，就依然把马匹托营上人照料，在碧溪岨为翠翠做伴，把一个一个日子过下去。

碧溪岨的白塔，从都认为和茶峒风水有关系，塔圮坍了，不重新做一个自然不成。除了城中营管、税局，以及各商号各平民捐了些钱以外，各大寨子也有人拿册子去捐钱。为了这塔成就并不是给谁一个人的好处，应让每个人来积德造福，让每个人皆有捐钱的机会，因此在渡船上也放了个两头有节的大竹筒，中部锯了一口，尽过渡人自由把钱投进去，竹筒满了马兵就捎进城中首事人处去，另外又带了个竹筒回来。过渡人一看老船夫不见了，翠翠辫子上扎了白绒，就明白那老的已做完了自己分上的工作，安安静静躺到土坑里去了，必一面用同情的眼色瞧着翠翠，一面就摸出钱来塞到竹筒中去。"天保佑你，死了的到西方去，活下的永葆平安。"翠翠明白那些捐钱人的怜悯与同情意思，心里软软的，酸酸的，忙把身子背过去拉船。

　　到了冬天，那个圮坍了的白塔，又重新修好了。可是那个在月下唱歌，使翠翠在睡梦里为歌声把灵魂轻轻浮起的年青人，还不曾回到茶峒来。

　　这个人也许永远不回来了，也许明天回来！

一九三三年冬至一九三四年春完成

长
篇
存
目

沈从文《长河》

废　名《莫须有先生传》

《莫须有先生坐飞机以后》

《桥》

后 记

　　《百年乡愁：中国乡土小说经典大系》是张丽军教授作为首席专家的 2021 年度国家社科基金重大项目"百年中国乡土文学与农村建设运动关系研究"的资料选编成果。项目团队核心成员田振华、李君君等参与了全过程选编工作，张娟、沈萍、彭嘉凝、陈嘉慧、姚若凡、胡跃、林雪柔、徐晓文、宣庭祯等参与了编校工作，在此对他们的辛勤劳动表示感谢！

　　在具体编撰过程中，本套"大系"还得到了张炜、韩少功、周燕芬、王春林、何平、孔会侠、苏北、育邦、刘玉栋、刘青、乔叶、朱山坡、项静等作家与学者的大力支持与帮助，在此深深致谢！

　　需要特别说明的是，因为选入本套"大系"的作品跨越百年之久，在文字、标点等方面，我们在充分尊重作家初版本的基础上，依据现代语言文字规范统一做了修订。

编 者

2023 年 7 月 4 日